スーパー・ゼロ

鳴海　章

集英社文庫

スーパー・ゼロ

Super Zero

プロローグ

　ドアが開いた。

　アメリカ合衆国三軍の総司令官が姿を現すのを見て、空軍少将フランクリン・F・バーンズはデスクの後ろで立ち上がり、不動の姿勢をとる。

「久しぶりだね、将軍」

　縁無しの眼鏡《めがね》をかけた合衆国大統領がゆっくりとした足取りで、デスクに歩み寄った。バーンズはあわてて、デスクの横を回り、大統領を迎える。開いたままのドアから長身の統合参謀本部議長も入ってきた。大統領が右手を差し出し、バーンズが握る。

「元気そうだ」

「大統領閣下も、お変わりなく」

　大統領が真《ま》っ直《す》ぐにバーンズの目を見る。バーンズは咳払《せきばら》いをした。大統領の口許《くちもと》に、嘘《うそ》をつけとでもいうような笑みが浮かんだ。細い指。顎から頬にかけてたるんだ皮膚。顔中に刻まれた深い皺《しわ》。

一九五センチある大柄な黒人のバーンズは、ビア樽《だる》のような胴まわりをしていた。剃《そ》り上げた頭。鼻の下にたっぷりの髭《ひげ》。血走った、大きな目。肌は油をひいたようにつややかな光沢を放っている。

十二月六日だった。

翌日、真珠湾攻撃から半世紀近い時が経過したことを記念するセレモニーがホノルル市で開催され、大統領が演説することになっている。

「座っても構わないかね。それとも仕事の邪魔をすることになるかな？」大統領は、目の前の長椅子を目で示して訊《き》いた。

「これは失礼しました。どうぞお掛け下さい」

バーンズは答えながら、ドアの近くに立ったままの統合参謀本部議長に目をやる。議長は、口許だけで微笑《ほほえ》んで見せ、自分に構うなというようにわずかに首を振った。バーンズは大統領と向かい合わせに腰を下ろした。

「二年前になるかな？」大統領がいった。

「その通りです、閣下」

「活躍しているようだね、フランク」大統領は革張りの椅子に背をあずけ、バーンズの目を見ていった。「正直にいって、君が二つ星の将軍にまで復活できるとは思わなかった。北朝鮮の作戦は必ずしも成功とはいえなかったからね」

「腕のいいパイロットは、決してあきらめません。撃墜されても、自分の生命がある限りは再び空に上がることを考えるものです」バーンズの低い声に澱《よど》みはなく、よく通った。

「ところで、フランク」おずおずと統合参謀本部議長が口を開く。相変わらずドアの前に立ったままだった。「大統領からお聞きした話だが、本当のことなのか？」

「スーパーマンズ・アイ・システム」バーンズの顔にゆっくりと笑みが広がった。「パイロットたちは、そう呼んでいます。正式には、超思考・電子感応装置《スーパー・マインド・エフェクト・システム》、いつもはＳＭＥＳ《スメース》と略語でいいますが」

「本当に飛行機のセンサーとパイロットの脳を直接結ぶことが可能なのか？」統合参謀本部議長が訊く。エルビス・プレスリーが生きているといわれた方がまだ信じられる、といった顔つきだった。

「実際に組み立てて実験してみなければ、何ともいえませんが、理論的には、ＳＭＥＳを使用したパイロットは、自分自身が機体と一体化します。レーダーや赤外線前方監視装置《ＦＬＩＲ》が目となり、耳になります。そして操作しようと思っただけで、ＳＭＥＳはパイロットの脳の働きを感知し、解析した上で戦闘機のメイン・コンピューターに指令を送ります」

統合参謀本部議長がなおも口を開きかけたが、大統領がさえぎった。

「君の提案を正式に承認した。私がサインした命令書は、来週中にはワシントンから届くだろう。ただ、その前に直接君に会って承認したことを伝えたいと思ったのさ」

「光栄であります、閣下」

「そう堅苦しくなるなよ。私も来年は選挙の洗礼を受けなければならない。いつまでもこうして君のスケジュールを一方的に台無しにすることはできないさ」

大統領がにやりと笑い、皺が増えた。バーンズはその表情に痛々しさすら感じた。

「これはアベンジャーⅡの代わりと考えてよいわけだね」

「その通りであります、閣下」バーンズの声が一段と深みを増す。

「結構」大統領は満足そうに吐息を漏らした。

一九八〇年代後半から開発に着手されたアメリカ海軍次期艦載攻撃機は制式名「A12」、海軍内部で『アベンジャーⅡ』と呼ばれた。大統領は、第二次大戦中、海軍パイロットとして操縦桿《そうじゅうかん》を握っていた。乗機が雷撃機『アベンジャー』。

九〇年代に入り、アベンジャーⅡの前途に暗雲がたちこめはじめる。深刻な財政赤字を抱えるアメリカは、国防費削減を余儀なくされ、海軍やメーカーの懸命な努力にも拘《かかわ》らず、開発は暗礁に乗り上げ、史上最大の予算をかけたステルス攻撃機は、開発計画を全面的にキャンセルされた。アメリカには、いつできるとも知れない攻撃機に軍事費を割く余裕がなくなっていた。キャンセル発表の十日後、湾岸戦争が勃発する。

「君が提案した新型機の基本設計は元々日本が行ったということだが?」

大統領は、眼鏡を外して両目の間を強く揉《も》んだ。精力的な表情が一転して老いを漂わせる。バーンズは表情を変えずにじっと見つめていた。

「ネオ・ゼロという名前だったたね?」

「そうです、閣下。我々は、図面上にしか存在しなかったネオ・ゼロを本物の攻撃機として設計しなおしたのです。XFV-14はゼロを超えています。それで——」

「スーパー・ゼロ。君のレポートは読んだよ」

大統領の言葉にバーンズは微笑んだ。

「しかし、日本の新しいゼロも一度実戦を経験しているのではなかったか?」大統領が眼鏡をかけ直し、バーンズを正面から見据えた。

「それは公表されておりません。どんな歴史も残らないことは、存在しないのと同じではありませんか?」バーンズが真剣な表情でいった。

一九八〇年代の半ば頃から、当時、まだ大佐だったバーンズが日本の次期支援戦闘機開発に関する詳細な情報をアメリカ国防総省に提供しはじめていた。当時、日本では防衛庁、航空自衛隊、航空宇宙技術研究所の三者が共同で、『新零戦計画《ニュー・ゼロ・ファイター・プロジェクト》』を進めていた。海上自衛隊が保有する護衛艦からの運用も視野に入れ、垂直離着陸戦闘機として設計された。しかし、一九八六年、政府間交渉の結果、次期支援戦闘機が日米共同開発とされるに及んで抹殺された戦闘機だった。

その機は、開発コードFSX－90、ポピュラーネーム『ネオ・ゼロ』。一九九〇年の完成を目指しており、同年が皇紀二六五〇年にあたるところから第二次大戦中の名戦闘機『零式《れいしき》艦上戦闘機』のネーミングにちなんで、新零戦と呼ばれたのである。

バーンズは日本の開発チームにスパイを配し、ネオ・ゼロの開発計画を着手段階から察知していた。試作機を組み立てる頃には——防衛庁も航空宇宙技術研究所も想像だにできなかったが——完璧な設計図がアメリカ空軍の手にあった。

アベンジャーIIの失墜と時を同じくして、バーンズが手に入れた垂直離着陸戦闘機の開発が現実味を帯びてくる。

バーンズは、ネオ・ゼロの防弾装置をより強固なものとして低空戦闘時のサバイバビリティを向上させるとともに、新型感知電子システムの搭載を計画、空軍上層部に提出していた。

「会えてよかったよ、将軍」大統領は立ち上がって右手を差し出した。

「自分も光栄です、閣下」バーンズが大統領の手を握り返す。

大統領の顔から笑みが消えた。

「ワシントンから届く命令書を見て驚くかも知れない」

バーンズが眉をひそめる。

「XFV‐14の開発計画を今まで以上に急ピッチで進めるように、将軍」

「なぜです?」

「選挙だよ。来年、私は大統領ではいられなくなるかも知れない。だが、私が軍の最高司令官であるうちに片付けなければならない仕事があるのさ」

「それは?」

だが、大統領はバーンズの問いには答えず、足早に出口に向かった。統合参謀本部議長が素早く手を伸ばして、ドアノブをつかむ。ドアの前で大統領は振り返った。

「君の希望した予算と、中国人の女性科学者を君の下へ配属するように命令しておいたよ」

「シンシア、ドクター・シンシア・スーです、閣下。彼女は立派なアメリカ市民ですよ」

「フランク」大統領は眼鏡をずらし、バーンズの目をのぞきこむ。「君は今まで報道官のような喋り方をするといわれたことがないかね?」

バーンズが眉を寄せるのを見て、大統領は鮮やかな笑みを浮かべた。

アメリカ合衆国、ハワイ州カウアイ島、アメリカ合衆国空軍ミサイル射場。

空軍少将、フランクリン・F・バーンズは、陽光が降り注ぐ廊下を大股で進み、ドアの前に立った。磨《す》り硝子《ガラス》に金文字でドクター・シンシア・スーと記されている。左手でノックした。硬い金属で打つような乾いた音がする。

プラスチック製の義手。

時折、失った左手が痒《かゆ》くなる。腕を失って、二年。そのシーンは今でも鮮烈に彼の脳裏に刻まれている。

一九八九年十一月、日本海上空。

バーンズの駆るF－16ファイティングファルコンがネオ・ゼロと呼ばれた黒い戦闘機のミサイル攻撃を受けた。飛び散る風防。緊急事態を告げる赤いシグナル。ヘルメットの内側に充満する警報。酸素マスクの中でくぐもった悲鳴を上げ、右手で脱出装置を作動させるハンドルを探る。ミサイルの破片によって引き千切られた左腕からは鮮血が噴き出していた。

左腕を吹き飛ばした男は、バーンズの編隊僚機によって撃墜された。その男の死体は発見されなかった。事件の露顕を恐れた日本政府が捜索すらしなかったからだ。

雨の午後、失った腕がうずくたびにバーンズは、自分を撃った男を思い出す。

ジーク——那須野治朗《なすのじろう》。

日本人で唯一の撃墜マークを持ったパイロット。だが、すでにその男は亡く、名前ですら懐かしく思える。バーンズは首を振って思いを払った。

もう一度、ノックする。返事はなかった。バーンズは素早く左右を見渡し、右手をドアノブにかける。鍵はかかっていなかった。バーンズはドアを開け放したまま、中に踏み込んだ。

新任の科学者について、少しでも情報を得たいと思ったからこそ、無断で部屋に入った。白で統一された明るいオフィス。だが、壁にかかっている一枚の絵の前で、バーンズの視線は動かなくなった。

絵は、四〇センチ角、正方形の額縁に収められ、部屋の明るさとは対照的に沈んでいた。ブルーグレーのカンバスにペンで描かれた人体図。中央に人間の大脳があり、周囲を半球が覆っている。半球の上には、人間の身体《からだ》がばらばらに描いてある。足の指、脚部、大腿部《だいたいぶ》、手、手の指、顔があり、さらに目、鼻、唇とつらなっている。人体を切り放し、表皮を切り開いて繋《つな》ぎ合わせたモザイクのように見える。半球の一番下部に描かれているのは細長いうねった管で、どうやら小腸を表しているようだった。

とすれば、その上の突起は、肝臓なのか？——バーンズは胸のうちでつぶやいた——それにしてもグロテスクだな。

絵から視線を外すとオフィスの中を見渡した。広いオフィスの一番奥まったところに両袖に引出しのある大きなデスクが据えられている。デスクの右端にコンピューターの端末がのせてあった。

部屋の片側は全面窓、カウアイ島の海岸線を見下ろすことができる。

デスクの後ろ側は作りつけの本棚になっていたが、沢山の専門書と写真立てが置いてある。写真立てに五歳くらいの男の子が写っているカラー写真。東洋人の顔つき。胸にＵＳＡ　ｆｏｒ　ＡＦＲＩＣＡと染め抜いた黄色いＴシャツ。すそを切り落としたブルージーンに、汚れたスニーカー。顔をくしゃくしゃにして笑っている。似合わなかったのは、バーンズと同じスキンヘッドにしていることだった。

バーンズは再びあの奇妙な絵に目をやった。

「それは、ホムンクルスの絵といいます」

声をかけられ、バーンズは振り向いた。開きっ放しになったドアの前に女性が立っている。

「勝手に入りこんで失礼しました」バーンズは口許に笑みを浮かべていった。

女性は小柄で痩せていた。表情豊かなアーモンド形の目が微笑んでいる。バーンズは、昨夜読んだ、彼女に関する資料を思い出す。年齢、四十二歳。東洋系の顔だちは実際の年齢よりはるかに若々しく見える。

「フランクリン・バーンズです」バーンズは近付いてくる女性に礼儀正しく挨拶する。

「お会いできて、嬉《うれ》しいわ、閣下」彼女は右手を差し出しながらいった。「シンシアです。シンシア・スー」

微笑むと目尻に年齢相応の皺ができる。シンシアの身長は一五〇センチそこそこしかなく、バーンズがすぐそばに立つと、ほとんど真下を見下ろすような恰好《かっこう》になった。肩にわずかにかかる黒い髪を真ん中で分け、きれいにセットしてあった。ローズピンクの口紅をひいているだけでそれ以外の化粧はしていない。

二十代といわれても信じるだろう、とバーンズは思った。

「ようやくお目にかかれましたね、ドクター・スー」

「シンシア」彼女は小さな口許をわずかに突き出す。「私の友人、私の仕事仲間、誰もが私をそう呼びます。機密事項ばかりでうんざりする仕事をしているのですから、せめて仲間うちだけは気楽にやりたいのです」

「おっしゃる通りですな」バーンズは笑った。野太い声に部屋の空気が震える。「私の

 こともフランクと呼んでいただけますか?」

「フランキーでもよろしいのかしら?」

「どっちでも結構。気分で使いわけて下さい」

「私の方こそ、光栄ですわ。何しろシングル・ウィ――」シンシアがふいに困惑の表情を浮かべて、口をつぐんだ。

「片翼の鷲《シングルド・ウィングド・イーグル》」バーンズがにやりと笑った。「自分が何と呼ばれているかは知ってますよ」

シンシアがバーンズから視線を外して、照れ臭そうな笑みを浮かべる。

バーンズはしげしげと彼女を見た。ダークブルーのタイトスカートに、襟のないグレーのシルクブラウス、ストッキングに包まれたふくらはぎは細く引き締まり、黒いパンプスをはいた足が小さい。シンシアは、何もかも小さく華奢《きゃしゃ》で、思わず手を差し伸べたくなるようなタイプの女性だった。白衣を着ていなければ、ドクターと呼ぶことにもためらいを感じるに違いなかった。

二人の視線がぶつかり合い、シンシアが一瞬早くにっこりと微笑む。バーンズは決まり悪そうに視線を外し、壁の絵を見上げた。

「ホムンクルスの絵といいましたね?」

「そう、小さな人間という意味です」シンシアはきびきびと答えた。「大脳における運動野《や》と感覚野の分布を概念的に一枚にまとめたのが、この絵です」

　バーンズは唇をへの字に曲げたまま絵を見つめていた。シンシアの少しハスキーな声が言葉を続ける。

「大脳は、中心にある溝を境に、それより前にある部分を運動野と呼んでいます。つまり手や足を動かしたり、歩いたりするのに命令を発する機能を有する部分ですね」

「呼吸なども、そこで命令されて行っているんですか？」バーンズが訊いた。

　シンシアが首を振る。

「呼吸や痛みに対する反射は、大脳の、さらに下部にある脳幹がつかさどっています。生物としての本能的な活動を担当する部分であるところから、旧脳と呼ばれ、私が今ホムンクルスの絵で説明しようとしている部分は新皮質と呼ばれています」

「脳に新しい部分と古い部分があるとは思いませんでしたな」

「ホモサピエンス以前と比べると、新皮質部分では大きな違いがあります。脳の容量は人類の進化に従って大きくなっていますが、そのほとんどは新皮質が発達したものです」シンシアは唇をなめ、言葉を続けた。「さて、絵をごらん下さい。運動野の外側にある半球には、脳の機能分布に対応する身体の各部が描かれています。中心溝の内側から、足の指がはじまり、次いで足首、ちょうど頭頂部にある部分が膝、前へ下がって、尻、腰の運動中枢があります。肩、肘から前に行くに従って、一本一本の指に対応する部分があります。脳は、大きく右脳と左脳に分かれ、それぞれ違った機能を持っているのですが、右側の感覚や運動の中枢は左脳にあり、左側は逆に右脳にあります。すべて交差神経で左右が逆転するのですね」

「それは聞いたことがある」バーンズはつぶやくようにいった。「つまり我々は、脳の真ん中にあるスクリーンで見る時には、実際にあるものと左右逆の像を映していると考えて良いわけですな」

「それほど簡単なものではありません。知覚神経に関する研究は、十分とはいえません。まだ脳は宇宙と同じで、その機能がすべて解明されているわけではありません」

「我が国屈指の大脳生理学者のコメントとも思えませんな」

「私は軍人ではありませんから、ジャックのワンペアで勝負をかけるような真似《まね》はしませんわ」

「カードでお手合わせ願いたいものですな、そのうち」バーンズはシンシアを見ていった。

シンシアはかすかに眉をしかめていた。リベラリスト、軍と軍に関わるもののすべてを嫌悪している。だが、ＳＭＥＳ《スメース》の原型となったシステムを開発するのにかかった膨大な費用を政府が負担する代わりに彼女は空軍と契約を結び、大統領命令に従ってここに来ることになったのだ。

シンシアは説明を続けた。

「さて、運動野の下端には、舌を動かす神経と嚥下《えんか》するために必要な動きを命ずる神経が集中しています」

なるほど――バーンズは感心しながら絵を見ていた。気味が悪いだけだと思っていた絵の法則性が見えてくる。

続いてシンシアは、中央溝から後ろ側、絵の中では右半分に描かれている半球に位置する体性感覚野について話しはじめた。ここでも脳は細分化され、視覚、聴覚、嗅覚、味覚、触覚の五感に対応する部分が分布していた。

「この図は、カナダの大脳生理学者ペンフィールドが作成したものです。彼は、てんかんの診察と治療にあたって、頭蓋骨を割り、露出させた大脳の表面を電気刺激することによって脳の機能を探りました」

「脳に直接電気刺激ですか？」バーンズは唸《うな》った。「あまりぞっとしないな」

シンシアがおかしそうに笑う。

「確かにぞっとしない話ですわね。脳そのものには末梢《まつしょう》神経がありませんから、痛みを感じることはありませんが、知覚と思考のすべてが集中している脳は、その人自身でもあるわけですものね」

「我思う、故に我あり《コギト・エルゴ・スム》」

「そうですね。デカルトの言葉は正しい」シンシアがバーンズを見上げた。「あら、こんな話ばかり続けて退屈でしたわね」

　バーンズは我に返ってシンシアを見た。彼女の声に聞き惚《ほ》れていた自分に気がついてうろたえる。

「とんでもない、大変に興味深い話ですよ」

「本当かしら」シンシアは右肩をちょっと持ち上げ、目をくるくると動かした。

　チャーミングな女性だ、とバーンズは素直に思った。

「本当です」バーンズはシンシアに向き直った。「あなたをスキップⅡの一員に迎えることができて、これ以上の幸福はないと思っています。ジャックのフォアカードが出来た時よりはるかに嬉しい」

「ありがとう。でも、ジャックのフォアカードが手の中で揃《そろ》った時も素晴らしいでしょうね」

「そう、私もまだ経験したことはありませんが、悪くないでしょうな」

　シンシアは、輝くばかりの笑顔を見せた。

　スキップ——先進型操縦装置開発計画《スーパー・コクピット・プロジェクト》は、一九八六年にスタートしている。本部はオハイオ州デイトン市郊外のライトパターソン空軍基地にある研究施設内の統合コクピット研究部にあった。一億二千万ドルの予算を投じ、九〇年代から段階的に実用化していく計画である。

統合コクピット研究部第一課、通称スキップⅠは、レーダーや赤外線探知装置、レーザー光線を使用した各種センサーから操縦席内のディスプレイまでを担当する。一九九〇年に設立された第二課、スキップⅡはディスプレイ部とパイロットとのインターフェイスを担当する。スキップⅡの研究は、シンシアが開発した大脳と航空機の各種センサーやコンピューター制御の操縦装置を直接結ぶシステムを採り入れ、彼女自身が開発メンバーに加わることによって飛躍的に進むことになる。

バーンズはシンシアの視線が彼の左手に注がれているのに気がついた。シンシアは顔を上げ、バーンズをまともに見返して、頬を染めた。

「ごめんなさい、失礼なことをするつもりはなかったのです」彼女は素直に詫《わ》びた。

「義手です。手袋をしたままでは礼を失していると思いますが――」

「ジークのせいね」シンシアがつぶやいた。

バーンズが眉を上げる。

「どうして、その名前を？」

「ここに来る前、スキップに関する資料を読みました。ありとあらゆる資料を、です。その中には、もちろんあなたの名前もありましたし、そして、どうして片翼の鷲《わし》と呼ばれるようになったのかも」

「そう」バーンズは身体の力を抜き、再び例の絵に目をやった。「ジークは私の左腕を奪った男の名前です。死にましたがね」

「彼は死んだのですか？」

バーンズは眉をしかめて、シンシアを振り返った。紙のような顔色をしている。

「どうしました？」バーンズが訊く。

「いいえ、何でもありません」シンシアはデスクの横をまわり、椅子を引いて腰を下ろした。「ちょっとくたびれているんだと思います。二、三日でここの仕事にも慣れるでしょう」

「また、来ますよ」バーンズはにっこりと微笑んだ。

バーンズは入って来た時と同じように大股で歩きながら出ていった。シンシアが好感の持てる女性だということに満足しながら——。

2

一九九二年五月。香港《ホンコン》、九龍城砦《クーロンじょうさい》。

太陽光線の射さない、澱んだ空気。湿気をたっぷりと含んでいるにも拘らず、埃《ほこり》っぽい微《かす》かな風はニンニクと排泄物《はいせつぶつ》の臭いを運んで来る。息を吸うだけで、吐き気が襲う。

路地に立つ二人の男は何度も唾を吐いた。

彼らが立っている場所から、でたらめに路地が延びている。人が一人歩けるだけの狭い路地で、しかも不規則に曲がりくねっていた。

爆音。

二人は同時に顔を上げた。ビルとビルの裂け目に低空飛行していくボーイング747。地面が震動するほどひどい轟音《ごうおん》。香港の表玄関啓徳《カイタック》空港がすぐ隣にある。

九龍城砦は、名前が示すように一一九七年に南宋《なんそう》軍の城塞として建設された。その後、阿片《アヘン》戦争に敗れた清《しん》朝が、英国に植民地として香港を差し出した際に、この砦《とりで》の明け渡しを拒否したのだった。一八九九年、清軍は撤退したが、九龍城砦だけは治外法権が認められる特殊地域となった。統治者不在の無法地帯。約二・七ヘクタールの土地に十階前後のビルが四百も林立する街は、魔窟としての威容を誇っていた。だが、英国から中国への香港の返還期日が迫るほどに、中英の雪解けムードを背景として無法者の街が取り壊されはじめた。香港警察は、城塞地域に連なる四つの主要路のうち、すでに三本を閉鎖、域内パトロールと犯罪者の摘発を進めている。

「ここで間違いないんだろうな？」

暗い光をたたえた眼《め》をした男が英語で訊いた。がっちりとした骨太の身体つきをしている。苔《こけ》が生え、変色したビルの壁にもたれていたが、視線は絶えず動いていた。

「黙っててくれよ、頼むから」

話しかけられた男が、短く、低い声で答える。こちらはやや丸顔で、最初の男よりは色が白く、肉付きもよい。頰をだらしなく緩め、敵意のない笑顔を周囲にさらしている。だが、目は笑っていない。骨太の男が見張っているのと反対側の通りをさり気なく観察していた。

二人とも身長は一七五センチほどで、チャコールグレーのスーツを着、首に緩んだ細いネクタイをぶら下げている。

「時間も場所も間違いない。奴《やつ》はもうじきここに現れるよ」太めの男が英語でささやく。

「なぜ、俺が口を開いちゃならないんだ？　広東語《カントン》はだめだが、北京語《ペキン》ならそこそこ喋ることができるぜ」

骨太の男の言葉に、太めの方はにやにやしながら、わざとたどたどしい言葉づかいをした。

「あんた、今日は口を開かない。喋るのは私の仕事」太めの男の笑みがさらに広がった。

「相手が何をいってもニコニコしていて」

「喋れない男になれっていうのか」骨太の男は肩を落とした。

「特に日本語で何かいわれた時に気をつけて欲しいね」

「日本語なんて使うのか？」

「そう。今じゃ日本の暴力団は香港マフィアにとっては重要な顧客。あんたの英語、悪くない。もちろん日本語は母国語だから問題ない。それ以外、ダメ。一言でも北京語で喋ったら、あっという間に偽装を見抜かれ、私たち二人とも湾の底」

太めの男が親指で地面を示し、白い歯をきらめかせた。

「俺たちは、どんな人間になっているんだ？」

「アメリカの兵器メーカーの依頼を受けたドイツの商社の下請けをしているマカオの組織から仕事をもらった香港の運び屋二人組」

「とても覚えきれないな。わかった。俺は喋れない男になる」

骨太の男は、肩をすくめて、通りに停《と》めてある四輪駆動の日本車にちらりと目をやった。後部座席を倒し、ラゲッジスペースいっぱいにジュラルミンのケースを満載している。ケースはいずれもオリーブグリーンに塗装されていたが、中身を表す黄色い文字は所々削りとられて、判別できないようになっていた。

スティンガーミサイル。サンプルとして二十ケースあった。スティンガーは、米ゼネラル・ダイナミックス社製の地対空ミサイルだった。兵士が一人で運搬し、発射することができる。赤外線追尾式の小型ミサイルとしては、世界でもっとも優れた兵器だ。

二人が売ろうとしているスティンガーは、CIAからアフガニスタンのゲリラに渡るはずのものだった。カリフォルニアにあるシャーウッドやミリタリ・オードナンス・ディフェンスといった会社を通じて世界中に売られている。大抵の重小火器を取り揃えている両社だが、スティンガーだけは苦労していた。それだけ流通価格もはね上がる。

二人が注文を受けたのは半年前。オーダーしてきたのは、14Kと呼ばれる香港の組織だった。14Kは、香港最大のシンジケート、三合会《サムハプウィ》の一組織で最強の武闘派集団といわれる。売り先は予想がついた。金に糸目をつけず、できる限り早く地対空ミサイルが欲しいといえば南米の麻薬組織が最終顧客になる。

「来たようだね」太めの男がいう。

骨太の男は明るい通りに向かって眼をすぼめた。

「光をまともに背負って来るとは、間抜けだな」骨太の男がいう。

「それとも絶大な自信があるか」太めの男が歩き出した。「忘れないでね。あんた、口がきけない」

骨太の男は黙ってうなずいた。

相手も二人だった。一人は色が白く、鼻の下にどじょう髭を生やした東洋人で、光沢のある藤色のスーツを着ていた。ベージュのオープンシャツの襟を背広の襟の上に出し、ネクタイをしていない。もう一人は黒ずんだ茶色の肌、黒くて丸い目をしており、顔が細くて鼻が大きかった。

ラテン系だな――骨太の男は腹の底でつぶやいた。

ラテン系の男が大きな血走った目をむいて、素早く太めと骨太の男を見比べた。暗がりに白目だけが浮かんでいる。

「待たせたかね」東洋人がにこやかに微笑みかけながら広東語で訊いた。

「いえいえ、我々もちょうど今ここに着いたばかりです」太めの男が愛想よく答える。

骨太の男は表情を変えないように苦労していた。腰骨の後ろに差したS&W輪胴式拳銃《リヴォルバー》の銃把《じゅうは》が背中に食い込み、数分前から痛みが耐え難くなっていた。神経をつまみあげるような鈍い痛みを無視して、表情は平静を装っている。

「二十ケース、だな?」東洋人が訊く。

「そうです」太めの男が間髪を入れずに答える。顎で表通りに停車している4WDを示した。「表に停めてある車の後部に積んでありますす」

「一ケース、二万五千ドル。法外だ」東洋人がはじめて顔をしかめた。サンプル分の二十ケースだけで五十万ドルに達する。

「中間マージンを引いてみれば、適正市場価格であることがおわかりいただけますよ」太めの男は相手を慰めるようにいった。

兵器取引、とくに闇で行われる場合、中間にいる人間の取り分は一〇から一五パーセントにものぼる。商品をまとめて買えば、単価が下がるのが経済界の原則だが、兵器密売では逆になる。相手の希望する数量をそろえるには手間もかかるのだ。

ラテン系の男がじっと東洋人の横顔に視線を飛ばしていた。二万五千ドルという部分だけ英語だったので広東語を話す人間が何の話をしているかを察したようだった。

「金さえあれば、何でも手に入る。資本主義ばんざい、だな」東洋人が低い声でぼやきながら右手を背広の内ポケットに入れた。

太めの男が素早く動いた。一瞬後、右手には輪胴式拳銃が握られ、東洋人の顔を真正面から狙っている。東洋人には、太めの男が拳銃を抜くところは見えなかった。

ラテン系の男は、こめかみに冷たい金属が触れるのを感じた。ゆっくりと目を動かす。骨太の男が右腕をまっすぐに伸ばしていた。ラテン系の男が太めの男が拳銃を取り出すのに気を取られた刹那、骨太の男の手にも短銃身のリヴォルバーが握られていたのだ。

ラテン系が背広の前を開いたまま、じっと汗を浮かべている。ズボンのベルトをつけた金具に全長二〇センチほどのチェコ製小型自動小銃スコーピオンが見えた。

東洋人は凍りついたように拳銃を見た。かん高い声でいう。

「小切手を取り出そうとしただけだ」

「それは失礼しました」太めの男が涼しい顔をして、さらりと答える。「でも、確か現金取引のはずですがね？」

太めの男は目を細め、リヴォルバーの撃鉄を親指で引き上げた。弾倉がくるりと回り、金属のこすれあう音が響く。

「そうだった、うっかりしていたよ」東洋人が大きく口を開けて笑う。前歯にかぶせた金冠がきらめく。「金は、もちろん持って来ている。彼、取りにやらせてもいいか？」

東洋人は顎でラテン系の男を示した。太めの男と骨太の男がほとんど同時にうなずいた。

「申し訳なかった。さ、その物騒なものをしまってくれないか。これで取引成立だ」東洋人は肩の力を抜いて、破顔した。

取引成立という言葉が合図だったように、数十人の男たちが彼らの周囲を音も無く取り囲む。数十挺《ちょう》の散弾銃を一斉に装弾する遊底操作の響きが雷鳴のようだ。

「はめられたな」太めの男が拳銃を捨て、ゆっくりと立ち上がる。「一ケースにつき、二万二千ドルの損害だぜ」

「二万三千ドルで仕入れたんじゃなかったのか？」骨太の男も銃を路面に置き、身体を伸ばした。

「ボーナスだよ」太めの男がつぶやくようにいう。「一ケースあたり千ドルの利益は、今回の仕事でコネをつけた私自身へのボーナス」

「最初からそういえばいいだろ？」骨太の男はあきれてつぶやいた。

「私、気が小さい。あんたに知られた上で自分だけ美味《おい》しい思いをしたのでは、心が痛んで眠れなくなるでしょう」

太めの男の顔からは笑みが消えなかった。口調も変わらない。まだ、芝居の幕は下りていない、といっているようだった。

黄色味がかった白地の制服。香港警察。四十人ほどいる。水平に構えた散弾銃。彼らが同時に引き金を絞れば、真ん中にいる二人の武器密売人はボロボロの挽《ひ》き肉になる。

東洋人はほっとしたように肩の力を抜いて、いった。

「あなたたちを武器密輸容疑で逮捕します」

なまりのない、きれいな英語だった。取り囲んでいた警官たちが一斉に一歩前へ出る。銃は下ろさなかった。東洋人の手にもいつの間にか四インチの銃身のリヴォルバーが握られていた。

「さて、月並みな台詞《せりふ》で恐縮ですが、署までご同行願いますよ、ミスタ・レオン・チャン」東洋人は太めの男に向かっていう。視線を巡らせ、骨太の男を見て、付け加えた。

「それからミスタ・ジロウ・ナスノ」

3

カウアイ島沖五マイル。高度三万一〇〇〇フィート。

ハワイ州軍第一九九戦術戦闘飛行隊のハンス・H・ラインダース大佐は、制空戦闘機F－15Aイーグルのコクピットで顔をしかめていた。透明な風防をすんなりと通過して強烈な太陽光線が射しこんでくる。飛行服が熱をもち、全身汗まみれだった。

白いヘルメットのバイザーをはね上げ、酸素マスクはヘルメットの片側に留めたままぶら下げてあった。こめかみから噴き出した汗が頬を伝い、トラックのバンパーのように張り出した顎を伝って落ち、ダークグリーンの飛行服に染みを作った。

ラインダースは、スロットルレバーの左に配置されているパネルに手を伸ばした。レーダー管制スイッチ。射程モードを通常から最強に切り換えた。これで前方約三〇〇キロを走査できるようになる。しかし、計器パネルの上部に取り付けてあるガラス板の表示装置――ヘッドアップ・ディスプレイに飛行物体をキャッチしたシグナルは出現しなかった。

舌打ちして、索敵モードを通常に戻す。

イーグルが搭載している火器管制システムは、ヒューズ社のAPG－63パルス・ドップラー・レーダーでコンピューターを駆使し、索敵、追尾、射撃管制のほとんどを自動的に処理する能力をもっている。単座戦闘機用としては現在もっとも優れている。

溜《た》め息《いき》をついて、ヘッドアップ・ディスプレイの表示を読んだ。

機首方位二八八、西北西を目指して飛行中。気圧高度三万一〇〇〇フィート。真対気速度五〇〇ノット、時速にして九〇〇キロ強。ヘッドアップ・ディスプレイのほぼ中央に自機を示すW型のシンボルがあり、機首の方向を示すステアリング・ドットと機関砲の照準リティクルが重なって表示されている。

ヘッドアップ・ディスプレイ右下隅の数値は、二〇ミリバルカン砲の残弾数。当然のことながら、一発も発射していないので九二〇のままだった。マッハ数は〇・八。Gメーターは一。加速も旋回もない。のんびりした直線飛行だった。

汗が目に入る。ラインダースは目をしばたたいた。

フランキーめ、何をたくらんでやがる――ラインダースは忌ま忌ましい太陽を見上げ、腹の底でつぶやいた。

バーンズから明日飛ぶようにとの連絡を受けたのは、昨日の夜のことだった。溜まっていた書類仕事をようやく片付け、執務後のビールばかりを思い浮かべていたラインダースにとって、その後の断酒は拷問に近かった。だが、それより驚きだったのは、バーンズがハワイにいることだった。

同じ空軍の将校としてバーンズの噂《うわさ》は聞いていた。北朝鮮の爆撃作戦に失敗したと。その後は、片翼の鷲と呼ばれ、ワシントンで閑職に就いているとばかり思っていた。

ラインダースはバーンズに特別の思いがある。

一九七三年、イスラエル。

ヨム・キップルの戦いと呼ばれた第四次中東戦争の最中、ラインダースはバーンズとともに米軍事顧問団の一員として派遣されていた。ラインダースにしてみれば、唯一の戦争経験だった。そこに日本人が一人いた。航空自衛隊から派遣された男だった。

タックネームはジーク。那須野治朗。戦闘機乗り。だが、その男も二年前に死んだ。バーンズの北朝鮮爆撃行を実行したのが那須野だという噂を聞いていた。そして撃墜されたとも。戦闘機乗りにとって幸せな結末にも思えた。

バーンズが腕を失い、ジークが死んだ。ラインダースの中では、この二つはしっかりと結びついている。日本外務省の役人と名乗る男から電話で那須野の所在を訊かれ、イスラエル空軍のラビンとの因縁を教えたのがラインダース自身だったのだ。

ラインダースは計器パネルに手を伸ばすと左上側にある垂直状況表示機のスイッチを切り換え、地図モードにして自機の位置を確かめた。指定された場所に到着したようだ。

無線機のスイッチを入れ、声を吹き込んだ。

「キャデラック0・1、位置についた」

〝了解。待機せよ、キャデラック0・1〟間髪を入れず、地上管制官の返事が返ってくる。

ラインダースは無線機のスイッチを二度鳴らして、了解の合図を送った。

ジッパー・コマンド。

無線機のスイッチを鳴らす時の音は、受信用のスピーカーで聞くとジッパーを上げ下げする音に似ている。世界中のパイロットに通用する通信方法だが、正式なものではない。

ラインダースの脳裏に昨夜のバーンズの声が蘇《よみがえ》る。

『模擬空中戦だよ、ハンス』

『何をたくらんでいるんだ？』ぶっきらぼうに答えて、相手が将官であることを思い出した。将軍、と付け加えようかと一瞬思ったが、結局やめた。

『何もたくらんではいないさ。旧友にちょっとした頼みごとをしたいだけだ』

『あんたに旧友と呼ばれる筋合いはないぜ』

バーンズは電話の向こうで低く笑って、いい直した。

『口の堅いパイロットを求めている。しかも空戦経験のある、腕の立つパイロットを』

ラインダースは受話器を耳に押しあてたまま、口を閉ざし、眉を寄せた。やがて、バーンズが沈黙を破った。

『俺は今、海軍の仕事をしている。新型機の開発だ。海軍といっても、どちらかといえば海兵隊用だがね』

『俺に何をさせようっていうんだ?』

『さっきいった通りさ。模擬空戦。我々が開発中の新型の垂直離着陸戦闘機と——』

ラインダースが聞きながら露骨に鼻を鳴らした。

『俺とハリアーを戦わせようっていうのか?』ラインダースが激昂《げっこう》する。『なめるな。俺が今何を飛ばしているか、知らないわけじゃあるまい』

『イーグル。史上最強の鷲。知ってるさ。それに一九九じゃ、君はナンバーワンのパイロットらしい。だからこそ、こうしてすべての命令系統を無視して、君に頼んでいるんだ、大佐』

ラインダースには、バーンズが襟に輝く二つ星に手をやって微笑んでいるのが見えるような気がした。何とでもしやがれ、と毒づく。

バーンズが続けた。

『君に相手をしてもらうのは、ハリアーではない。全くの新型機、XFV-14だ。元々、日本で設計された機体さ。そしてXFV-14の元になった戦闘機はジークの乗機だった』

ジークの乗機。

今朝になって基地に出るとデスクの上に一通の命令書が載っていた。カウアイ島沖で、海軍機との演習を命じた内容で、一番下にまぎれもないバーンズ自身のサインがあった。


〝ハロー、ラインダース大佐〟

無線機に飛び込んできた声でラインダースの思いは中断された。ややかん高い声で、妙にくぐもって聞こえる。

〝右です。あなたの機から見て、三時の方向にいますよ〟

ハワイ特有の深く青い空を背景に黒い戦闘機が飛んでいる。機体中央部がふくらんでいた。ずんぐりしたやつだとラインダースは思った。

ジェット排気管は、機体中央部と後ろよりの二カ所に配置されている。推力方向変換方式の実用V／STOL戦闘機ハリアーと同じデザインだった。全体的には、確かにハリアーに似ているが、機首や胴体、垂直尾翼は直線で構成されており、ハリアーより精《せい》悍《かん》な印象を与えた。

〝私は〈トラッパー〉。もちろんコールサインです。口の悪い輩《やから》はクレイジー・トラッパーともいいますが、できれば、トラッパーでお願いしますよ〟

「OK、トラッパー」ラインダースは、相手のお喋りにいささかうんざりしながら遮った。「俺のコールサインはキャデラック０・１だ」

〝わかりました、キャデラック０・１〟トラッパーの声は明るく響いた。売れないわりにはやたらに調子のいいボードビリアンを連想させる。〝ルールは簡単にいきましょう。まず私が逃げます。十五秒後に大佐——じゃなかったキャデラック０・１が追い掛けてくる。エリアは、カウアイ島の沖。エリア・アルファからデルタまで他の航空機を追い出してありますから、衝突の心配はありません。下限高度は一万フィート。どうですか？〟

ラインダースはジッパー・コマンドを飛ばした。

〝準備はいいですか、キャディ？〟

キャディだと？　小さな女の子でも相手にしているつもりか？　ラインダースは目をむいたが、声は出さずにジッパー・コマンドで答えた。

〝では〟

トラッパーは無線機のスイッチを切った。

ラインダースは肩をすくめ、レーダーのモードを最大出力にセットし直すと、酸素マスクで口許を覆い、さらに手を伸ばしてヘルメットのバイザーを下げてロックした。計器パネルの時計に目をやる。

五秒経過した。

トラッパー機は、ほぼ垂直に上昇している。イーグルのAPG－63レーダーが自動的に追尾しはじめる。

昨夜の電話で、バーンズはXFV－14がハリアーとは違うといった。XFV－14はマッハ一前後のコンバットスピードで飛び回る。

十秒経過。

ラインダースは上空を見上げた。トラッパー機は青空の頂点で黒い点になっている。頭に血が昇るのを感じた。

イーグルのエンジンは、プラット・アンド・ホイットニー社製のF100で、しかもツインだ。推力の面では非力なV／STOL機が太刀《たち》打《う》ちできる相手ではない。トラッパーは、水平方向の旋回戦にもつれこむべきで、エンジン推力にものをいわせて相手を振り切る垂直方向の機動戦では、はるかに不利になる。

十五秒経過。

ラインダースはスロットルレバーを一番前に送り出し、アフタ・バーナに点火した。操縦桿を引く。エンジン全開。速度計は、簡単にマッハ一を振り切り、急上昇しながら、さらに加速する。操縦桿についている自動照準スイッチを親指で押し込む。ヘッドアップ・ディスプレイに二本の棒状シグナルが現れ、トラッパー機を囲む目標コンテナめがけて走った。

〝では〟

トラッパーは無線機のスイッチを切った。三〇度後ろに傾いた射出座席に背をあずけ、ヘッドレストにヘルメットを押し付けた。それから自動操縦装置のスイッチを入れ、操縦席の右側に付いている操縦桿と左側のスロットルレバーから手を放し、両手を膝の上に置いた。二、三度ゆっくりと息を吐く。

口許のマイクロフォンに命じた。

「実行せよ《アクティベート》」

ＳＭＥＳ《スメース》、作動。ヘルメットから暗色のサンバイザーが下りて、トラッパーの目を覆う。操縦装置に触れられてもいないのにＸＦＶ－14戦闘機は鋭く機首を上げ、ほぼ垂直に上昇を開始した。

ほとんど同時に後方から照射されるイーグルのレーダー波を感知する。トラッパーはマスクの内側でにやりと笑った。

ラインダースは、目をすぼめた。トラッパー機を肉眼で捉えることはできなかったが、ヘッドアップ・ディスプレイには目標コンテナが輝いている。照準環を重ね、スロットルレバーについている目標指定つまみを、左手の中指で押し込んだ。ロック・オン。ターゲットシンボルがまたたく。同時にヘッドアップ・ディスプレイに数字が並んだ。

450　1　288　45.0　610

トラッパー機は、四五〇ノット、時速八三三キロで、1G——まったく旋回機動をともなわない直線飛行をしている。機首方位は二八八、西北西。高度四万五〇〇〇フィート。すでにマッハ一・八に達しているラインダース機とトラッパー機の速度差は六一〇ノットであり、追いつくまでに要する時間は、ほんの数十秒だった。

ラインダースは、煮えたぎる血が頭蓋骨に充満するのを感じた。

スロットルレバーの右側についている兵装セレクターに親指をかける。機関砲をセレクトした。レーダーシステムは、自動的にボアサイト・モードに切り換えられた。最大射程一万二〇〇〇フィート。通常の砲撃位置は、二〇〇〇フィートから三〇〇〇フィート後方だが、ラインダースはそれこそ目標機の尾翼に機首を突っ込むほどに接近させ、一気に勝負を決めるつもりだった。

ヘッドアップ・ディスプレイの中央に、円形の照準環が出現する。バルカン砲用のガンクロスだった。円周の太さが減じていくことによって目標への接近を知らせる仕組みになっていた。

距離が縮まる。二万フィートから一万五〇〇〇フィートへ。間もなくボアサイト・モードにセットされたAPG－63が、小生意気な海軍パイロットの駆る戦闘機に機関砲の照準を合わせる。

一万四〇〇〇フィート。相手をはっきりと目視することができた。明るい空を背景に、くっきりと浮かび上がる。ガンクロスが重なる。標的はみるみる大きくなった。

奴め、一体何を考えてやがるんだ？

ラインダースは瞬間的に思いを巡らせた。戦闘機の死角、後方、下側から斜め上へ突き上げれば、勝負は一瞬で決まる。それとも奴には、俺の機が見えているのか？　首を振った。後ろや下を見ることができる戦闘機など存在するはずがない。

ふいにレーダー警報装置が作動、ヘルメットの中に耳ざわりな警報音が充満する。唇を歪《ゆが》め、ラインダースは周囲を見渡した。

〝大佐、あなたは撃墜されました〟トラッパーが誇らしげにいう。

「寝惚《ねぼ》けたことをいうな」ラインダースが怒鳴り返す。

〝とんでもない〟トラッパーの笑い声が虚《うつ》ろに響く。〝あなたが六時下方から直線接近しているのは見えていました。レーダーホーミングミサイルの射程に入ったところで、私はレーダーを作動させ、あなたをロック・オン、そして撃墜したのです〟

ラインダースは、スロットルレバーを戻しながら、喉の奥で呻《うめ》いた。

後ろが見える戦闘機だと？　バーンズはそんなことは教えてくれなかったぜ。

4

ジェネラル・カワサキ。あなたが手掛けたゼロは、今、ハワイのカウアイ島にあります。米海軍、海兵隊が使用するための垂直離着陸戦闘機として、開発コードＸＦＶ－14を与えられています。こちらでは、ネオ・ゼロを超える戦闘機という意味で、スーパー・ゼロと呼ばれています。

スーパー・ゼロは、従来の戦闘機の概念をすべて打ち破る戦闘機です。この戦闘機にはＳＭＥＳ《スメース》と呼ばれる電子装置が搭載されています。ＳＭＥＳは、スーパー・ゼロの機体各部に設置されたアクティブ・フェーズドアレイ・レーダーの端子や受動型赤外線監視システム、その他の気圧計、高度計、温度計や自機の位置を割り出すための慣性航法装置などのセンサー類とパイロットの脳を結びつける装置です。

ＳＭＥＳを使用したパイロットはスーパーマンズ・アイ・システムといいます。正式には、スーパー・マインド・エフェクト・システムというのですが、彼らには、この言い方がぴったり来るようです。ＳＭＥＳを使用すると、パイロットは機体と一緒になり、自分自身が飛んでいると思えるようになります。そしてＳＭＥＳを搭載した戦闘機ではパイロットは、真後ろ、下方から接近する敵機を見ることができるのです。

元航空自衛隊空将補川崎三郎《かわさきさぶろう》は、旧式のタイプライターで書かれた手紙から目を上げた。

病室の窓から海上保安庁の庁舎が見える。重いグレーに閉ざされた空、くすんだ緑の葉をつけた木々の枝が風になぶられていた。

川崎は、痩せ衰えた両腕を見る。筋肉はすっかり削《そ》げ落ち、震えている。かつては、大気を抱えこむ翼を制御するために、何十キロもの重さになる操縦桿を押し倒した腕だった。

Ａ４サイズの用紙にびっしりとタイプされた二枚の手紙に再び視線を落とした。すでに五回読んだ。差出人の名がない不思議な手紙。

川崎は再び読みはじめた。

元々、ＳＭＥＳは兵器用に開発されたシステムではありません。医療用の装置です。身体の不自由な人を救済する究極の機械的補助手段といえます。

ＳＭＥＳは人間の脳を電子的に外部に取り出すことができるシステムです。自分の肉眼でものを見ることのできない人に光を与え、腕を無くした人、足を無くした人が自分の思い通りになる手足をもう一度得るために開発されました。

でも、アメリカ合衆国軍部は、あるいはその上位組織は、SMESの兵器としての有効性に着目しました。

私はSMESのすべてを知り抜いています。SMESは、恐ろしい装置です。人間の脳を電子的に取り出すことができれば（しかも、SMESはデジタル・コンピューターを使用したプログラムで再現性が高く、万人に対して同じ結果をもたらすことが可能なのです）、そこにどのような影響を及ぼすことも可能です。催眠術といってもいい、あるいは特定の人間の手によってコントロール可能なドラッグとでも。

SMESは軍事用のシステムとして、走りはじめています。レーダーに映らないステルス爆撃機より、ICBMをほとんど無力化するSDIよりアメリカの圧倒的優位性を確立する技術がSMESです。外部に取り出された脳を、コンピューターの中に置き換えることによって、戦闘機も戦車も潜水艦も文字通り無人化することが可能です。世界最強であって、さらに死を恐れなくなる軍隊が誕生します。

SMESは破壊されるべきです。少なくとも今のような形で残るべきものではありません。XFV－14も、かつてあなたのネオ・ゼロがそうだったように闇に葬られるべき戦闘機だと思います。

私は、軍の機密書類に接することができます。今回のプロジェクト参加にあたり、すべての資料に目を通し、あなたと、かつて北朝鮮の原子力施設爆撃に行った男のことを知りました。

その人ならば、あなたと一緒にスーパー・ゼロを盗み出し、破壊してくれるものと期待しています。SMESがどのようなものか、プログラムを用意しておきました。これでジーク専用のSMESボードを作り、ぜひハワイに送り込んで下さい。SMESは、アメリカ軍を、そしてアメリカと世界中の人々を破滅に追いやるものです。

但し、条件があります。一九九二年七月四日。アメリカ合衆国の独立記念日までにすべてを完了して下さい。私は、信じています。


川崎は息を吐いた。この手紙を受け取ってから、すぐに二人の男に連絡を取った。白い壁に掛けられた時計にちらりと目をやった。間もなく、その二人がやって来る時間だった。

だが、川崎が本当に呼びたいと思った男には、声は届かなかった。


ＪＲ新橋《しんばし》駅。

自動改札機が並んでいるのを横目で見ながら、富山県警捜査課警視長池久志《ながいけひさし》は新幹線切符の半券を駅員に手渡した。二年ぶりの東京。誰もが小さな切符を自動改札機にくぐらせて通過していく。長池は土橋《どばし》交差点の前に立つと改札口を振り返った。ワイシャツの胸ポケットからハイライトを取り出し、一本抜いてくわえた。ズボンのポケットからマッチを探り出して火を点《つ》ける。

信号が変わり、長池は人波に押されるようにして築地《つきじ》に向かって歩き始めた。二年前までは、外国人の事件を専門に扱う本庁外事課で勤務をしていた。警視庁の庁舎は、桜田門《さくらだもん》にある。大手町《おおてまち》、丸《まる》の内《うち》、銀座《ぎんざ》、新橋といえば、馴染《なじ》みのある街だった。それがたったの二年で改札口から変わっていた。

ついさっき訪ねて来た本庁もすっかり変わっていた。かつて上司だった警視正は、今では資料室勤務になっていた。

『あと三カ月で停年だよ、俺も』

皺の深い顔をほころばせ、喫茶店のブックマッチで煙草《たばこ》に火を点ける。射竦《いすく》めるという言葉が似つかわしかった眼光も、柔和にさえ感じられた。

首を振った。感傷にふける柄ではない、と自分に言い聞かせる。すでにここは、彼の知っている東京ではない。一八五センチの体軀《たいく》、やや背を丸め、大きな足を振り出して歩く。ニキビの跡が残る顔にメタルフレームの眼鏡。肩にかかる長髪は、時代に乗り遅れた男の象徴だった。薄いレインコートの長い裾が風にひるがえる。

銀座通りを大股に通り抜け、ゆったりと左にカーブする道なりに歩き続ける。昭和通りで大きな横断歩道橋を渡り、さらに築地へ向かって歩を進めた。ガソリンスタンドの前に置いてあった、空き缶の灰皿で半分ほど喫《す》ったハイライトを潰して捨てた。

曇り空。湿度が高い。富山よりも大気がべとついているような気がする。

休暇願いはすんなりと通った。転勤以来、満足に休みをとっていない。一応、上司である課長には妹の結婚式に出るため、といってあった。妹がいるのは事実だったが、五年前に結婚しており、すでに三人子供がいる。親は山口県にいる。親の危篤という手も考えないではなかったが、県会議員をしている父親、県のファーストレディを気取っている母親。どちらも死にかけているというにはあまりに生臭い生活をしている。

『三日後の午後三時。訪ねて来てくれないか』

川崎の声は、暗く沈んでいた。どこを訪ねればいいのか、と訊いて病院の名前を知った時、病名を質問する必要はなくなった。間違いなく訪ねると返事をして電話を切った。

国立がんセンター。それが長池の目指している場所だった。

二本目の煙草を歩道に捨て、二七センチの革靴で踏みにじる。患者の狭間《はざま》で、煙草をくわえるほど、神経は太くない。歩道を左に入る。駐車場を越えたところに、ガラス戸の入口。受付はすぐ目についた。

長池の前に男が立っていた。紺色、無地のスーツを着ている。

「川崎三郎さんをお訪ねしたのですが」その男が受付嬢に声をかけた。

長池は受付から少し離れたところに立って、男の後ろ姿を観察した。髪を短く刈り、きちんとクシをあてていた。白いワイシャツ。靴は黒。右肩に革製のショルダーバッグを下げている。

「四三八号室です」

眼鏡をかけた、細面の受付嬢が答えた。声は透き通っていたが、指輪をしていない左手の甲の皺を見ると彼女が受付嬢と呼べるほど若くはなく、多分、結婚して離婚した経験があると思った。また、首を振る。どうでもいいことをじっと見つめ、記憶に刻みつけていく自分の習性がうっとうしかった。

男が礼をいって受付を離れると長池は少し間隔をおいて後に従った。川崎の部屋を調べる手間を省いてくれたことには感謝しなくてはならない。その男が前に立っていたことが偶然とは思えなかった。どうやら川崎に招かれているのは自分一人ではないらしい。男が階段を昇りはじめ、長池が後に従った。階段の中程で男は振り返り、いぶかしげな視線を投げかけてきたが、声はかけて来なかった。靴はゴム底なのか、音を立てない。少なくとも病院向きだな、と思いながら長池も階段に足をかけた。

男はすぐに四三八号室を見つけた。入口には、『川崎三郎』と記された黒いプレートが一枚かかっているだけだ。ドアは開け放してある。病院では廊下まで冷房が利き、背広の内側に汗が溜まる。長池はコートを脱いだ。

部屋は一〇メートル四方ほどで、二つのベッドでいっぱいになってしまうほど狭い。奥のベッドに、老人が一人寝ていた。痩せた、土気色の顔をした男だった。髪は白く、地肌が透けてみえるほど少ない。その老人が川崎だと信じられなかった。

長池は、入口付近で立ち止まったまま、半ば呆然《ぼうぜん》として川崎の姿を見ていた。その思いは、先に入った男も同じらしい。目を閉じている川崎に声をかけることもせず、ただ、立ちつくして、川崎と長池を交互に見ている。

川崎がゆっくりと目を開き、まずそばに立っているスーツをきちんと着た男を見、それからけだるい仕種《しぐさ》で入口にいる長池に視線をくれた。

「二人とも、よく来てくれた」川崎は嗄《か》れた声でいい、喉を鳴らした。それだけでも苦しそうだった。「くしき因縁というやつだな。ネオ・ゼロという戦闘機が君たち二人を結びつけている。紹介しよう、長池君。彼が航空宇宙技術研究所で、今の世に蘇った零式戦闘機の頭脳を一人で作り上げた男、楠海《くすみ》君だ」

その言葉に男はちょっと困った顔をして見せたが、すぐに長池を振り返り、軽く会釈した。

「楠海君、こちらが長池君だ。CIA、ハ・モサド、そして解散する前のKGBのリストにも彼の名前はあったはずだ。外国から潜入してくるスパイにとっては、目障りな男さ。警視庁外事課の刑事だよ」

「元、ですよ。今じゃ富山県警の刑事です」長池がいった。

楠海が苦笑いを浮かべて、川崎に視線を転じていう。

「私も、元です。今では人事部勤務ですよ、将軍」

「それは惜しいことだな」

長池は、川崎が誰からも将軍と呼ばれていたのを思い出した。

「とにかく」川崎が再び口を開いた。「二人とも忙しいところを来てくれて、感謝する」

長池と楠海は、じっと川崎の口許を見つめた。一言一言噛《か》みしめるように話す口調は以前と変わりなかった。癌《がん》は死ぬまで意識がはっきりしている――長池の脳裏に言葉が走る。祖父が苦しみながら死にかけている時、彼の母親がいった言葉だった。死ぬ寸前まで意識がはっきりしているのは、大いに結構なことじゃないか、とその時、長池は思った。

川崎は天井を見上げたまま、話しはじめた。長池は、斜めに射す太陽光線で川崎の瞳が透明な茶色になっているのを見ていた。つい一時間ほど前に別れたばかりのかつての上司も同じ目をしていたと思う。まだ学生の頃、九十歳を超える祖父が死んだ。死の数カ月前、小遣い銭をせびりに行った長池は、祖父の目が透き通って見えるのを不思議に思ったものだった。

「実は、防衛庁に一通の小包が届いた。カリフォルニア州の消印があったが、差出人の名前はない」

「将軍宛だったのですか?」長池が口をはさむ。

川崎が透明な瞳を長池に向け、うなずいた。

「中に手紙が入っていた。差出人が本当に用事があるのはジークらしい」

「ジーク?」楠海が半ば呻くようにいう。「確かに、あの男のことですか?」

川崎はゆっくりとうなずいた。

長池はちらりと楠海に視線を走らせたが、何もいわなかった。

川崎は口を閉ざしたまま、ベッドのマットレスに手を差し入れ、封筒を取り出した。表には、丁寧な活字体で防衛庁の住所が記され、川崎宛になっている。楠海は手紙を開いた。確かにZEKEとある。川崎は楠海にさらに大きな包みを差し出した。縦横二〇センチ四方ほどあり、三センチほどの厚みがある。楠海は封筒を受け取り、中をのぞいて訊いた。

「ビデオテープが入ってますが?」

「コンピューター・プログラムだそうだ」川崎が答えた。

「大量のデータを送るメディアとしては一番ポピュラーなものです。大体一本で二ギガバイト収めることができる」楠海が淡々といった。

「一ギガ？」川崎が眉をしかめる。

「アルファベットや数字の一文字が一バイトです。一ギガバイトで十億文字分の情報を収められますよ」

「読み取ることができるかね？」

「やってみますがね」

楠海は唇を歪めてつぶやいた。あまり自信のある口振りではない。

「なぜこんなことのために我々を呼んだのですか？」長池が口を開く。

「わからない」川崎は再び目を閉じた。

沈黙。

「何か気になることでも？」楠海が口をはさんだ。

川崎は楠海と長池の顔を等分にながめていたが、重い口を開いた。

「この小包を受け取ってから、防衛庁時代の同僚に訊いてみた。その結果、あくまで噂に過ぎないが、アメリカで新型の垂直離着陸戦闘機の開発が進んでいるらしい」

「それがこの小包とどう関係するんです？」長池が訊く。

「開発責任者がバーンズ少将だということだ」

楠海と長池は同時に眉をしかめた。バーンズの名前は忘れることができなかった。一九八九年十一月。日本の次期支援戦闘機として設計された垂直離着陸戦闘機『ネオ・ゼロ』を実際に製作して、北朝鮮へ向け飛ばすように仕組んだ男だった。

「新型戦闘機には全く新しい方式の電子装置が搭載されているということだが、詳細は不明だ」川崎は小さく首を振った。

「新方式の電子装置」楠海がつぶやく。「要するに、ネオ・ゼロはアメリカにある。バーンズが盗んだってことですね」

川崎は何もいわなかった。楠海から手紙を受け取った長池が熱心に読みはじめる。

「奴がいれば、ゼロを取り戻す方法を考えつくかも知れなかったな」川崎がつぶやいた。

「奴？」長池が顔を上げて、訊く。

「那須野さ」川崎が歯を見せる。

「なぜ、それほどまでに那須野にこだわるのですか？」長池は胸ポケットからハイライトを抜いてくわえた。「奴が腕のいいパイロットだからですか？」

川崎はしばらく長池を見ていたが、首を振った。言葉にならない、というような仕種だった。

那須野は単に腕がいいだけではなく、本能的に戦闘機を飛ばすことができるパイロットだった。極限状態下で必ず生き残る方向に操縦桿を倒す。それが戦闘機乗りとして欠かせない資質だった。

長池は無意識にズボンのポケットからマッチを取り出し、その時になってはじめて自分が煙草をくわえていることに気がついた。マッチをズボンに戻す。長池はぼそりといった。

「生きてますよ」

川崎の目が素早く動いた。長池はその目に生気が宿るのを見逃さなかった。楠海は口を開けて長池を見る。

「ついさっき警視庁へ寄って来たんです。資料室にいる、昔の上司が教えてくれました。私としては管轄外のことですし、まあ、どうってことはなかったんですが」

長池は、川崎と楠海が食いつきそうな目つきで自分を見ていることに鼻白んだ。

「香港警察から照会があったそうです。日本人を逮捕したが、詳細を求める、と。男の名前は、ジロウ・ナスノ。彼と一緒にいた男は、那須野をジークと呼んでいるそうです」

ふいに川崎が笑い出した。

長池は心臓を冷たい手で握られた。

5

雨が降っていた。

ＪＲ蒲田《かまた》駅で私鉄線に乗り換え、さらに二駅。楠海はまとわりつく湿気をうとましく思いながら改札口を出た。雨粒が首筋に降りかかる。背中が丸くなる。風邪でもひいたのか、身体中の関節が痛み、悲鳴を上げているような気がした。黒革のショルダーバッグから文庫本サイズの地図を取り出す。

振り返って駅の位置を確かめ、地図に目を落とした。スーツの内ポケットから手帳を取り出し、はさんであった二つ折りの紙片を広げた。住所だけが走り書きしてある。楠海が捜している男について、人事部でわかったのはそれだけだった。

膝が痛んだ。高校生だった頃、野球部員として五番を打ち、サードを守っていた。三年生の春の試合、そして無謀な本塁への突入。膝関節を骨折した。野球は諦めたが、次に好きだった数学に熱を入れるきっかけになり、東京工業大学へ進学することになった。少なくとも親は嬉しそうだった。野球、恋人、ネオ・ゼロ——手が届きそうになると逃げていった。

川崎から電話を受けて三日後に築地の病院を訪ねた。元空将補との再会から一週間が経《た》っている。川崎にはもう一人、訪問客があった。地方警察の刑事だという。その男が教えてくれた。

ジークが生きている、と。

楠海は、ここ数日、抑えがたい衝動に駆られて動きまわっていた。多分、自分の責任で死なせたとばかり思っていた男が生きていたと知らされ、救われているのだと分析していた。もう一つ、全身を大量のアドレナリンが駆け巡っている理由が他にあることも承知している。

ネオ・ゼロ。また、あの戦闘機に触れることができる。

楠海は、川崎から渡された二本の八ミリビデオテープの分析をすぐに始めた。川崎の病院を訪ねた日の翌日、勤務先の総合研究所でコンピューターソフト部門の開発主任をしている落合一馬《おちあいかずま》に会いに行った。落合は戦闘機が搭載しているメイン・コンピューターのソースコードの開発に取り組んでいる。

楠海は、ビデオテープを渡し、解析を依頼した。落合は五日かけて、テープの中身がスーパーコンピューター用のプログラムであることを調べ、昨日の午後、人事部にいる楠海に電話をかけてきたのだった。

「スーパーコン用のプログラムですよ」落合の声は疲れていた。

楠海は、気のいい後輩が勤務時間外に夜を徹して例のビデオテープに取り組み、目の下にべっとりと隈《くま》をつけているのが見えるようだった。

「スーパーコン、クレイか？」

「多分」

「たった二本のテープにそれだけのプログラムを書き込むことができるっていうのか？」

「多分」

「頼りない返事だな」

「確証のないことは断定できません」

「そうだな」楠海は口ごもった。

気落ちした様子の楠海に気を使い、落合は一人のコンピューター技術者の名前を挙げた。楠海にも聞き覚えのある名前で、独創的なソフトウェア開発で知られていた。だが、楠海が航空宇宙技術研究所に出向している間に病気を理由に退職していた。

楠海は歩きながら、紙片に目を落としてもう一度住所を確認した。ズボンの裾が濡《ぬ》れて重い。

その技術者の専門はコンピューターによる暗号解読と解読不能な暗号を開発すること

だった。この二つを自分の中で同時に研究していくうちに、仕事を続けられないほどの病に倒れたと聞いている。その男が最後の研究テーマに選んだのが人間の脳だった。脳をコンピューター上で再現できると男はいった。誰も馬鹿にして取り合わなかった。

古いコンクリート塀沿いに細い路地を歩く。角を曲がると自動車がようやく一台すり抜けられるだけの通りに出る。右に門があった。小さな群青色のプレートに番地と号数が記されている。メモと照合する。

門柱には青銅と思われる看板がかかっている。浮き文字。楠海が目指した建物は病院だった。入口の脇に立てられた木製の看板は、設置されて数十年も経過しているようだった。ひびわれた白いペンキが塗られた板に、かすれた黒い文字で一行、診療科目が書いてある。楠海は天才システムエンジニアの病気を知った。

看板には、神経科とあった。

カウアイ島ミサイル射場、本部庁舎地下会議室。

窓のない殺風景な部屋に四角くテーブルが並べてある。テーブルの周囲にはスキップIIのメンバーを含め十二人並んでいた。部屋の照明は絞られ、薄暗い中で五〇インチのビデオ・ディスプレイの画面が輝いて見える。その前には、小柄な女が立っていた。

シンシア。

彼女の右隣には、バーンズが座っている。禿頭《とくとう》は画面が発する淡い光を浴びて、つややかな光沢を放っており、白目だけが浮かんでいるように見えた。

シンシアは、テーブルを囲んでいる男たちの顔を順に見渡していく。すでに会議がはじまって一時間近く経過している。室内で喫煙することは許されていたが、誰もが一様に息を詰め、じっとシンシアの口許に視線を注いでいた。

彼女の視線がテーブルの一番奥に座っている、不機嫌な顔つきをした男の上に止まる。先週、XFV－14と模擬空戦をしたままカウアイ島にいついてしまった空軍大佐だった。ラインダース。何度か研究室の食堂で顔を合わせた。おはよう、ごきげんいかが、声をかけても返ってくるのは、唸り声だった。もっともラインダース自身がこの島に残ることを希望したのではなく、バーンズの命令で渋々残ることにしたらしかった。

「それでは実験を開始します。主任《チーフ》、準備してちょうだい」

シンシアが左に座っていた、東洋系の若い男に声をかけた。黒い髪を短く刈った、背の高い男はビデオ・ディスプレイの裏側に設置してあるコンピューターの端末の前に座った。シンシアとともにカリフォルニアから来た男で、シンシアの研究室で主任助手を務めている。

「始めて、主任」

主任は生真面目《きまじめ》な表情のままシンシアにうなずき返し、キイボードのスイッチを入れた。静かな部屋にコンピューターの冷却ファンの音が低く唸るように聞こえる。プログラムの準備ができたところで男はキイボードの上で両手を動かした。

「これから皆さんにご覧いただくのは、XFV－14に搭載されている電子システムの一部を再現したものです」

シンシアは言葉を切り、再びコンピューターの前にいる主任にうなずいた。主任の両手が躍り、キイを叩《たた》く乾いた音が響く。

「コンピューター・グラフィックスによる映像は、ここ数年で急速に進歩しています。モデルに関する詳細なデータが得られれば得られるほど映像はリアルになります」

シンシアの言葉が終わらないうちに五〇インチ・ディスプレイの画面がまたたき、メンバーの視線が吸い寄せられる。画面がスクロールし、真っ暗な背景に女性の上半身が浮かび上がった。シルクブラウスの上に白衣を羽織っている。

シンシアだった。

誰かがうめき声をあげる。隣に立っている彼女がそのまま画面に入りこんでいるようだった。一九七〇年代にスーパーリアリズムというイラスト手法が流行したことがある。写真よりもリアルだといわれた手法で一流のイラストレーターは創造力を駆使して、写真をはるかに超えた世界を描き出していた。その手法がコンピューター・グラフィックスの世界にも影響を与えていた。写真には写し取れない影の部分でさえ微妙な陰影で表現されてしまう。

「モデルに関する詳細なデータ、ね」ラインダースが皮肉っぽい口調でつぶやく。「服の中身までデータが打ち込んであるのかい、センセイ？」

ラインダースの言葉にバーンズが苦笑いを漏らした。同じことを考えたからだった。

「残念ながら見たままの画像でしかないわ」シンシアが口許をゆがめて答えた。

嘘だった。会議室の端末はネットワークを通じてカリフォルニア州立大学の研究室に接続されている。そこのデータベースには、シンシアの身体に関するデータがすべて入力されていた。身長、体重はもとより、きめの細かい肌の色までコンピューター・グラフィックスで再現できるようになっていた。

ラインダースは口をへの字に曲げ、画面に目をやった。

ディスプレイの中のシンシアは、肩にかかるあたりで髪を水平に切りそろえ、前髪に大きなウェーブをかけていた。コンピューター・グラフィックスの画像は、彼女のしっとりとした肌の感触まで忠実に再現しているようだった。

バーンズは画面を見ながら、無意識のうちに唇をなめていた。気味が悪いと思う。画面を見つめたまま、自分の抱いた印象を分析してみた。実物のシンシアと画面の中の彼女はコピーのようにそっくりだが、たった一つ決定的に違っていた。画面のシンシアは全く表情を浮かべていない。写真とも違う。どんなショットであれ、印画紙には一瞬の感情が切り取られ、半永久的に焼き付けられている。まるで――と思いかけたところでシンシアの声によって思いは断ち切られた。

「コンピューター・グラフィックス・ロボット」シンシアは言葉を継いだ。「映画の『ブレードランナー』に登場するレプリカントを画面上で再現しようというのが、このコンピューター・グラフィックス・ロボットです」

なるほど、とバーンズは納得する。凍りついた表情は、デスマスクとも違う。生きたまま時間を止められた顔は、ロボットと呼ぶに相応《ふさわ》しいと思った。

「このシステムは、日本の電信電話会社の研究所が開発を進めていたもので、わが国がさらにその発展型を作成しました。日本ではモデルを三次元のワイヤフレーム画像で再現、その上から人物の写真を張りつけ、データベースに打ち込む方式を採用していますが、我々はレーザー光線の解析によるパターン認識の方法をとっています。よりリアルな画像が得られました。コンピューター・グラフィックス・ロボットでは動画を研究中で、現在、ほとんどリアルタイムに人間の表情を再現することに成功しています。この方式を利用すればマリリン・モンローの新作を撮影することができます」

「モンローの新作に興味はないぜ。それが例の戦闘機と何の関係があるんだ？」ラインダースの口調が投げやりになってきた。

「あわてないで」シンシアはゆったりと答え、ちらりと白い歯を見せた。「では、次のステップに移ります。用意してちょうだい」

シンシアは主任にいった。男は、コンピューターの置いてあるテーブルの下からダンボールの箱を引き出し、中から黒いヘルメット状のものを出した。コンピューターの裏側に鈍い銀色の箱をつなぎ、さらにヘルメットから伸びているリード線をその箱に接続していく。ヘルメットは全部で四個入っていた。

男は立ち上がり、テーブルの上にヘルメットを並べていく。ちょうど三人に一個が行きわたる。ラインダースはヘルメットを受け取り、いぶかしげな視線をシンシアに飛ばしたが、彼女はコンピューターのキイボードに目をやったまま、ラインダースには見向きもしなかった。

ラインダースはヘルメットを引っ繰り返して見る。耳の当たる部分にはスピーカーが、目の部分には液晶パネルが張ってあった。

「今、皆さんが手にしているのはアイフォンと呼ばれる装置です」

シンシアが声をかけると全員が手の動きを止めた。彼女の説明が続く。アイフォンは、アメリカの電子機器メーカー、VPL社が開発したヘッドマウンティド・ディスプレイで、目の位置に設置されているカラー液晶ディスプレイと3SPACE広角レンズシステムが組み込まれていた。液晶一個あたりに八万六千四百画素を持ち、水平方向八三度、垂直方向五八度の視野がある。耳のオーディオシステムはヤマハ製で、デジタル・サラウンド・システムを搭載している。

「アイフォンをお持ちの方は装着して下さい」シンシアがいった。

ヘルメットを手にしているのは、バーンズ、ラインダース、それにスキップⅡに着任して間もない、二人の大脳生理学者だった。残りのメンバーは、すでにXFV－14のシステム開発に携わっており、アイフォンの実験は今回が初めてではない。バーンズとラインダースは手慣れた様子ですっぽりとヘルメットを装着した。

「暗くて何も見えないぜ」ラインダースがわめく。

「まだ、スイッチが入っていません」シンシアは辛抱強くいった。「では、スイッチを入れます」

再びキイボードの前に座った主任が一連のコマンドを打ち込んだ。

その直後にラインダースはアイフォンの中でうなるような音を聞いた気がしたが、一瞬後には目の前の光景に心を奪われていた。

「これは——」ほとんど同時にバーンズも驚き、声を発する。

シンシアは白衣の下に手をやり、腰骨の後ろにつけたワイヤレスマイクのスイッチを入れた。胸元のピンマイクがちゃんと彼女の口許を狙っていることを確認する。声を吹き込んだ。

「さて、ご覧になっている光景に満足いただけましたでしょうか？」

バーンズは乾いた唇を噛んだ。シンシアの声がヘッドセットの耳元に設置されたスピーカーを通じて聞こえる。

目の前にシンシアがいた。

これがアイフォンの世界か——バーンズは唾を飲む音が意外と大きく耳元に響くのを感じた。

アイフォンの中には、今彼がいる会議室そのものが再現されている。床はグレーでテーブルは明るい茶、壁は白かった。その中にシンシアが立っている。アイフォンの内側で見ると、ビデオ・ディスプレイで見るよりはるかにリアルに見える。バーンズはゆっくりと頭を巡らせた。テーブルに三人の人間が座っている。だが、それはいずれものっぺらぼうの人形のようで、そこに誰かがいることを知らせるに過ぎなかった。

「コンピューター・グラフィックスで描かれた世界の中に皆さんはいらっしゃることと思います」

バーンズは声のする方を見た。

シンシアが——バーンズは首を振った。そこにあるのは彼女のイメージだけのはずだった——相変わらず無表情のまま、口許だけを動かして話していた。

「まるであんたが目の前にいるようだぜ、センセイ」ラインダースでさえも素直な驚異の世界にひたっている。

「今、皆さんがご覧になっている映像をダイレクトに脳に送り込むシステムがXFV－14に搭載されているのです」

シンシアの声がりんと響く。


ラインダースは初めてトラッパーに撃墜を食った後の光景を脳裏に思い浮かべた。トラッパーとの空戦を終えて着陸したラインダースは、滑走路を外れ、F－15イーグルを駐機場に入れた。機体にブレーキがかかり、前輪が大きく沈む。メイン電源のスイッチを切ると、静寂が深まり、頭痛がしてきた。

手袋をしたままの両手で強く顔をこすった。両目に汗がしみる。

不可解だった。

脳裏に不快な思いが蘇る。斜め上方を飛行するXFV－14に接近する。回想は自分が撃墜されるという不愉快なシーンに連なる。ラインダースは唇の裏側を噛んだ。

ラインダースはその時になってはじめて格納庫の扉が開き、さきほどまで一緒に飛んでいた黒い戦闘機が格納庫の中にうずくまっているのに気がついた。

格納庫の中では三人ほどの男たちが新型機に取りつき、コクピットをのぞきこんでいた。やがて小柄なパイロットが操縦席に立ち上がる。

格納庫前の駐機場にイーグルを停めたラインダースは自分のヘルメットを胸の前に抱えたまま、呆然とその光景を見つめていた。

パイロットはオリーブグリーンのフライトスーツを着用しており、白いヘルメットを被《かぶ》っていた。ヘルメットは通常の軍用機パイロットが装備しているものに比べ、倍近く大きなもので、しかも後頭部のあたりから数十本のリード線が伸びている。コクピットをのぞく男たちはそのリード線を外しているらしかった。

ドレッドヘア。

ラインダースの頭に浮かんだのはレゲエ歌手が自分の髪を細く編み数十本もぶら下げている恰好だった。

会議室で回想を断ち切ったラインダースが訊いた。

「俺がこの間見たのが、そのシステムなのか？」

目の前を覆うアイフォンの中でシンシアの画像がゆっくりとうなずく。

「トラッパーは俺が斜め下方から接近してくるのを見ていたのか？」

「正確にいえば感じていたのです」シンシアの画像の口が動く。「あの時、ＸＦＶ‐14のレーダーは中射程ミサイルモードになっていました。ＸＦＶ‐14の機体には各所にレーダー端子が配置されていて、球形の視野をもっています。あなたは何の考えもなく、直線的にトラッパーに接近しました」

「感じていた？」

「球形の視野中に何かが飛び込んでくれば、XFV－14のシステムはパイロットに警告を発します」シンシアが画面の中で答える。

「信じられないね」ラインダースは鼻を鳴らしてアイフォンをむしり取った。

シンシアの隣に半袖でグレーの海軍の制服を着た、痩せた男が立っていた。

ラインダースは目をすぼめ、男の顔を見た。黒いXFV－14、青い空、太陽、駐機場、格納庫、ドレッドヘアをぶら下げたヘルメット——幾つものシーンが脳裏にフラッシュバックする。

ラインダースは口許を引き締め、痩せた男をにらみつけながら訊いた。

「お前がトラッパーか？」

次にその男が見せた反応は、ラインダースの予想をあっさりと裏切った。男ははにかんだ少年のような微笑を浮かべてうなずく。

「俺は」ラインダースは一言一言を押し出すように口にした。「とんでもなく生意気な奴だろうと思ってたぜ」

ラインダースの言葉にシンシアが眉をしかめた。

「なあ、トラッパー」

「ラルフです、大佐。自己紹介が遅れました。海軍第一〇混成飛行隊所属大尉、ラルフ・クルーガーです」クルーガーは背筋を伸ばし、敬礼した。「ただ二十四時間、自分がトラッパーであるとは思っていますが、地上にいる間はできるだけ飛行士《エビエイター》であることを忘れようとはしています」

ラインダースは立ち上がって答礼しながらいった。

「俺たちは地上でもパイロットさ」

「ワイキキのバー、ホテルのディスコ、ハンバーガーショップ、地上でもトラッパーのままでいたら」

クルーガーはちらりと視線を飛ばした。その先にはテーブルの上に両手を組んだバーンズが下を向いて肩を震わせている。

「女の子とは友達になれません」クルーガーは右手を下ろした。

バーンズがこらえきれずにバリトンで笑う。ラインダースは、ますます腹が立った。

6

香港中央警察署、地下第二一一房。

那須野は壁に背をあずけていた。湿気と冷気。腹の底が冷えてくるような気がしたが、じっと動かずにいた。ネクタイとベルトは取り上げられた。ワイシャツは汚れ、しっとりと湿っている。

那須野とチャンが同じ房に放り込まれて、すでに三日。最初の日に簡単な尋問があった。以後は、決まった時間に粥《かゆ》が運ばれてくる以外に警察は何もしなかった。

「臭うかな」チャンはワイシャツの袖口を鼻先にもっていくと鼻をうごかした。

「デートでもあるのか？」那須野が笑う。

チャンは相手にしなかった。

「俺たちは、腐りかけの餃子《ぎょうざ》よりひどい臭いがしているんだろうが、自分の臭いだけはわからないもんだ」チャンはまた鼻を動かし、言葉を継いだ。「いつまでこんなところに放り込まれているのかな？」

「さあ」那須野は肩をすくめた。

「そろそろ話せよ、相棒」

「何を？」那須野が訊き返した。

「ジーク」チャンは一音一音ゆっくりといった。「なぜ、誰もがお前をそう呼ぶんだ？」

「どうして今になって？」

「退屈なんだよ、ジーク」今度はチャンが肩をすくめた。「それだけさ」

那須野はチャンを見返した。彼は目尻に太い皺を三本作って、にっこりと微笑んでいる。

「OK、退屈な昔話だが、仕方あるまい」

「もったいぶるなよ」

「もう二十年近く前になる」那須野は話しはじめた。「航空自衛隊《ジャパン・エア・セルフ・ディフェンス・フォース》の隊員のうち何人かが米軍に派遣された」

ジャパン・エア・セルフ・ディフェンス・フォース。那須野がそういうとチャンは怪訝《けげん》な顔をした。

「ただの空軍《エア・フォース》とは違うのか？」

「違うね」

「どこが？」

「航空自衛隊——空自は戦争をしないんだ」

チャンは混乱した様子だったが、那須野はかまわず言葉を継いだ。

「そのメンバーのうち一人のパイロットと何人かの整備員が実戦を経験した。このことは日本の国民は誰も知らないことになっている」

「なぜ？」

「そのパイロットが、あろうことか見学に行った先で戦闘に巻き込まれ、さらに敵機を撃墜してしまった」那須野は低い声でよどみなく話した。

「一九七三年十月、イスラエル上空だった——」


一九七三年十月八日、イスラエルはユダヤ教の贖罪《しょくざい》の日ヨム・キップルにあたっていた。

米国空軍から派遣されていた黒人の空軍中佐フランクリン・F・バーンズと航空自衛隊二等空尉那須野治朗は、他の隊員とともに緊急発進に備える待機所にいた。基地のサイレンが鳴ると二人は、はるばるアメリカ合衆国から乗ってきたファントムに飛び乗り、イスラエル空軍機と一緒に離陸した。

ハ・モサド——少人数ながら厳しい訓練で鍛えられた優秀な人材を擁するイスラエル

諜報《ちょうほう》機関はエジプトの戦力を過小評価していた。それがＤデイ、後にイスラエル側にとって『ヨム・キップルの戦い』と呼ばれるようになる攻撃を促す結果となったのだった。

「奴らを血祭りにあげろ！」後部座席でフランキー・バーンズが叫んだ。

二人乗りの戦闘爆撃機マクダネル・ダグラスＦ－４Ｅ『ファントムII』はＪ79エンジンを全開にして横転、下降した。前部操縦席に窮屈な姿勢で詰め込まれているパイロット、那須野治朗は操縦桿を倒し、操縦席の前に並ぶコンパスや照準器の隙間から爆撃を終えて上昇してくるＭｉＧ《ミグ》－21を捜した。

秋晴れの透明な陽光の中に銀色の機体が輝く。心臓が鳴った。

「目標《タリホー》を視認した」那須野がコールする。

いま那須野が飛び立ったばかりの滑走路に五〇〇ポンド弾を投下して身軽になったシリア空軍機が増速した。

主翼下にぶら下げた赤外線追尾式ミサイルＡＩＭ９Ｄ『サイドワインダー』の弾頭部がミグの排気管から発する熱を感知する。那須野のヘルメットの中にオーラルトーンが響いた。

「ベイビィ。グッド・ロック・オンだ」バーンズが叫ぶ。その声は酸素マスクの中で妙にくぐもっている。

「ナスノ」バーンズは一九五センチ、一〇〇キロという巨体に似合わぬ金切り声でいった。「真後ろ上空《シックス・オクロック・ハイ》から敵機《バンデッド》接近。ミグ、ミグが二機」

那須野はバーンズの警告を無視して、前方のミグに狙いをつける。

「さっさと撃墜しろ」バーンズが泣き声になった。

「まだまだ」那須野はオーラルトーンを確かめ、腹の減ったドラ猫のように舌なめずりした。「もっと接近しなきゃダメだ。俺も俺を狙ってる野郎もな」

「お前はとんでもない奴だ」

「そうかも知れない」那須野は否定しなかった。

「発射した」後方を警戒していたバーンズがまた叫んだ。「奴ら、アトゥールをぶっ放しやがった」

アトゥール。ソ連製の赤外線追尾式ミサイル。バーンズの声は後半が聞き取れなかった。急激な旋回で重力がかかり、丈夫な声帯ももちこたえられなかった。まるでアニメのアヒルが喚《わめ》きちらしているようだ。

「バーナ・オン」

那須野はバーンズの悲鳴を無視してコールした。左手で握ったスロットルレバーを前進させ、手首をひねってL字型の溝に入れた。アフタ・バーナ、点火。ファントムは機体を揺さぶるショックとともに蹴飛ばされたように加速した。

ミグは右にスライドしながら上昇を続けた。アフタ・バーナをたいているために排気管からはチラチラとオレンジ色の炎が見える。急旋回。ミグの右翼つけ根あたりから水蒸気の帯——ベーパートレイルが流れる。那須野は右手の親指でミサイルのセイフティロックを解除すると照準器の四角いシンボルと丸い照準環が重なるように機動させた。

操縦桿についているミサイルトリッガーを引く。震動。ミサイルがラックを外れ、ロケットモーターに点火した。細身のサイドワインダーは飛び出し、白い煙を引きながらラセン状に飛行する。那須野は間髪を入れずに操縦桿を倒し、アフタ・バーナを開いたままで高Gバレルロールにはいった。

那須野機は細めのグラスの縁をなめるように小さく、急激な旋回をしながら右下方に逃れた。速度マッハ一・二、高度三〇〇〇フィートから二五〇〇フィートへ。Gメーターの指針が五を超え、六に近くなる。ファントムがきしみ、苦しげに乾いた音を発する。

エンジンに取り付けられた高圧コンプレッサから流入する大量の空気で、下半身を覆うGスーツがふくれあがり太腿《ふともも》の血管を圧迫する。それでも重力によって血液は下へ下へと押し流されていく。血液を失った脳が悲鳴を上げる——ブラックアウト——視界が暗くなる。気を失う寸前、那須野は口をいっぱいに開いて叫んだ。ヘルメットの内部では、もっと野太い声が那須野の叫びに和するように弾《はじ》けた。バーンズもわめき散らしている。そうしないと二人とも失神し、石のように砂漠に叩きつけられてしまう。

那須野はバレルロールから立ち上がるとそのまま上昇し、ハイ・スピード・ヨーヨー機動にはいった。コクピットの周辺で天と地が二枚の絵のように見え、もの凄《すご》いスピードで回転する。

ミグの放ったミサイルが機体のすぐ左方を抜けていく。

那須野は操縦桿をゆっくりと引き続け、大きなループを描いた。その頂点で操縦桿を戻し、フットバアを蹴り飛ばして水平飛行に移る。アフタ・バーナ、カット。眼下にはイスラエル軍とシリア・エジプト連合軍の戦闘機がいりみだれて飛行している。

「撃墜したか？　俺は撃墜したか？」那須野はバーンズに訊《たず》ねた。

「すまん、見ていなかった」バーンズがいった。

荒い呼吸音がイヤフォンに聞こえた。生き延びるのに必死で、自機の放ったミサイルの行方まで追うことができなかったのだ。

〝見たぞ〟しっかりした声がイヤフォンに聞こえた。編隊長機を駆るイスラエル空軍の第三飛行隊長ラビン中佐だった。〝立派だ。ミグは真っ二つになって落ちた〟

「ありがとう、中佐」那須野は酸素マスクの中に仕込まれたマイクロフォンに向かっていった。

〝いいや、礼をいうのはこっちの方さ。シリア機を仕留めてくれたんだからな。君と君の相棒のお蔭《かげ》だ〟無線機の声は弾んでいるようだった。

「すまなかった、ナスノ」バーンズがいった。

「そういうな、ビッグ・フランキー。俺だって見てなかったんだ」

「お前は機を操るのに必死だった。だが、俺の仕事は後ろを見張ってることだった」

「よせよ、フランキー。俺たちはどっちも必死で逃げたんだ」

「怖かったよ。死ぬほど怖かった。ミサイルで撃たれたのは初めてだ」

「俺だって初めてさ」

〝急旋回《ブレイク》しろ、ナスノ。後方から敵機《ボギー》が二機、ケツを狙ってるぞ〟ラビン中佐の切迫した声がヘルメットに内蔵されたスピーカーに響く。

那須野は右のフットバアを蹴り、操縦桿を前へ倒した。恐怖が胃袋をやぶって喉をかけあがってくるのを感じた。

「ナスノ、左だ。左からやって来る」バーンズがわめいた。

那須野は操縦桿を右へ倒し、同時にアフタ・バーナに点火した。

三角翼のＭｉＧ－21とファントムが交錯する。二三ミリ機関砲弾をバラまきながらＭｉＧ－21が那須野機をかすめた。

那須野はいったん高度をとり、速度を位置エネルギーに置き換えるとミグの後方にまわりこんだ。キャノピーレールに取り付けられたバックミラーをちらりと見上げる。バーンズが身体を支えるハーネスを外して後ろを警戒しているのが見えた。

ファントムには後部レーダー警戒装置がある。しかし、それが警報を発した時にはミグのロック・オンにさらされていることになり、回避機動を起こすのが遅れる。撃墜されないためには後部座席員が肉眼で後方を警戒しているしかない。

「OK、ぼうや。後ろはおっかさんが見ててやるから安心して奴を撃墜しな」バーンズの声が自信を取り戻したようだった。さっきまでの震えがない。

「頼むぜ、ママ」那須野は照準器に意識を集中した。

コンテナと呼ばれる四角いシンボルが敵機を表し、その上に環《わ》がかかろうとしている。両者が重なれば、シンボルは赤く点灯してロック・オン。

那須野は今、獲物を狙うハンター以外の何者でもない。相手を殺したいという渇望に身を焦がされていた。敵機が右旋回をすれば、すかさず操縦桿を倒し、フットバアを蹴る。降下すれば続いてダイヴする。

点灯――ロック・オン。距離一二〇〇メートル。敵速〇・九マッハ。

空中戦機動中に最高速度は問題にならない。マッハ一をはさんで、コンバットスピードでいかに機動するかが生と死を決する。那須野はマスクの中で舌なめずりした。心臓が痛いほど激しく打ち、身体中にアドレナリンを送り込んでいる。

ファントム一機の値段は一千万ドル、ミサイル一発で五万ドル。安いといわれるミグでさえ四百七十万ドル。ざっと千五百万ドルの決闘。

では、パイロットの生命の値段は？

那須野はにやりと笑った。

巨体をねじって後方を監視していたバーンズが悲鳴をあげた。

「ミサイル！　奴らがミサイルをぶっ放したぜ」

緊迫したバーンズの息づかいが耳元に聞こえる。那須野は操縦桿を倒したまま横転を続けながら、何とか追尾してくるミサイルの旋回半径内に入ろうとした。

「ジーザス」バーンズが悲痛な叫びを上げる。「お終《しま》いだ」

那須野は無駄と知りつつ操縦桿を前に倒し、急降下を図った。接近してきたミサイルが尾翼のわずか一五フィートをかすめ、近接信管が作動して爆発した。

衝撃。

音は感じない。ただ、頭の中が真っ白になり、胃袋が気味悪く持ち上げられるだけだった。無数の破片がファントムを破壊し、コクピットにも飛び込んで計器盤を切り刻んだ。ミサイルの爆風に翻弄された機体が二転、三転する。ハーネスが身体にくいこむ。

意識が遠のく。那須野は頭を振り、二、三度目をしばたたくと両手で操縦桿を握り、機体をコントロールしようとした。スピンが続けば、制御不能になる。右足で精一杯ラダーペダルを踏む。が、ファントムは反応しない。胴体後部が破裂、炎を噴き出した。

墜落は避けられない。

「コントロールを回復しろ、ナスノ」バーンズが叫び続ける。

重力の方向がくるくる変わる。シートの上で身体を真っ直ぐに支えているのも難しかった。

「ダメだ、フランキー。コントロールできない。後席の操縦桿はどうだ?」

空軍が使用しているF－4Eファントムには、後部座席にも操縦桿がついている。

「身体が――」バーンズは苦しげにうめいた。「キャノピーに押し付けられて身動きできない」

バーンズは後ろを見るためにハーネスを外していたのだ。激しく震動するコクピットの中で、その巨体はそこらじゅうに叩きつけられている。那須野は汗で滑ってズレてきたヘルメットを持ち上げ、何とか計器を読もうと試みた。

愕然《がくぜん》とする。

コクピットに飛び込んだ破片は飛行計器の大半を壊していた。レーダースコープは真っ二つ。速度計、高度計、姿勢指示装置――ずらり並んだ丸型計器の指針は、そのほとんどが吹っ飛び、見当たらない。唯一残っているのが、右膝の前にあるテレライトパネル。それも機体が損傷していると告げるに過ぎない。

「火だ、翼に火が移るぞ」バーンズが絶叫した。

那須野はあわてて左右を見た。右だった。胴体後部から燃え広がっている炎が翼に届こうとしている。恐怖に息が詰まる。すぐ右に操縦桿を倒し、右ラダーを操作。燃料タンクは翼だけでなく、胴体中央にもマウントされている。

タンクに引火すれば、空中爆発は避けられない。

「尾翼がもたん。尾翼が溶けて落ちるぞ」バーンズがわめいた。

ふいに突きあげるようなショックが来る。機体がふらりと横滑りする。横転の速度が鈍る。機体が安定したのは、翼内燃料タンクの一部が爆発、その反動がきりもみと反対方向に働いたからに違いなかった。

「射出脱出《ベイル・アウト》しろ、今、すぐに」那須野は声をかぎりに叫んだ。

コクピット内には電線が燃える酸っぱい匂いのする煙が充満し、マスクをしていても防ぎきれるものではなかった。

「脱出する」バーンズがいった。

ファントムは後部座席優先の設計で脱出も先にする。前席が先に射出するとエジェクション・シートのロケットモーターが発する炎がまともに後部座席員を焼くことになるからだ。機体が激しく震動する。

バーンズ、脱出。

その時、アクリルのキャノピーが炎の熱で溶け、黒い泡を吹きはじめた。那須野はぐにゃりとした風防越しに中東の深いブルーの空が歪むのを見た。

那須野は戦慄した。この光景が終生忘れられないものになった。

那須野は息を吐いた。チャンがみじろぎもしないで見つめている。那須野は少しかすれた声でいった。

「ハンス・ラインダースという男がいた」

「ラインダース？　ドイツ人か」

「いや、アメリカ人だ。奴も軍事顧問団の一人だった」

「それとお前の空中戦と何か関係があるのか？」

「俺とバーンズが飛び乗ったのが奴の乗機だったのさ。奴とバーンズがコンビを組んで飛んでいたんだ。だが、その日、ラインダースは基地にいなかった。イスラエル空軍の高官と会議をしていたんだ。ちょうど俺の乗機は、着陸事故で脚を破損していて、とても飛べる状態じゃなかった。俺はラインダースにとって千載一遇のチャンスを取り上げた。空中戦なんてざらにあることじゃない。それ以来、奴は俺を恨むようになった」

「火傷《やけど》の跡は、その時のものか？」チャンが訊いた。

那須野の背中には一面にピンク色のケロイドが広がっている。

「そうだ。射出脱出した時に溶けかかっているキャノピーを全身に浴びた。空中に放り出された時、火ダルマだった」

暗い微笑を浮かべた那須野に、チャンが何かいおうと口を開きかけた。

房に大きな音が響く。二人が顔を上げると鉄格子製の扉の前に若い看守が立っていた。右手に木製の警棒をもっている。

「面会だ」英語で、短くいった。

弁護士かシンジケートの仲間が来たと思ったチャンが立ち上がろうとする。

「違う」看守は広東語で怒鳴った。

今度は那須野がゆっくりと立ち上がった。

「もうひとつ」チャンが追い掛けるように那須野の背中に訊いた。「ジークって呼ばれるのはなぜだ？」

那須野は振り返った。

「米軍にいた時、そう呼ばれた」

「コールサインか？」

チャンの問いは宙に漂い、消えた。

7

東京・築地、国立がんセンター。

川崎はベッドの上に半身を起こしている。楠海がベッドの前、丸い椅子の上で背を伸ばしていた。神妙な顔つきでいった。

「うちの会社の総合研究所にいる落合君に紹介された男に会ってきましたよ。例のテープを見せると早速ビデオカメラを改造した読み取り装置にかけましてね、中に入っているプログラムを解析しました」楠海はちょっと考え込むように言葉を切った。「要した時間は十五分くらいですね。私にはあっという間に見えました。あれはスーパーコンピューター用に書かれたプログラムだそうです」

「内容は？」

「ある種の設計図のようなものだといっていました」

「設計図？　我々に何かを作らせようというのか？」

「多分」

「頼り無い返事だな」

川崎が口の両側に深い皺を作る。不機嫌になった時の癖だった。楠海は先日、落合にいわれた台詞を思い出した。にやりと笑っていう。

「我々技術者の常で、実証されなければはっきりしたことをいえないんです、悪《あ》しからず」

「君はいま人事部所属じゃなかったっけ？」

いやな爺《じい》さんだ——楠海は強張《こわば》った笑みを顔に張りつけたまま腹の底で唸った。

「スーパーコンピューターか」川崎は天井を見上げてつぶやく。「そのコンピューターさえあれば、何が送られて来たか、あるいは謎の人物の意図がわかるというわけだ。航技研で何とかならないのだろうか？」

航技研——航空宇宙技術研究所は科学技術庁に所属する研究機関で、本部を東京都調布《ちょうふ》市に置いていた。かつて川崎も楠海もそこのメンバーであり、次期支援戦闘機FSXとして開発された垂直離着陸戦闘機『ネオ・ゼロ』を生み出した。

「難しいでしょう」楠海の眉が曇る。「あそこのマシンは、あくまで航空機の設計用ですからね。将軍に来た手紙の内容からすると手に余ると思いますよ」

「あてがあるのか？」

「ATR視聴覚機構研究所を訪ねてみようと思っています」

「ほう？」川崎が眉を寄せる。

楠海は説明した。一九八六年、郵政省をはじめ、放送局や通信会社が出資して国際電気通信基礎技術研究所が設立された。ＡＴＲ視聴覚機構研究所は、その一部門である。京都府郊外、奈良県にほど近いところにあった。

「京都か」川崎は溜め息をついた。

楠海には川崎の気持ちがよくわかった。自衛隊とも縁が切れ、航空宇宙技術研究所から細々と給料を貰《もら》っている身の上としては、まるで自由になる予算がない。

「自腹で行ってきますよ」楠海は快活にいった。

川崎が楠海を見る。

「私だって、ネオ・ゼロがどうなったのか知りたい。その手掛かりは今のところこのプログラムだけですからね」

「すまんな。また、面倒なことに君を引きずりこむことになる」

「とっくに首までつかってますよ、将軍」

「それで、その君が会ったという天才も連れていくつもりなのかね？」

楠海はすぐに答えず、慎重に言葉を選びながら、神経科病院を訪ねた時のことを話しはじめた。

「不思議な男です。何しろ神経を病むまで研究に没頭したという話でしたから、ある程度の覚悟はしていたのですが。とにかく――」

雨。首筋にまとわりつく湿気をうとましく思いながら、楠海は神経科病院の門をくぐった。あらかじめ電話で来意を告げてあったので、訪ねた先の名前を告げただけで、受付にいた女性は手元の受話器を取り上げた。門構えに負けず、病院の中も暗く古びていた。コンクリートを打ちっ放しにしたたたきから五センチほど高くなった廊下は板張りだった。かつては、ここで靴を脱いだに違いないが、実際には廊下も泥に汚れている。

「間もなく案内する者がまいります」

受付の女性は細い声でいった。楠海は礼をいって、周囲を見渡した。壁に貼られた黄ばんだ保険のポスターをぼんやり眺めているところへ案内の男がやってきた。

看護士。腰までの短い白衣を着ていた。スタンドカラー。白いボタンが六つずつ二列にならんでいて、分厚い胸板に引き千切られそうになっている。

「こちらへ」

意外と優しい声で男はいい、右手を廊下の奥へ突き出す。楠海は黙って後に従った。

暗い廊下の天井と床がはるか前方で一点に収束し、消えている。

病院の間口は、普通の一軒家ほどしかない。が、奥行きは四軒分もある。うなぎの寝床という形容がぴったりだった。昼間だというのに蛍光灯がともっている。

男の背中の筋肉は異様に発達し、半袖の白衣からのぞく腕も太い。こんな男に看護される患者に同情するな、と楠海は思った。

目指す患者のいる部屋は、廊下の突き当たりにあった。名札に『中藤伊佐朗《なかふじいさお》』とある。間違いない。

「ここですね」楠海は一応確認するつもりで訊いた。

「そう」看護士が振り返る。

額の下辺に太い毛むくじゃらの眉毛、その下の血走った大きな丸い目が見ていた。

「どうぞ」看護士が太い腕を伸ばしてドアを開き、再び口を開く。

楠海は中をのぞいてためらった。

「別に危害を加えられるようなことはないですよね？」

「危害を加えられる？」

看護士がはじめて笑った。口を大きく横に開くと前歯の間が空いている。うつろな目が不気味だ。看護士の方が余程危険そうだった。

楠海はドアをくぐり抜けた。八畳ほどの部屋で、窓がない。冷房は入っておらず、むっとしていた。看護士が黙ったままドアを閉じ、去って行った。

右の壁際にきちんと整えられたベッドが置いてあり、左側にスチールの机があった。机の上にはアップル社製のコンピューター。髪を短く刈った男が背中を向けて、キイボードを叩いていた。

振り返る。

中藤は丸い眼鏡をかけた、小さな男だった。脂っ気のない髪を真っ直ぐ額に下ろしている。眼鏡の奥の目は少年のようだ。すでに三十代半ばになっているはずだが、そうは見えなかった。

「驚いているようですね」中藤の声は低く、耳に心地よい。

「いや」

楠海はバツの悪さを感じて、病室を見渡した。机の前には天井まで届いている大きな本棚が二つ。ほとんどが洋書だった。

「何もおもてなしできませんが、とりあえず座って下さい」中藤は右手でベッドを示した。「お茶なし、ビールなし、もちろんウィスキーもなし。煙草はＯＫです。僕自身が十二の時から親しんでいます。麻薬よりはるかに悪性の中毒だと思いますが、やめられませんな」

「結構、私は吸わないんで」楠海が答えた。

中藤は気分を害した様子もなく、にっこりと微笑んだ。

「そう、それがいい」ブルーのシャツ、胸ポケットから抜いた煙草に火を点けた。「僕は失礼しますよ」

楠海はじっと中藤を見た。中藤は真っ直ぐ楠海の目を見返して訊いた。

「僕がまともな人間か、考えているんですか？」

「ちょっと驚いているだけです。事前の情報と目の前にいるあなたがあまりにも違い過ぎるんでね」

「ゴルフ、スキー、テニス」中藤は床に煙草の灰を落とした。「兄貴がよく出来た男で、こんな僕を自由にさせてくれているんです」

「お兄さん？」

「そう」中藤はうなずいた。「ここは兄貴の病院なんです。さあ、例のテープを渡して下さい」

楠海は気圧《けお》されながらもショルダーバッグを開き、二本の八ミリビデオテープを渡した。

中藤は机の引出しからソニーのビデオカメラを取り出し、リード線をカメラの後部につなぐとアップルに接続した。鼻唄。松田聖子の曲。楠海は眉間に皺を寄せた。中藤とはあまりに不釣り合いに思える。

『あなたの手には負えませんよ』

落合の言葉が脳裏にこだまする。楠海は了解した。落合がいったのはプログラムだけでなく、中藤をも指していたのだ。

機械より人間の方がはるかに難敵だ——半ば呆然として、キイボードを叩く中藤を見つめていた。

川崎は楠海の話を聞き終えると静かにいった。

「君の話を聞いても、ちっとも異常なところは無さそうだが」

「実は、彼と会った後、院長をしている彼の兄に会ったのです。極度のストレスが発作を引き起こすといわれました。逆行性健忘症、自分が誰であるかも忘れてしまうそうです」

「だから何だね？　私は、過去に一度死地へ送りこんだ男をもう一度巻き込むつもりでいる」川崎はゆっくりと振り向き、静かにいった。「長池君が今、香港に行っているよ。那須野を迎えにね」

東京・桜田門。警視庁三階北側にある資料室。入口に現れた初老の男を見て、痩せた老刑事が折り畳みのパイプ椅子から半ば腰を浮かせた。目を見開いて訊く。

「ゴキゲンか？」

「お久しぶりです、旦那」

宇部源吉《うべげんきち》は開いたドアの前で小さく頭を下げた。源吉は空き巣の常習犯だった。五センチの隙間を見つければ、あっという間に潜りこむ。ゴキブリの源吉、通称ゴキゲン。老刑事が赤羽署《あかばね》にいる頃、長池とコンビを組んで検挙した。

老刑事はすぐに源吉を忘れたが、長池は何かと気にかけ、まめに手紙を書いたりしていたはずだ。

「ま、入れよ」

老刑事は机の上に開いてあった薄い本を閉じて源吉を招じた。源吉は低い声で失礼しますと答え、ドアを後ろ手に閉めて中に入った。

灰色の壁に囲まれた殺風景な部屋。天井近くに三〇センチ四方ほどの窓がひとつ。鉄製の格子がはまっている。窓から射し込む光でさえが灰色。壁一面が書類棚になっていて、黄ばんだ表紙の書類綴《つづ》りがずらりと並んでいた。

「今は、こんなところで仕事を?」源吉は老刑事の前に置かれた椅子に腰を下ろした。

老刑事が困ったような笑みを浮かべる。自らの不用意な言葉に源吉は目を伏せた。

「気にするなよ、源さん」

老刑事はしわがれた低い声でいった。源吉は顔を上げることができず耳まで赤く染めている。

老刑事は今にも消え入りそうな風情を見せる窃盗犯を見た。好もしさを感じて、老刑事は少しあわてた。今まで犯罪者を見て好感を抱いたことはない。

老いたのか――。

ひやりと胸の底に感じた。やり切れない思いだった。

「長池を訪ねてきたのか？」老刑事が切り出した。

「ええ」

源吉はまだ顔を上げずに小さく答えた。二人の間に机があれば、取り調べ風景になる。

「出所は？」

「三日前になります」

「よくここまで入って来られたな」老刑事は感心していった。

お礼参りを禁ずる意味でも、出所したばかりの人間が警察を訪れることは規則違反になっている。特に逮捕された警官に会いに行くとなれば、なおさらだった。

「ゴキゲンですからね、警視庁に忍び込むのは難しくない」

老刑事は苦笑して、胸ポケットから皺だらけになった煙草のパッケージを取り出した。よれよれの煙草をくわえ、源吉に向かって箱を差し出す。源吉が首を振った。

「身体が、まだ受けつけないんで」それだけいうと再び下を向いた。

「酒は？」

「昨日、ビールをコップに一杯だけ飲んでみました。ひっくり返りましたよ。出所したら腹いっぱい酒を飲むつもりだったんですがね、身体の方がいけません」

二人は乾いた声で笑った。

それから何人かの警察官と前科者の消息を尋ねあった。隔離された男たちの世界。尋ねあうのは、逮捕した者とされた者。法と常識の外側にいる男たちの連鎖が妙に温かく、心地よい。

「長池は今いないよ」老刑事は自分の吸いつけた煙草を見て、ぼそりといった。

「出掛けているんで？」

「いや、転勤になった。富山へな」老刑事はぼそりといった。「それに今は日本にもいないよ」

源吉が怪訝そうに眉を寄せる。

「出張ですか？」

「香港に行っているんだ」

「いや、休暇だ。相変わらず酔狂な男だよ」老刑事は煙草の灰を床に落とした。「香港警察に逮捕された日本人を受け出しに行っている。自分の管轄でもない事件のためにな」

「そうですか」源吉は肩を落とした。

沈黙。

老刑事は短くなった煙草を床に捨て、古びた革靴で踏みにじった。

「じゃ」源吉が腰を浮かしかける。

「ちょっと」思わず出た自分の言葉。老刑事は再び狼狽《ろうばい》した。

「は？」中腰の姿勢のまま、源吉が顔を上げた。

「いや。古女房の手料理なんだが、よかったら飯でも食わないか。源さんとは積もる話もある」

源吉は再び椅子に腰を落とした。午後七時十五分。懐中にはほとんど金が残っていない。素直に老刑事の申し出を受けることにした。

手早く後片付けを済ませた老刑事と連れ立って、源吉は警視庁の庁舎を出た。誰何《すいか》するものは誰もいなかった。

すでに皇居は闇の底に沈み、常夜灯の明かりが白っぽく周囲を照らしていた。

8

カウアイ島。

エドワード・ホプキンス曹長は鼻の下に生やした栗色の髭を右手の指先でひねっていた。考えごとをする時の癖。グリスのついた手でもてあそばれた髭は、一日の勤務が終わると無残にもごわごわの固まりになっていることが多かった。

曹長の作業服は油と埃にまみれ、腕章でわずかに階級がわかるに過ぎない。ニューヨーク・メッツのエンブレムのついたベースボールキャップから、髭と同じ色の縮れた髪がはみ出ていた。

ハワイに展開するアメリカ海軍第一〇混成飛行隊のパイロットはホプキンスを博士《ドク》と呼び、彼が整備する飛行機に乗ることを好んだ。

実際、ホプキンスはスタンフォード大学で博士号を取得している。だが、パイロットたちはホプキンスの学歴だけを尊敬しているわけではない。彼がマニュアルにとらわれずに戦闘機の調子の悪い箇所を見つける能力を持っているためだった。

ホプキンスは黒い戦闘機の傍らに立ち、一人の男を見ていた。

操縦席をじっと見上げているその男は、モスグリーンのフライトスーツを着け、下半身をGスーツで締め上げている。パイロットには珍しく大柄だった。アメリカ空軍の規定ではパイロットの身長は六フィート六インチまでとされている。それ以上、身長があると射出脱出の際に長い手足がコクピットに衝突し、引き千切られてしまうからだ。

目の前にいる男の身長は、規定を上回っているように見える。肩にわずかにかかりそうになっている金髪も規定を超えていた。

入口を閉ざした広い格納庫。二機の戦闘機がうずくまっていた。一機は単座、もう一機が前後に二席が並ぶタンデム型の複座だった。どちらも外観に大きな違いはない。長めの翼がだらりとたれ下がり、胴体はずんぐりとしている。

単座機はXFV－14A、複座機はXFV－14Bと名付けられていた。Xは次期、Fは制空戦闘機、Vは垂直離着陸機を表す。機体は全長一八・二五メートル、全幅は一三・二二メートルある。艦載機であるために翼端から一・五二メートルのところから翼を折りたたむことができる。着陸時の垂直尾翼までの高さは四・二メートルあった。

エンジンは英国ロールス・ロイス・エイボン社製のペガサスX X《ダブルエックス》、米空軍の制式採用名F402－RR－412を二基搭載している。ペガサスXXは、イギリスが生んだ世界初の実用垂直離着陸戦闘機『ハリアー』用のエンジンとして開発されたペガサス・

シリーズの最新型だった。二基のエンジンにしたため、ＸＦＶ－14は今までのハリアーでは考えられなかった高出力を得た。総重量で二〇トンを超えるＸＦＶ－14だが、マッハ一前後のコンバットスピードで飛び回り、制空戦闘機として任務を果たせるようになっている。

戦闘機の性能をはかる際に最高速度はあまり意味がない。ファントムも最高速度マッハ二・二といわれながら、ミサイルや増槽を装備した状態ではマッハ一・六が精一杯、しかもその速度ではほとんど旋回を切ることすらできない。だが、ＸＦＶ－14の最大の兵器は、操縦席の前後に配置されている電装部分にある。ＳＭＥＳ《スメース》——ホプキンスはにやりと笑った。

「この機の機付長か？」

大柄な男に声をかけられ、ホプキンスは顔を上げた。相手の襟に目をやる。大佐の襟章を付けていた。

「その通りです、サー」ホプキンスは、とび色の丸い目で相手を見つめた。

「気楽にいこうぜ、相棒。俺は今日、こいつを飛ばすんだ」大柄な男はホプキンスに近寄ると右手を差し出した。「ハンス・ラインダースだ」

「お噂はかねがね、大佐」ホプキンスはラインダースの手を握り返した。

「エドワード・ホプキンスです」

「博士《ドク》だろ？」

ラインダースがいった。ホプキンスはにっこりと微笑んだ。

「ところで大佐、飛ぶのは明日だと聞いていましたが、今日はＳＭＥＳの試験を受けるだけでしょう？」

ラインダースはＸＦＶ－14を見上げていった。

「そう。だが、どうせろくでもないテストだろう？」


ＳＭＥＳの試験を行うために格納庫にやって来たシンシアは、扉の前に立ってラインダースとホプキンスの会話を聞いていた。声をかける。

「さあ、それはどうかしら」

ラインダースとホプキンスは同時に振り返った。書類ホルダーを下げたシンシアが歩いて来る。

「剣を交えたこともない相手を過小評価するのは危険ではありませんか、大佐？」シンシアが訊いた。

「俺の武器はもっぱらミサイルだがね」ラインダースは下唇を噛んだ。「で、ＳＭＥＳってのは一体何なんだ？」

「超思考《スーパー》・電子感応《マインド・エフェクト》装置《システム》の略です。外界の刺激を磁気に置き換え、あなたの脳に直接作用させます」シンシアはホプキンスを見た。「でも、あなたたちはまったく違う呼び方をしているようね」

「スーパーマンズ・アイ・システム」ホプキンスは鼻髭を持ち上げてにやりと笑った。「何でもＳＭＥＳを装着していると機体が消えて、自分が一人で飛んでいるように感じられるそうです」

ラインダースはブルーの眼をすぼめて、痩身の整備兵を見つめた。

「俺にクラーク・ケントになれっていうのか？」

「ええ」ホプキンスはわずかに眼を伏せた。「もちろん僕自身が体験したわけじゃなく、あくまでもクルーガー大尉から聞いた話なんですが。ただ、僕が今までに聞いた話を総合するとスピードボールの体験に一番似ているそうです」

「面白そうじゃないか」言葉とは裏腹にラインダースは口をへの字に曲げていた。

「もちろんクルーガー大尉がスピードボールをやっているというわけではありません」

ホプキンスはあわてて付け加え、それからスピードボールについて説明した。

高揚感のあるコカインと憂鬱な気分の底に沈むヘロインを半々の割合で混ぜて、一度に注射する麻薬で、危険性が高いかわりに文字通りちょっとしたさじ加減で自在に飛ぶことができる。

「もういいわ、ドク」シンシアが遮った。「早速、私たちのスピードボールを準備しましょう」

シンシアが入口に向かって声をかけると、スキップIIのメンバーが手押しの台車にコンピューター端末を何台も乗せて運んで来た。

「XFV－14のシステムは、一人ひとりの脳の個性を測定します。つまり、あなた自身の脳をね、大佐」

ラインダースは再び黒い戦闘機を見上げ、不機嫌そうに口許を歪めた。

「脳なんて誰のでも同じだろう。何も俺を実験台にすることはない」

「脳は同じです」シンシアがきっぱりといった。「ただし、SMESは飛行機を飛ばすためのシステムであることもお忘れなく。私たちはパイロットを必要としているのです」

たとえあなたのような男でもね、シンシアは胸のうちでつぶやいた。

「あなたなら絶対に他言することはないとおっしゃってました」ホプキンスが付け加える。

「誰が？」

「バーンズ将軍です。大変な信頼を寄せられていますよ。トラッパーの相手役にあなたを選んだ。しかも今度はSMESのテストを受けていただく。私にはよくわかりませんが、絶大な信頼ですよね」ホプキンスがにこにこしていった。

「ただ古い付き合いなだけさ」ラインダースは肩をすくめた。

シンシアはラインダースの表情が瞬時にして暗く沈むのを不思議な思いで眺めた。

XFV－14を眺めていたラインダースが気を取り直していった。

「早いところ、この電気仕掛けの麻薬を俺にも試させてくれよ」

シンシアは天井を見上げ、両手を広げて見せた。


ラインダースのSMES試験が始まった頃、一人の伍長《ごちょう》が両手に汚れたフライトジャケットの山を抱えて格納庫の前を通りかかった。

格納庫の中から響く獣のような悲鳴に度胆《どぎも》を抜かれた伍長は扉の前でジャケットの山を放り出し、尻もちをついた。あわてて立ち上がる。扉には『立ち入り禁止』の札が下がっていた。

伍長は素早く左右を見渡すとおそるおそる扉に近付き、扉の隙間に目をあて、中をのぞいたが、何も見えなかった。


ワシントンDC、ホワイトハウス。

「やあ、将軍。わざわざ来てもらって恐縮だね」合衆国大統領はデスクの後ろ側に腰掛けたままいった。

「失礼いたします」

会釈してドアを通り抜けたバーンズは、大統領執務室にいるメンバーの顔を見て、一瞬たじろいだ。

ブラジリアン・ローズウッドのデスクの右側では副大統領が丸い眼鏡をかけ、神経質そうな笑みを浮かべている。その隣に立っているのが痩身の国務長官と金髪の中央情報局長官だった。デスクの左側にはすらりとした体軀の国防長官が書類ホルダーを小脇に抱えて立っており、国家安全保障担当大統領補佐官と小声で話をしていた。統合参謀本部議長は入口近くで心から歓迎の微笑を浮かべていた。

「しばらくだな、フランキー」統合参謀本部議長が声をかけた。

「お久しぶりです。議長」バーンズは強張った声で答え、大統領の前に進み出た。「ご命令により出頭いたしました」

バーンズは大統領に視線を集中しようとした。周囲を固めているのは国家安全保障会議の全メンバーだった。ようやく襟章に星をつけるところまでこぎつけたバーンズだが、彼らの前では二等兵に等しい存在としか思えなかった。

「緊急な呼び出しで申し訳なかった」大統領は眼鏡を外し、デスクの上に置く。「長旅で疲れただろう」

「それほどでもありません。我々のチームのパイロットが操縦するイーグルでひとっ飛びでしたから」

「ほう」大統領は椅子に背をあずけた。「イーグルにそれだけの航続距離があるとはね」

「FASTパック、増槽、高高度飛行、それに空中給油機の手助けがあれば何とか」バーンズはようやく白い歯を見せた。

「よし、将軍。肩の力が抜けたところで、君のXFV－14について計画の進捗状況を報告してもらいたい。二日前に届いた君のレポートはここにいる全員が目を通している。それ以後の状況を知らせてくれ」

バーンズは慎重に話し始めた。

「我々スキップIIは、XFV－14へのSMESの実装テストをほぼ完了しました。先日のレポートでもご報告しましたように、空軍の力を借りて空対空戦闘機動試験まで行っております」

「その戦闘機はわが国の切り札になると思うかね？」大統領が訊く。

「エースのフォアカード程度には」バーンズは鮮やかな笑みを浮かべた。

「SMESというのは何かな？　君のレポートは読んだのだが、十分に理解できなくて」国務長官が訊いた。

大統領の視線が左に動き、再びバーンズに戻るとかすかにうなずいた。バーンズは国務長官に超思考・電子感応装置について説明をはじめた。が、国務長官はすぐに理解できそうもないことを知り、照れたように笑みを浮かべて質問を打ち切った。

「完成が間近いと考えていいんだな?」大統領が訊いた。

「ある意味では、間近いといえるでしょう。ただ、SMESはあくまでもパイロット一人ひとりの個性を引き出すものでありますから、個々の実験が成功したからといって必ずしも全体のシステムが完成したとは言い切れません」

「我々にはそれほど時間がない」大統領は大柄な統合参謀本部議長を見上げるといった。

「ジョン、彼に説明してやってくれないか」

「はい、閣下」統合参謀本部議長はバーンズに向き直りゆったりしたバリトンで告げた。

「SMESの即時実戦配備を計画中だ」

「即時配備ですか?」バーンズは大きな目をむいた。「只今《ただいま》、私がご説明申し上げたようにSMESはあくまでパイロットの個性に左右されるシステムなのです。従って、即時実戦配備せよとおっしゃっても」

「フランキー、落ち着けよ」統合参謀本部議長の声が親しみを帯びる。

二十年前、統合参謀本部議長とバーンズはともに中東に派遣された時期がある。その後も中米、ヨーロッパで何度か勤務地が一緒になった。空軍士官学校で三期先輩にあたるのが議長だった。

「我々は二カ月後に強襲揚陸型空母『ベローウッド』をハワイに向け出港させる。目指すのは君のいるカウアイ島だ。直接停泊することはできないが、パイロットだけはヘリコプターで移動させる」統合参謀本部議長の声は落ち着いていた。

「パイロット？　どういうことですか？」バーンズは右手に下げていた制帽のへりを握りしめた。

「ベローウッドにはハリアーIIを使用している海兵隊の第二一一攻撃飛行隊が配属されている」

「存じています」バーンズの声は硬かった。

統合参謀本部議長は説明を続けた。

第二一一攻撃飛行隊〈ウェーキ・アイランド・アベンジャー〉は常に最新式の垂直離着陸戦闘機を配備してきた飛行隊で、現在はレーダーを装備し、夜間戦闘を可能にしたＡＶ８ＢハリアーIIプラスを擁している。

「戦略的優位性を再び掌中にするため、ＸＦＶ－14の実戦配備を早めることを決定した」統合参謀本部議長は説明を締めくくった。

「納得できません」バーンズがいった。

「フランキー」統合参謀本部議長が首を振る。「我々は君に要請しているのではない。命令なのだ。君の報告書を評価した結果、ＸＦＶ－14は実戦配備に耐えうると判断したんだよ」

口を開きかけたバーンズをやんわりと制したのは大統領だった。

「バーンズ将軍、時間がないんだ。ジョンは命令だといったが、私としては命令しているつもりはない。理解して協力してほしい」大統領はバーンズがうなずくのを見て、言葉を継いだ。「中東の問題はまだ解決したとは思っていない。局地戦での戦力向上が現時点での最優先課題なのだ。二カ月というのは、譲歩できるぎりぎりの期限なのだ。それと最後にもう一つ、君に伝えることがある」

大統領は国家安全保障担当大統領補佐官に向かってうなずいた。

「私からご説明しましょう、将軍」国家安全保障担当大統領補佐官は咳払いをすると、せかせかとした口調で話しはじめた。「ジークという名前に心当たりはおありになりますな」

バーンズの表情が強張った。

「結構」返事がないことをまったく気にすることもなく補佐官は言葉を継いだ。「あなたの注意をうながすために、まずその名前を出しました」

「ジークがどうかしましたか?」バーンズの声はかすれていた。

「まず、その質問にお答えしましょう。未公開の公式記録、つまり、あなたが一九八九年に提出した報告書を元にした記録によれば、その男は日本海上空であなたが率いた編隊との空中戦により撃墜され、死亡したことになっています。しかし、誤りです」

「生きているとでも？」

補佐官はあっさりとうなずいた。

ジークが生きている――バーンズの胸のうちで、ジークという名前が熱っぽく渦巻いた。

補佐官は淡々と説明を続けた。

「香港にいます。その男を日本に連れ戻すために日本の警察官が向かっているようですがね。それもどうでもいい。肝心なことは、あなたのＳＭＥＳに関する情報が日本に漏れているということです」

「機密漏洩《ろうえい》？　もしそれが本当だとすれば、私にとっては屈辱的な出来事といわざるを得ませんな」バーンズの大きな手の中で制帽のつばがひしゃげた。

「残念ながら、事実です。将軍」補佐官の目はまっすぐバーンズを捉えていた。「我々は日本国内における通信をモニターしていますが、このたび、アメリカの正体不明の人物から日本に送られてきたコンピューター・プログラム――つまりＳＭＥＳに関するプログラムですが、ＡＴＲ視聴覚機構研究所というところでそのプログラムの解析が進んでいることをキャッチしました」

「おっしゃっている意味がわかりかねますが――」バーンズはようやく声を出した。

「ATRは日本の官庁主導で設立された研究所です。そのうちの一部門は人間の脳の構造を研究しており、成果は世界的に認められている」

補佐官は目をすぼめた。目に狡猾そうな光が宿る。

「以上の状況を分析した結果、我々はあなたの施設の保安管理を点検するために専門スタッフの派遣を決定しました。あわせて警護態勢を強化し、統合参謀本部議長がおっしゃったようにいち早くあなたのシステムを実戦化します」

「ジークとSMESの機密漏洩にどのような関係があるのですか?」バーンズの声はかすれていた。

「何もないかも知れない」大統領が割り込んだ。「だが、SMES開発責任者がバーンズ将軍であり、スーパー・ゼロがかつて自ら操縦した戦闘機だとすれば、挨拶ぐらいはしに来るかも知れない」

大統領の声が唐突に厳しさを増した。

「日本政府に対して私はSMESについて情報をつかんだ人間の逮捕、拘束を要求するつもりだ。だが、その理由を見つけるまでに時間がかかる。その間にジークが現れないという確証が、君にあるかね?」

「まさか本当にあの男がやって来るなんて」バーンズは最後の抵抗を試みた。

「北朝鮮の原子力施設を爆撃した時も、まさか失敗するとは考えられないといわれたはずだよ、将軍」

大統領の言葉にバーンズは言葉を失った。

9

京都府関西学園研究都市、国際電気通信基礎技術研究所。

楠海が正面ゲートで来意を告げると、愛想のいい門衛がしばらく待つようにいい内線電話の受話器を取り上げた。

楠海は二、三歩下がって建物を見渡す。コンクリートで覆われた四階建ての建物が二棟、互いの角を接するように建っている。ゲートから研究所の玄関まで右に大きく曲がったスロープがついており、玄関脇に縁石で囲まれた小さな庭が見えた。建物とほぼ同じ高さのある三本の木が立ち、梢《こずえ》が風に揺れていた。

空は厚い雲に覆われ、じっとりと湿った大気が身体を包むようだった。楠海が口許を強張らせていると、声をかけられた。

「楠海さん」

「あれ、君がどうしてここに?」楠海はぼんやりと訊いた。

「あなたのせいですよ」楠海と同じ会社に勤めるコンピューター研究者、落合がゲートの内側に立っていた。

楠海は門衛が差し出したネームプレートを受け取り、狭いゲートを通り抜けた。自動車が入ってくる正面の入口は鉄製の門で閉ざされている。曇り空の下、グレーの建物がくすんで見えた。楠海と落合は並んで玄関に向かった。

「僕のせいって？」楠海が訊く。

「例のプログラムですがね、私も興味を持ってたんで追いかけてみたんですよ。あなたが中藤氏のところへ行ったのはわかってましたからね。そして、中藤氏が病院を出てどこへ行ったかは院長が教えてくれました」

落合の言葉に楠海の表情が曇る。

「中藤氏のことが心配なんですね」落合が横から楠海の顔をのぞきこんでいった。「院長も心配していましたよ」

「そうか。とんでもないことに巻き込んでしまったような気がするな」楠海は冴《さ》えない顔つきでいった。

「そうですね。これから始まる実験を見れば、どれほどとんでもないことかわかると思いますよ」落合はそういいながらガラスの扉を押し開けた。

外観と違って中は白で統一され、蛍光灯で明るく照らされていた。落合は慣れた様子で廊下を右に曲がり、ホールから少し外れたところにあるエレベーターに向かった。

「視聴覚機構研究所は三階にありますよ。全フロアを占領していますよ」落合が説明した。

「中藤さんの様子に変化はないか？」エレベーターに乗り込み、楠海が訊いた。

「別にどことといって変わったところはありませんよ」そう答えて、落合は『3』のボタンを押した。

「それならいいが」楠海は頬をふくらませて息を吐いた。「それで、その実験というのは？」

「とんでもない実験です。見てみないことには信じられないでしょう。いや、実際に目にしても手のこんだトリックだと疑いたくなるでしょうね」落合がそういうのとほとんど同時にエレベーターの扉が開いた。

「君、もう見たのか？」

「実は見てないんです」落合は笑った。一八三センチの長身、引き締まった身体つきをしているが、笑うと少年のように見える。「今の言葉は全部、河渡《かわと》さんからの受け売りなんです」

エレベーターを降りて再び右に曲がり、突き当たりまで歩いた。右側が窓、左側がドアになっていた。合板のドアに窓はない。楠海が目を上げると、木の札に『主幹研究員河渡光人《みつひと》』と記されていた。

「楠海がまいりました」落合はドアを開け、声をかけた。

「やあ、お待ちしてました」中からぎょろ目の男が返事をする。

河渡はブルーのワイシャツ、グレーフラノのジャケットというスタイルだった。ネクタイはしていない。白衣も着ていなかった。紺のスラックス、白い綿の靴下でサンダルをつっかけている。脂っ気のない髪を真ん中から無造作に分けている。

二人は互いに名乗って会釈を交わした。

楠海は河渡の名前を知っていた。東京大学理学部物理学科を卒業後、大阪大学で博士課程を修了、その後、大阪大学で講師を勤めた。五年前、請われてATR視聴覚機構研究所に移籍している。

「さきほど落合から実験と聞きましたが、一体どういうことですか？」楠海は訊ねた。

「こちらへどうぞ」河渡が部屋の奥へと案内する。

ロッカーで隔てられ、入口からは目が届かない位置に会議用の細長いテーブルが二つ並べられてあった。コンピューター端末が置いてあり、キイボードの前に中藤が座っている。一心にキイを叩く中藤は、楠海に気がついた様子もなかった。

楠海はテーブルの上を凝視した。白いボール箱の中で、金属製の拘束具で板に四肢を固定されたハツカネズミが一匹、目を閉じている。頭部には小さな電極が二つ取り付けられており、電極からビデオデッキほどの機械にリード線が伸びていた。

「あなたから預かったプログラムを中藤さんが解析しまして、それを早速組んでみたのが、この実験システムです」河渡は口ごもるようにいった。

楠海は、テーブルの上の実験装置に目を奪われている河渡の横顔を見た。口ごもるように思えたのは、むしろ次々に湧いてくる言葉を抑制しようとした結果のようだった。

「一体、何ですか?」楠海が訊いた。

「SMES《スメース》と呼んでいるらしいですね、アメリカでは」河渡が答えた。「ご説明は実験を進めながらにしましょう。中藤さん、始めて下さい」

中藤は顔を上げ、丸い眼鏡の奥で目を細めた。楠海を見つけ、にっこりと微笑む。それからうなずいてキイを叩き始めた。

「こっちへ来て下さい」

河渡は楠海の手を引かんばかりにコンピューター画面の方へ連れていった。一六インチのディスプレイの正面に立ち、河渡、楠海、落合がのぞきこむ。画面がスクロールした。カーソルが点滅し、中藤は両手を使って一連のコードを打ち込んだ。

「始まります」中藤が落ち着いた声でいった。

ふいにネズミが細く鋭い鳴き声を上げ、楠海と落合は身体を震わせた。河渡は身じろぎもしないで画面に見入っている。

クリック音がいくつか響き、画面が暗転する。数秒間、カーソルが息づいていた。それから画面中央部にソラマメ状の図形が現れた。

「ネズミの脳のモデルです」河渡がささやくようにいった。

ソラマメ状の図形の周囲に赤、青、黄色、緑のラインが出現し、脳モデルの中心に向かって延びる。

「今、画面に現れたのはSMESがネズミの脳に対して与えた刺激をイメージ化したものです。実際には微弱な磁気です」河渡が説明した。「次に脳の反応がキャッチされます」

河渡がいい終わらないうちに脳モデルの中心に向かっていた四つのラインに反応して、脳内部に同じ色のラインが現れる。赤には赤、青には青が対応した。脳モデルの中に出現したラインは複雑な波形を描き、モデル内部を縦横に突っ走った。やがて内部の四色の線が収束し、脳モデルの中で複雑な図形を作り終えると二度瞬《また》いた。

「内部の線は何ですか？」楠海が小さな声でいった。

「外部の刺激に対する脳の反応、脳細胞の中を走るイオンの軌道をモデル化したものです。いいですか、この刺激——反応モデルの図示が続きますが、以降は我々の肉眼では確認出来ないほど速くなります」

再び四本の線が出現し、脳モデルの中に向かって突進する。前回の外部刺激が脳の中央部に達したのに対し、今度の四本線は脳の後部に集中した。

「今、刺激が集中しているところは第一次視覚野と呼ばれる部位です。眼球を経て、視神経に入力された視覚情報はまずここに到達します。その少し前が第二次視覚野、前へ、脳の中心へ向かうに従って三次、四次と高次の視覚情報処理野となります」

それから河渡は、物の形を認識する情報は後頭部にある第一次視覚野から脳の底に近い部分、第二次視覚野の下部へ伝わり、物の動きや位置関係の情報は頭頂部に近い部分へ流れると説明した。

河渡は手近にある椅子を引き寄せ腰を下ろした。それから楠海と落合にいった。

「どうぞ適当に椅子を持って来てお座りください。いよいよSMESの秘密が明らかになりますよ」

楠海と落合は壁際にたてかけてあった折り畳み椅子を持ってくると河渡と向かい合う恰好で座った。中藤はテーブルに肘をつき、コンピューター・ディスプレイを眺めている。

「さあ、肝心なのはこの後です」河渡の声がより大きくなる。

ディスプレイの映像が凄《すさ》まじい変化を見せ、SMESプログラムが再現されるのを目の前にして、楠海は喉を鳴らした。

隣では、落合が身じろぎもしないでコンピューター・ディスプレイを見つめている。

画面上では、脳モデルの中央部から白い輝線が上下に分かれて、後頭部に向かって瞬時にして延びた。白い線は後頭部に達する前、河渡が第二次視覚野と説明した部分で第一次視覚野から延びている複数の色のついた線と交わり、環《わ》を形成すると素早くフラッシュした。

　画面が暗転し、再びソラマメ状の脳モデルだけが映し出される。

「この後、少しばかり時間がかかります。実験はこのまま続行して、いささか脱線することになりますが、特定の対象物を脳がどのように『見る』かをご説明するところから始めたいと思います」

　河渡は椅子の背にもたれかかり、右足を左足の上にあげて両手で右膝を抱えた。唇をなめ、話し始める。

「視覚性保続という一種の視覚障害があります。これが『見る』という行為を分析するための手掛かりとなっています」

「視覚性保続？」楠海が訊き返す。

「視覚反復ともいいますが、具体的な症状としては、一九八〇年にピッツバーグのミッシェルが発表したもので、被験者は七十一歳の女性でした。彼女がバナナの皮をむいてしばらくすると、部屋の壁に皮をむいた状態のバナナがいくつも見えるというのです。あるいは二十ドル札を財布におさめた後、まわりを見たら二十ドル紙幣の山が見えたとか」

「幸せそうですね」

落合が口をはさみ、楠海が咳払いをする。河渡は笑いながら説明を続けた。

「六十八歳になる女性の例では、食べたばかりの料理や食器が宙に浮いているのが見えたそうです。また、六十歳の女性は駐車場に置いてある車を見た後で視線を転ずると、駐車場から自分の部屋の中まで同じ車が一列にびっしりと並んで見えたそうです」河渡は言葉を切り、二人の顔を交互に見た。「さて、ここで再現される視覚イメージには共通の特徴があることに気づかれると思います。視覚におさまるすべての風景が再現されるのではなく、バナナ、二十ドル紙幣、車、料理など被験者たちが注視した対象だけが出現していることです」

「視覚情報は、ある種のパッケージ化された情報であるというわけですか？」楠海が口をはさむ。

「そうです」河渡はにっこり微笑んだ。

「まだよくわからないんですがね」落合が口許をへの字に曲げている。

河渡は落合の顔を見て、辛抱強い教師のような口調でいった。

「我々がものを『見る』時、脳では外界を鏡の世界に映し出すようには認知されていないということです」

落合は落ちつかない様子で尻を動かした。

河渡は、写真とイラストレーションの違いを例に引いた。写真はレンズの向いたもの全てを印画紙の上に焼きつけるが、イラストレーションの場合、一定のモデルや背景を描き手が取捨選択する。脳も同じような構造をしている、と説明した。

「つまり何かまとまりのある形を一つの心理要素として受容しているだけで、網膜に映った全ての事象を無差別に、そのままの形で受け入れているわけではないということです」

「でも、視野に入ったものが全て見えているわけでしょう。何も私の見ている物のうち、バナナや二十ドル札だけが見えているのではないですよ」楠海も理解しかねて訊いた。

「全ての対象は、構成単位であるイメージの集合体として捉えていると考えられます。実際、私たちは対象そのものをありのままに見ていると信じていますが、脳の構造を考えるなら決してそうではありません」

河渡は椅子の上で背を起こした。

「いいですか、色、形、奥行き、位置関係といった情報を処理する脳の部位は別々の場所にあるんです。視神経から入力された情報は要素別にばらばらの場所で処理されているわけです。対象はそのまま視覚イメージとして脳の中にあるスクリーンに投影されるのではなく、さまざまな要素に分解され、神経過程からより高次の視覚野に至るにしたがって再びまとまりのあるイメージに収束するのですよ」

基本的に、と河渡は再び説明を始めた。脳も神経もニューロンと呼ばれる神経細胞が最小単位となっている。ニューロンは末端にニューロン同士の連絡をするためのシナプスと棘《とげ》をもっており、棘とシナプスの間の電気的刺激が情報伝達となる。

「さて、ニューロンからニューロンへ情報が伝わるには数ミリ秒かかります。第一次視覚野から高次視覚野までのニューロンの数を測定すると数千以上あるわけですね。つまり視覚から得た情報が脳の中心に達し、視覚情報として三次元的に統合されるまで数秒かかってしまいます」河渡は呆然としている二人の電気工学博士を見て、にやりと笑う。

「おっしゃりたいことはわかります。数秒という時間はあまりに長すぎる。そこで我々は眼球から入力された視覚情報が脳の中心に向かう情報の流れを光学の順モデルと考え、逆に高次視覚野から低次視覚野へ流れるものを逆モデルと想定しました」

楠海がはじかれたように顔を上げ、ゆっくりとつぶやいた。

「視覚は一つのイメージ、心理要素として捉える」

「そう、楠海さんがさきほどおっしゃった視覚情報のパッケージ化という言葉でも結構。とにかく視覚野間の前向きと後ろ向きの情報の結合によって数千回の処理が、ケース・バイ・ケースですが、数回で処理されます。こうすれば非常に短時間で視覚情報が処理できるだけでなく、空間を認識する視覚野との結合も含め、奥行きや位置関係まで認識可能になるわけですね」

河渡の顔に笑みが広がった。

「同じ視野の中にあるリンゴとミカンを見分ける時に視覚情報が毎回大脳皮質の高次視覚野まで進んだのでは、統合に時間がかかりすぎます。しかし、この光学の順モデルと逆モデルが融合すると考えるならば、第一次視覚野から入力された大雑把な情報に対して、高次視覚野が大体それと呼応しそうなモデルを逆に投影します。これが第二次視覚野で結びついて画像になるわけです。計算速度、統合の効率、いずれにもすぐれたシステムですよ」

「ただ個性というか、第一次視覚野から入力された情報に対する高次視覚野の呼応というのに個人差があるのではないですか？」落合が質問した。

「まさにＳＭＥＳの素晴らしさはそこにあるのです。いいですか、さきほど画面にあった脳モデルの外側から入っていった四本の刺激に対応して、脳の中心部から延びた白い線を思い出して下さい。ＳＭＥＳは特定の刺激を個別の脳に与えて、高次視覚野がどのように反応するかを計測するのです。つまり電子的に一人の人間の脳を取り出すことに成功しているわけですよ」

「ぞっとするな」落合がつぶやいた。

河渡が苦笑する。

「そう、脳を取り出されるということはコンピューターの中に人格を写し取るようなものですからね。ただ、今回のプログラムの全体像を見る限りでは、このシステムが作動するのは視覚、聴覚、触覚、それから手足を動かすための運動指令分野に限定されていますね」

「なぜ、脳を電子的に取り出す必要などあるのですか？」楠海が訊いた。

「個人の脳を外部に引き出すことができれば、今度はコンピューターの中にシミュレートされた脳に対して電子機器が作り出す映像なり、情報なりをダイレクトに送り込むことができるのです」

楠海の背中に悪寒が走った。

「電子機器から脳へ刺激を伝達する方法は？」

「磁気刺激です」河渡があっさりと答えた。「体内にある電気信号を磁場の力で人工的に外部から与える研究は、日本でも九州大学の工学部がさかんに行っていますよ。脳に電極を差し込む必要がないので、人間に対する実験ができるため、この分野は急速に進んでいます」

「ネズミの脳の解析、終了しました」中藤が割り込んだ。

河渡、楠海、落合が一斉に画面に注目する。ソラマメ状の脳モデルが層、区に分けられてカラー表示されている。

「ネズミに赤い色を見せた時の反応をＳＭＥＳはすでに分析しています」河渡がいった。

「同じ反応を起こさせるための外部刺激をどのように与えてやれば良いか、SMESは計算できます」

「どういうことですか？」落合が画面を見ながらおそるおそる訊ねた。

「ネズミに赤いものを見せることなく、磁気刺激だけで赤を視覚野に送り込むことができます」

「人間が見ているものの情報は複雑ですから、情報量も膨大になるのではないですか？」今度は楠海が質問した。

「確かに、ただ特定のシンボルだけを送るのなら造作もありませんよ」河渡は淡々とした口調で答えた。

「シンボルだけで世の中を見ている人間なんていませんよ」落合が鼻で笑う。

いや――楠海は腹の底で落合の言葉を否定した。シンボルさえあれば十分に周囲の状況を把握することができる人間がいる。

マッハ一前後で飛び交う戦闘機から敵機を肉眼で見ることはできない。その代わりヘッドアップ・ディスプレイに数値や敵味方の戦闘機を表示するシンボル、水平線を示すバーを表示する。パイロットはそれで状況を判断するのだ。

河渡は、不思議そうに楠海を見た。楠海はこめかみに汗を浮かべ、コンピューターの画面に見入ったまま身じろぎもしない。やがて楠海はかすれた声でいった。胃袋が締め上げられるような気分だった。

「戦闘機パイロットなら、シンボルだけを見ていればいい」

10

香港中央警察署、南庁舎二階の取調室。

三メートル四方ほどの狭い部屋。くすんだコンクリートの壁。机が一つ部屋の中央に置かれていた。天井が高い。小さな明かり取りの窓が天井近くに一つある。裸電球が寒々しく灯《とも》る部屋の中は薄暗かった。

「何度いわれても、俺は日本には行かないぜ。それにしてもしつこい男だな」那須野はつぶやいた。「それほどひまか?」

長池はちらりと那須野を見た。

不思議な男だと思う。背の直立した木の椅子の上で、真っ直ぐに身体を起こしたままほとんど動かない。それでいて緊張しているわけではない。が、いつでもこちらの喉笛に牙を突き立てようとしている一種の張りつめた気配だけは濃厚に漂っている。

眼がいい——長池は腹の底で思った。——崖っ縁に立ち、透明度の高い湖をのぞけば、この男の眼を見ている時と同じ気持ちになれるだろう。

「あんた、男に惚れられたこと、ないか？」長池はにやりと笑った。

二人は机をへだてて向かいあっている。

三週間ほどの間に長池は五回香港警察を訪れ、那須野に会っていた。那須野を逮捕した刑事が香港マフィアを追って何度か来日したことがあり、長池とは顔馴染みだった。

「ところで、明日釈放されるんだって？」長池が訊いた。

那須野はうなずいた。

長池は溜め息をついて煙草のパッケージを取り出し、一本くわえると火を点けた。

「俺はひまじゃない」長池は煙を吐いた。「確かに地方警察署に勤めてはいるが、富山ってのはなかなか面白い土地でね。密航者あるいは北朝鮮の工作員といった連中が乗り込んでくる場所だ。記録を調べたんだ。俺は元々警視庁の外事課の刑事でね、海外が専門だったわけさ。最初は腐ってたよ。どうして俺がこんな田舎《いなか》へ飛ばされたのかってね」

那須野は笑みを浮かべた。

「あんた、北海道の生まれだったな。失礼」長池も苦笑する。「まあ、とにかく事件といえば交通事故くらいしかない町でさ、退屈していた。それで過去の事件簿を読んだ。当直の夜なんか本当にすることがない。仲間と将棋を指すつもりもなかったし、麻雀《マージャン》もしなかったな」

「付き合いの悪い男だな」

「自分でもそう思うよ」

長池は喋り続けた。

尋問するため、と香港の刑事にはいってあった。だが、二回目以降、那須野の前では自分の過去を話しているだけだった。

「一つ訊いてもいいか？」那須野がはじめていった。

「ああ」長池は新しい煙草に火を点けながらうなずく。

「なんで、あんたは出世しないんだ？　キャリア組なら特急券を持ってるわけだろ」

「妙なことを訊くんだな」長池は笑った。「俺は博打《ばくち》うちなんだ」

さらりと答えた長池に那須野は追い討ちをかける。

「麻雀しないっていってたぜ」

「素人相手にはやらないってこと」

「東大出で、キャリアで、警察官で」那須野がいう。

「博打うちさ。しかも負けない博打うちさ」長池が後を引き取った。

「なぜ、負けないんだ？」

「東大出で、キャリアで、警察官だからさ」

那須野が唇を突き出して眉を寄せた。長池が再び笑う。

「ハンディキャップなんだよ。俺はそれだけのものを背負っているから負けるわけにはいかないんだよ」長池は煙を吐いた。「まあ、上司はあまりいい顔をしなかった。博打でトラブルを起こしたことがないから、クビにするわけにはいかない。だがな、胡散臭《うさんくさ》いのは、誰にでもわかるもんだぜ。その上、特急券を持ってるだろ。それで地方に放り出したって訳だ。富山じゃ、大した博打場もないからな」

「なぜ警察官を辞めない?」

「言ったろ、俺は博打うちだって。負けたくない。ツキってのは、へこんだ分を取り戻すくらいしかありはしないんだ。自分が警察官であるという思いは結構マイナスなんだ。何しろ背反する二つの人格を身のうちに抱えるわけだろ。それを埋めようとする分、ツキが回ってくる」

「それで警官でいるっていうのか。国民には迷惑な話だ」

「あんたも勝負師だろ」長池は机の上に身体を乗り出した。「危険な賭《かけ》みたいな生き方をしてきたはずだ。中東、北朝鮮爆撃、いつでもあんたは自分の生命ぎりぎりのところにいたはずだ」

「日本には行かないぜ」那須野は笑った。「教えてやろう。戦闘機乗りってのは、絶対に勝ち目のない戦いの日には、あっさり尻尾《しつぽ》巻いて逃げるんだ。肝心なのは、翌日も空に上がることなんだよ」

ふいにドアが開いた。那須野を担当する刑事が外に立っている。刑事は長池を見て、首を振った。那須野が立ち上がると制服姿の警察官が進み出て、手首に手錠を打った。

「那須野」長池が腰を浮かしかけていった。「あんたも勝負師なら、日本へ行くべきだ。ぎりぎりの線が待ってる」

那須野は鮮やかな笑顔を返した。

「俺はパイロットだよ。ただの戦闘機乗りさ」

ドアの奥へ消えた。

「随分、あの男に惚れ込んだようだな」香港の刑事がにやにやしながら取調室に入った。

「聞いていたのか?」長池が再び椅子に腰を下ろす。「あんた、日本語がわかるのか」

「少しね。あんたが博打うちだってことくらいは分かったよ。面白いね。勉強になったよ」

「よしてくれ」

長池は灰皿に火の点いた煙草を捨てた。香港の刑事が手を伸ばし、灰皿の中でていねいに煙草をもみ消した。

「ハンディキャップを負うってのは、本当のことだと思う」香港の刑事は考え込みながらゆっくりいった。

長池が顔を上げた。

「あの男をどうしても日本に連れて行きたいかね？」

香港の刑事の問いに長池はうなずいた。

「簡単なことさ」香港の刑事は椅子の背に身体をあずけ、長池を見上げた。「あの男にハンディキャップを与えてやればいい」

「どうやる？」長池が身体を乗り出した。

香港の刑事が語りはじめた。十五分もしないうちに長池は首を振った。

「かなり危ない手だぜ」

「誰も安全だとはいってない。だが、奴を追い込むいい方法さ」香港の刑事は笑って付け加えた。「あんた、勝負師なんだろ？」

長池は苦い顔をした。

北太平洋。

アメリカ合衆国海兵隊。強襲揚陸型空母『ベローウッド』上空。

〝降下、着艦を許可する〟

ヘルメットに内蔵されたレシーバーから管制塔の声が流れた。第二一一攻撃飛行隊マイケル・〈スナイパー〉・ストール大尉は、了解の合図に無線機のスイッチを二度鳴らした。〝風向二二〇、風力三。楽勝だぜ、スナイプ〟

ストールはうなり声を発して、再び無線機のスイッチを鳴らした。

風向きと風力は問題ではない。だが、空はどんよりと曇り、激しい雨が鉛色の海に降り注いでいた。

母艦『ベローウッド』までの距離は約一・五キロだった。ストールはヘッドアップ・ディスプレイ越しに母艦の位置を確認する。

LHA－3ベローウッドは、タラワ級三番艦として一九七七年四月十一日に進水している。海兵隊に所属する水陸両用攻撃艦で、甲板長二五四メートル。満載時の排水量は三万九四〇〇トン。ヘリコプターと垂直離着陸戦闘機AV8BハリアーⅡプラスを擁した特殊な航空母艦だが、サイズは第二次世界大戦中に使用された正規空母とほぼ同じだった。

ベローウッドは風上に艦首を向け、二〇ノットで航行しており、ストールが駆るAV8BハリアーⅡプラスは母艦の航跡上を追尾しながら飛行していた。

ストールはスロットルレバーにのせていた左手を排気ノズルの方向変換レバーに移し、ヘッドアップ・ディスプレイに表示されている速度に目をやった。

二〇〇ノット、時速三七〇キロ。

ストールはスロットルレバーの隣で直立しているノズルの方向変換レバーをゆっくり

と前へ倒した。レバーの動きにともなって、胴体の左右四カ所から飛び出している排気ノズルは一斉に下方を向く。

機速が急激に落ちる。

さらにノズル方向変換レバーを前に倒し、逆推力ストップの位置に入れた。排気ノズルは真下を向き、やがて斜め前方、下側に向かって噴射を続けた。AV8BハリアーIIプラスの翼が生む揚力はほとんど失われ、エンジン推力だけで空中に浮いている。水平飛行からホヴァリングに転移するまでの時間は約二十秒。ヘッドアップ・ディスプレイ越しにベローウッドが見える。五〇〇メートルほど前方だった。

ストールはわずかにスロットルレバーを後退させ、エンジン推力を絞った。ハリアーIIプラスはゆっくりと降下を開始する。

強襲揚陸型空母ベローウッドの飛行甲板は、船体に対して真っ直ぐに設けられている。通常の航空母艦は、アングルドデックと呼ばれる斜め飛行甲板を持っているが、これは高速で突っ込んでくる飛行機が着艦に失敗し、再び空中に舞い上がる時にアイランドと呼ばれるブリッジが邪魔にならないようにするためである。

しかしベローウッドをはじめとする強襲揚陸型空母の場合、運用する航空機はヘリコプターかハリアーに限定されており、着艦時の速度はゼロに近い。

〝OK、スナイプ、着艦ポイントの上だ。タッチ・ダウンしろ〟

管制官の指示にストールは無線スイッチを鳴らして、ノズル方向変換レバーをわずかに持ち上げ、前方を向いていた排気ノズルを真下に向けた。さらにスロットルを絞る。甲板の中心を示す幅五〇センチほどの黄色いラインが胴体の真下に来るように機体を動かし、視線はヘッドアップ・ディスプレイ越しにベローウッド甲板の中央付近に設けられた着艦降下角指示装置に向けていた。

着艦降下角指示装置は、三つのプリズムで構成されたランプで、下のプリズムから発せられる赤い光が見えると降下角が大きすぎ、緑のランプが見えると小さすぎる。ランプはコハク色。着艦角が正常であることを示していた。パイロットは着艦間際、自機の高度を勘でつかんでいるが、しっかりと硬い地面に降着するわけではなく、常にピッチングとローリングを繰り返している航空母艦に下りるのだ。この設備は欠かすことができなかった。

「スナイパー、タッチ・ダウン」

ストールはコールし、スロットルレバーを一気に後ろへ引いた。エンジン出力が低下、ハリアーIIプラスは石のように落下した。機体の下で甲板に降り注いだ雨が霧状に浮き上がり、ハリアーIIプラスのブルーグレーに塗られた機体を覆い隠す。

鈍い破裂音。

着艦。

衝撃に機体がきしみ、マーチンベーカー社製の花崗岩《かこうがん》のように硬い射出座席にのせた尻がひどく痛む。ストールは口の中でののしった。

Ｆ４０４－ＲＲ－４０６エンジンは、一度、自動的に回転をゼロ近くまで落とし、それからアイドリングのポジションまで回転を復帰させた。ハリアーが着艦した時、エンジン出力が残っていると反動でジャンプする恐れがある。地上であれば、多少のバウンドは問題にならないが、艦上ではジャンプし再び落ちて来た時に、足元に艦がない場合がある。もっともそのシステムのお蔭でパイロットは着艦のたびに不快極まる衝撃を味わうことになる。

ストールは甲板誘導士官の手信号に従って、機体をそろそろと前へ進めた。着艦と同時にスロットルレバーはアイドリングのポジションに入れ、排気ノズルは後方へ向くようにセットしてある。

『3』と白く大きな字が描かれている艦橋付近まで来ると数名の整備兵が走り寄って来て、ストールの乗機をチェーンで甲板に固定した。艦の動揺によって機体が甲板上を滑らないようにするためだ。

エンジンのキルスイッチを倒し、主電源を切ったストールは風防を後ろへ下げた。雨が吹き込んでくる。酸素マスクを外し、ヘルメットの上部に手を伸ばしてゴグルを上げる。上気した顔に雨粒が冷たく、口の中がたちまち塩辛くなった。ハリアーⅡプラスの機首近くにあるヒンジに足をかけ、コクピットのへりに手をのせたまま身体を機外に出す。

甲板に足をつけた途端、雨で滑りそうになり、ストールは悪態をついた。

「ストール大尉」雨を手で避《よ》けながら、大柄な誘導員が近づいて来た。

「何だ？」ストールが怒鳴り返す。

ストールは一七〇センチそこそこの小柄な男だった。だが、肩幅が広くがっちりした身体つきをしていた。あから顔で、ブルーの目は勝気そうに見える。

「ＣＡＧ《キャグ》がお呼びです」

ＣＡＧ――飛行隊司令はパイロットたちにとって一番の上官だった。

「俺に何の用事だって？」ストールが訊いた。

「知りません。ただ私は命令を伝えているだけです。とにかく着艦したらすぐに出頭するようにとの命令です」中尉の階級章をつけた大柄な誘導員は顔をしかめた。

「間もなく俺の僚機が着艦するんだ。それが終わったらすぐに行く。あと数分のことだ、ＣＡＧだってそれが待てないほど急いではいないだろう」

「ですが、命令ではすぐに出頭するようにとのことで、多分、ハワイでの新型機の導入に関することではないかと」

「うるさい」ストールが癇癪《かんしやく》を破裂させた。「ＣＡＧだって、パイロットだ。着艦しかかっている飛行機があれば、それを放り出して余所《よそ》へいくような真似はしないだろう」

「大尉」誘導員は諦めきれずにいった。

「とにかく俺は僚機の着艦を見届ける」ストールはヘルメットを取って右腕に抱え、誘導員に背中を向けた。

誘導員が口を開きかけたが、言葉は接近してくるストールの編隊僚機の爆音によってかき消された。雨が舞い上がる。

新型機だと？　冗談じゃない――ストールは口の中でののしった。

第二一一攻撃飛行隊は、『ナイトアタッカー』と呼ばれたAV8Bの全天候型を受領しおえていた。が、ストールと僚機を駆る部下の中尉だけは、ナイトアタッカーでの慣熟飛行が終了しないうちにハリアーⅡプラスをあてがわれ、評価試験を命じられていた。常に新型機に慣れるための訓練を続け、身体の中に疲労が蓄積しているのをストールは感じていた。

ストールの編隊僚機が甲板上でふらつく。

ストールはすくみ上がった。心臓が笑い転げる。僚機のパイロットはまだハリアーⅡプラスの飛行特性に十分慣れているとはいえない。

幸い、すぐに飛行姿勢を取り戻しエンジンを吼《ほ》えさせて着艦した。

ハリアーⅡプラスは、エンジンのパワーが従来のハリアーを大きく上回り、飛行中は神経を張り詰めていなければならなかった。しかし、ストールは満足以上のものを感じていた。

ハリアーIIプラスは、ハリアーシリーズとしては初めてAPG－65レーダーを搭載している。空中戦でイーグルやトムキャットと戦うことができ、制空任務をこなすだけの能力があった。

ストールは自分の乗機の後ろ側に移動してくる僚機を見ながら、ためていた息をそっと吐き出した。

やれやれ、だな。

飛行服はぐっしょりと濡れている。CAGのオフィスをぐしょ濡れにしてやろう――

片手にヘルメットをぶら下げたまま、ストールはようやくにやりと笑うことができた。

ベローウッドは、一路、ハワイを目指して南下していた。

＝

カウアイ島ミサイル射場本部。

ラインダースがシンシアのオフィスのドアを開いていった。

「邪魔かい、センセイ？」

シンシアはデスクの上に広げた書類に目を落としていたが、身体を起こすとにっこりと微笑んだ。

「いいえ、大佐。どうぞ中へ入って」

ラインダースがシンシアのオフィスを訪ねたのはこれが初めてだった。不躾《ぶしつけ》な視線で部屋の中を見回す。デスクの後ろに作りつけの本棚があり、専門書らしい重そうな本がぎっしりと詰まっている。

写真立てに目が止まった。男の子のカラー写真が入っていた。笑顔とスキンヘッドがアンバランスだ。不思議そうな顔をしているラインダースにシンシアがいった。

「私の息子よ。死んでしまったけど」シンシアは立ち上がるとオフィスの中央にある応接セットを指した。「コーヒーでもいかが？」

「ありがとう、もらうよ。砂糖もミルクも要らない」

ラインダースは革張りの椅子に深く腰を下ろし周囲を見渡した。壁に掛かっている絵に目を止める。人間の身体を分解して、半球に張りつけた絵だった。

「ホムンクルスの絵」

コーヒーカップを二つ手にしたシンシアがいった。ラインダースにコーヒーカップを手渡す。シンシアは着任して間もない頃、バーンズに説明したのと同じことをラインダースに教えた。絵の来歴。カナダの大脳生理学者。簡単な脳の構造。

「それで、私のところにいらっしゃったわけは？」

「スーパーマンズ・アイ・システムについて勉強をしに来た。俺はあの機械と相性が悪いらしい」ラインダースは大げさに顔をしかめた。

あの日、SMES《スメース》が作動して十五秒後にラインダースは叫び声を上げ、失神した。

「死ぬ、と思ったな」ラインダースがぼそりという。

「なぜ？」シンシアがコーヒーカップを口許でとめたまま訊ねた。

「あれだ、死ぬ瞬間に自分の一生が見えるっていうだろう。あれがそうだった。あの機械が動き始めて、すぐに――」

いいかけてラインダースは唇を噛んだ。シンシアは何もいわずにコーヒーカップに口をつけ、一口飲む。じっとラインダースを見つめたままだった。ラインダースは一度天井を仰ぎ、大きく息を吐いて言葉を継いだ。

「親父《おやじ》とお袋が見えた。どっちもすでに死んでるんだが、親父は禿《は》げていなかったし、お袋の顔もつやつやしていたよ」ラインダースはコーヒーに手を伸ばした。「それから子供の頃に住んでいた家が見えた。自分の部屋があったから、多分、兄貴が陸軍士官学校へ行った後だな。それまでは弟と同じ部屋だった」

「弟さんと一つのお部屋にいたのね」

「いや」ラインダースがにやりと笑う。「妹も一緒だった」

シンシアが肩をすくめる。

「とにかく俺は十歳で一人部屋を獲得したってわけさ。それはいい。SMESが作動して見えたシーンは弟たちと隠れん坊をしているところだった。俺はウォークインクローゼットの中で息を殺していたよ。鎧戸《よろいど》の隙間から弟が部屋に入って来るのが見えた。あっちへ行け、そう思ったよ。その時に見たんだ」

ラインダースは言葉を切った。

シンシアはあえて先をうながそうとせずに、かすかな笑みを浮かべてラインダースを見ていた。ラインダースはうなずいて話を続けた。

「兄貴のバスケットシューズ。俺の兄貴は地元の高校ではベストプレーヤーといわれた男だった。俺よりずっと細身でね、おまけに身長も俺より一〇インチは高かった。プロバスケットのチームに入るって、町の連中は噂してた。そうならなかった。本当に兄貴がなりたかったのはパイロットさ。真面目で、面白くも何ともない奴だったが、執念深さは一流だったな。だが、皮肉なもんだな。身長がパイロットへの道を閉ざしたんだから」

「背が高すぎてもだめなの？」

「非常時に俺たちパイロットを機外に放り出す射出座席を使うと、大きすぎる男は足が計器パネルに引っ掛かって千切れてしまう。俺の身長が規定ぎりぎりでね、兄貴はでかすぎた。それで陸軍に入ったんだ。親父は海兵隊。硫黄島《いおうじま》に行ったのが自慢だった。だから、俺も兄貴も軍人になることには何の抵抗もなかった。弟は新聞記者になったがね」

「どうして？」

「兄貴のせいさ。優秀で、何ごともトップだった兄貴は、士官学校でも自分流を押し通して、そこも首席で卒業した。そして、ヴェトナム」ラインダースの顔から表情が消えた。「着任したばかりの新米少尉の墓場といわれた。兄貴が死んだ時、弟は十六で、俺は空軍士官学校に入っていた。兄貴の影響だな。俺がようやくヒナ鳥として飛ぼうとしている頃、兄貴が死んだ。弟は兄貴の柩《ひつぎ》が家に着いた時に絶対に軍人になんかなるもんか、そういったよ」

　ラインダースは唇をすぼめて息を吐いた。

「兄貴の棺桶《かんおけ》に入っていたのは、血まみれの星条旗と泥だらけの兄貴の死体だった。兄貴の身長は半分になってたよ。地雷でさ、下半身をふっ飛ばされていた」

　シンシアが顔を伏せた。

「気分を悪くさせるつもりはなかったんだぜ、センセイ」ラインダースの声は低かった。

「お気の毒ね」

「同情は要らない」ラインダースがふてぶてしい笑みを浮かべる。「俺自身、忘れていたんだ。ところがあの機械に入った時、兄貴のバスケットシューズをもう一度見ることになった。汗の染みまではっきりと見ることができたよ」

　風の音。閉め切った窓の外で椰子《やし》の葉が揺れていた。エアコンディショナーの唸るような音が時おり途切れ、風の音がする。

「それがＳＭＥＳです」シンシアがきっぱりといった。

　ラインダースはブルーの目で、じっとシンシアを見ていた。

「ＳＭＥＳは大脳を磁気によって刺激して、それぞれの脳がどのように反応するかを計測します。その過程で、記憶や脳の中に蓄積されているシーンが意識上層に浮上して来るのです」

「ドクがドラッグに似ているといっていたけど、あれは幻覚なのか？」

「幻覚ではありません。すべてはあなたの記憶です」

「よしてくれ、俺は兄貴のバスケットシューズなんてすっかり忘れていたんだぜ」

「脳は忘れません。脳の機能には十分に解明されていないものが沢山ありますが、記憶もその一つ。現在では実験を通じて脳は生まれてから死ぬまで目の前に起こったことのすべてを記憶していると推論されています」シンシアの口調はよどみがなかった。

「それじゃ、気が狂っちまうぜ」

「申し上げた通り、記憶しておくのと、脳の記憶に自由にアクセスして思い出すのとは別問題なのです。いつも記憶が意識上層にのぼって来たのでは、発狂するでしょうね」シンシアは冷めかけたコーヒーに手を伸ばす。「ホプキンス曹長がスピードボールといったことにも一理あります。マリファナの場合、脳細胞を刺激して本人が忘れている過去の出来事を目《ま》の当たりにすることも珍しくありません。それに幻覚剤といわれるLSDの典型的な後遺症はフラッシュバックです」

ラインダースが眉をひそめる。分厚い瞼《まぶた》の奥で、ブルーの瞳が怪訝そうにすぼめられた。シンシアが続けた。

「身体からすっかりLSDが抜けているにも拘らず、摂取した時と同じような酩酊《めいてい》症状が出ます」

「二日酔いみたいなものかね」

「違います。突然、あるいは何かのきっかけを捉えて、完全にトリップします。二日酔いでは、酒に酔った感じがありませんが、LSDのフラッシュバックは完全なトリップ状態を再現します。これも脳の記憶能力の一端でしょうね」

「記憶ね」ラインダースは不承不承うなずいた。「幻覚にしては、兄貴のバスケットシューズについた汗の染みは出来すぎだよな」

沈黙。

コーヒーを飲み干したラインダースがひどくかすれた声でいった。

「なあ、センセイ。俺は正直あの機械に感心している」

「感心するのは早いわ、大佐。あなたはまだ半分しかあの機械を知っていません」

「半分？」ラインダースは惚《ほう》けたようにつぶやいた。

シンシアは立ち上がり、自分のデスクに近づいた。引出しを開け、中からビニール袋に包まれた、一インチ角ほどの半導体を取り出す。シンシアはラインダースの前に戻るとビニール袋を置いた。

「何だ、これは？」

「あなたの脳よ、大佐。SMESはあなたの脳を解析して、その結果を超LSIに書き込ませるように指示したの」

ライン ダースは超LSIの入ったビニール袋をつまみ上げ、気味悪そうに見つめた。

「よくわからないな」

「SMESはあなたの脳特有の計算式を解析したの。SMESそのものを駆動させるためには大型コンピューターが必要よ。でも、戦闘機には大型コンピューターを積み込むだけのスペースはない。それで計算式そのものを一個の半導体に焼き込むことにしたわけね」シンシアは人差し指でラインダースがぶら下げているビニール袋を突《つ》いた。「その結果がこれ。今朝、カリフォルニアから送られてきたばかりよ」

「俺の脳」ラインダースは顔をしかめてつぶやいた。首を二、三度振り、シンシアに訊ねる。「これをどうしようっていうんだ?」

「SMESに組み込むわけ。今のところ、この基地に置いてあるXFV－14にはクルーガー大尉のチップを搭載しているわ。次はあなたの番」

「これをXFV－14に積むとどんな素晴らしい夢が見られるんだい?」

「あなたの生身の脳は電子装置に馴染まない。でも電子の脳なら電子装置に馴染む。それでご理解いただけるかしら?」

ラインダースは首を振った。

「俺は何でも自分の目で確かめないと納得しない性質でね」

「そのようね、大佐」

ラインダースがビニール袋を放り投げ、シンシアが空中で受け止めた。

「なあ、後学のために聞かせてくれないか、どうしてあんなものをこしらえることになったんだ?」ラインダースが何げなく訊いた。

シンシアの表情が瞬時に凍りつく。

しばらく呆気《あつけ》にとられていたラインダースがようやくつぶやいた。

「何か悪いことを訊いたのならあやまるぜ」

「いえ、私の方こそ失礼したわ」シンシアはデスクの後ろにある男の子の写真に目をやった。「SMESはね、私の息子のために作ったの」

シンシアの息子は、五年前に六歳で死んだ。息子が四歳の誕生日を迎える寸前、めまいを訴えたので病院に連れていった。原因は脳腫瘍。五歳で失明した。薬品と放射線による治療を繰り返し、進行を止めることができずに開頭手術まで行ったが、幼い子供の生命を救うにはいたらなかった。病気は後頭部から発した。

シンシアは、カリフォルニア州立大学でコンピューターの研究をしていた夫と協力して息子の目に代わる電子システムの開発に取り組んだ。もう一度、母親の顔を見せてやりたい一心だった。大脳生理学者だったシンシアは、先進技術を総動員して高次視覚野にアクセスする方式を確立しようとした。夫妻は寝食を忘れ、研究を進め、完成までわずかと迫った時に——。

「明後日が息子の誕生日という日、SMESの原型はほぼ完成しかかっていた。私は誕生日を祝うケーキを焼いていたわ。誕生日には、ママの顔をもう一度見せてあげられると思いながら」シンシアはひとり言のようにつぶやいた。

シンシアは、ケーキを作りながら台所に立っていた時のことを今でも鮮明に覚えていた。

息子が彼女を呼んでいた。二階でベッドに入っているはずの息子の声がはっきりと聞こえた。不思議に思って彼女は二階に上がった。ベッドの中で彼女の息子はぐっすりと眠っているように見えた。絶えず襲って来る激しい頭痛のために、わずかな間も消えることがなかった眉間の皺が見当たらなかった。

声がした。

おやすみ、坊や。彼女が息子にかけた最後の言葉だった。

シンシアは我に返り、じっと彼女の横顔を見つめているラインダースに気がついた。だが、シンシアは話し続けた。軍関係者にSMESの来歴を語るのは初めてだが、思ったより抵抗を感じない。ラインダースが兄の話をしたためだ、とシンシアは感じた。

楠海さん、楠海さん——。

遠くで声がする。頭の中には白い砂がびっしりと詰まっているようで何も見えなかった。楠海は二、三度頭を振り、声の主を確かめようとした。背中が油の切れた機械のようにきしんだ。関節が鳴り、うめき声が漏れる。

「楠海さん」

今度ははっきりと聞こえた。目の前に中藤の丸い顔が大写しになっていた。乱暴に肩を揺さぶられているのに、ようやく気がつく。楠海は半ば目を開けながら、ソファの上に上半身を起こした。

ＡＴＲ視聴覚機構研究所を訪ねてから、泊まり込みでＳＭＥＳに取り組んでいた。会社には長期の休暇願いを出した。楠海はすでにＳＭＥＳの解析に取りつかれていた。休暇願いが受理されなければ退職するつもりだった。

「楠海さん」中藤がもう一度いった。

「どうしました」楠海は毛布をはねのけ、床に足を下ろした。靴下をはいただけの足に冷たい床が触れた。

「二本目のテープが解析できましたよ」中藤は半分ほどの長さになった煙草を唇の端にぶら下げていた。

「ああ」楠海は口を開きかけ、思わず欠伸《あくび》をした。「失礼。ありがとうございます。早速見せていただけますか？」

ソファから立ち上がりかけて、よろめいた。身体中の血が酸性化していて、手足を少し動かしただけで関節が鳴る。心配そうに見上げる中藤に笑いかけた。

「ところで今は何時ですか」楠海は腕時計を河渡の研究室に置きっ放しだった。

「午前八時です」

「八時？　中藤さん、眠ってないんですか？」

「それがどうかしましたか？」中藤は怪訝そうに眉をひそめると訊き返した。

ネズミの実験を終えた河渡と楠海は、ビデオテープに入っていたプログラムを手掛かりにSMESの実験装置製作に取り組んだ。金のあても時間のあてもなかったが、SMESには二人の研究者を夢中にさせるのに十分な魅力があった。

河渡の研究室のドアを開く時、中藤が唇に指をもっていく。河渡が椅子を並べて、その上で眠っていた。ここ数日の間に河渡はやつれ、大きな目が余計に目立ち、顔は土気色をしている。

ロッカーの横をすり抜け、コンピューター端末が置いてある部屋に入る。以前は一台しか置いてなかった端末も四台並んでいる。床にはカップ麺の容器やパンの包み紙が散乱し、部屋全体に甘酸っぱい腐臭が漂っていた。

「ご覧いただきたかったのは、これです」中藤は嬉々《きき》として端末の前に座った。

楠海が後ろからのぞき込む。

「いいですか、始めますよ」中藤はそういって、キイボードの上で蝶《ちょう》のように両手を動かした。一連のコマンドが打ち込まれ、画面が暗転する。

「何が出るんですか？」

「見て下さい。そうすればわかります。多分、私より楠海さんの方がよくわかると思いますよ」

楠海は出かかった欠伸を呑《の》み込んだ。画面に凄まじいスピードで線が描かれていった。あるものは結び、あるものは交差し、あるものは平行線のまま。見る見るうちに一枚の画像が出現する。戦闘機を真横から眺めた図であることはすぐにわかった。楠海は半ば口を開いたまま画面に見入った。

懐かしい航空機。

呆然とした楠海がつぶやいた。

「ネオ・ゼロだ」

設計図の左下隅に活字体の英語が並ぶ。ＸＦＶ－14、コードネーム、スーパー・ゼロ。

12

香港中央警察署、正門前。

強い光線の中、ブルーグレーのメルセデス・ベンツが停まり、前後席からダークスーツ姿の男が三人降りた。そのうちの一人は左手に黒革のボストンバッグを提げている。

チャンは警察署の正門を出たところで足を止め、隣に立った那須野に訊いた。

「迎え、頼んだか？」

那須野が首を振る。チャンはボストンバッグを持っている男を見ながら、目をすぼめた。

「重そうだな。バッグの中に短機関銃を入れておくとあんな感じだ」

「もう一度出直すか」那須野がつぶやいた。

チャンが同意し、振り向いた時、警察署の玄関前に停まっていた白のリンカーンが車まわしでターンを切り、ゆっくりと近づいてきた。

「まさかここで撃つような真似はしないだろうさ」チャンの声に力がなかった。

「試してみるか?」那須野の声もかすれている。

二人のそばまで来ると、リンカーンは音もなく停まった。窓に暗色のシールが貼ってあり、中を見ることができない。窓が開く。土気色をした男の顔が見えた。

「やあ、思ったより元気そうだね」

車の中でシートに背をあずけたまま、男は英語でいった。頰の肉がそげ落ち、口を開く度に乱杭歯《らんぐいば》がのぞく。離れていてもわかる、ひどい口臭がした。

ただ、〈狐《きつね》〉とだけ呼ばれている男だった。那須野もチャンも、その男の本当の名を知らない。

狐、狼《おおかみ》、獅子《しし》、麒麟《きりん》。

チャンがかつて構成員の一人だった組織の四天王と呼ばれる男。その上にさらにボスが君臨しているということだったが、チャンは顔すら見たことがなかった。

一応、狐は経理、狼と獅子が売春、麒麟が麻薬という役割分担になっていた。

「お蔭さまで」

チャンが目尻に太い三本の皺を刻んで、微笑む。だが、こめかみを伝う汗は覆うべくもない。那須野も精一杯、愛想笑いを浮かべていた。頰が不自然に強張っているのはよくわかった。

那須野とチャンは武器取引に失敗し、スティンガー地対空ミサイルを警察当局に没収されている。二人は留置場にいる間に損害の補塡について話し合ったが、当てはなかった。結論としては、取りあえず香港を脱出し、中米かアフリカあたりで商売をやり直し、わずかずつでも損失を埋めてからしかるべき人間を立てて組織に謝罪することにした。武器商人にとって、香港という足場を失うことは大きな痛手だった。

　だが、組織の動きは二人の思惑よりはるかに早かった。

「あのベンツに乗りたまえ」狐は右手を出して二人を追うような仕種をした。

「私たちもあなたのところへすぐにご挨拶に行くつもりでした。ただ、我々はここ三週間ばかり満足にシャワーも浴びていません。巣へ一度帰って、身ぎれいにしてから改めてお伺いしようと思っています。失礼になるといけない」

　チャンはそういいながらズボンのポケットからライターを取り出した。那須野が視野の隅でとらえる。チャンのライターには催涙ガスが詰めてあった。ガスは可燃性なので普通のライターと同じように使えるが、蓋を弾き飛ばすと小型の催涙弾となる。

　狐はおだやかな笑みを浮かべたままチャンを見ていた。

　那須野もチャンも、ベンツを降りた三人の男が背後に迫っていることに気づかなかった。

「それではお言葉に甘えて乗せていただきます」

　チャンがそういって、同時にライターの蓋を弾き飛ばす。ガスが噴出する。那須野は両手を顔の前で合わせ、頭を下げるふりをしながら身体を沈めた。

だが、ライターを持った手にボストンバッグが叩きつけられた。鈍い音とともに手首の骨が折れる。チャンが絶叫した。ほとんど同時に別の男が輪胴式拳銃《リヴォルバー》の銃身を那須野の後頭部に叩きつける。

那須野は視野が白濁し、次いで暗黒が襲ってくるのを感じた。


京都、ATR視聴覚機構研究所。

楠海はコンピューター端末のスイッチを切った。目を閉じる。瞼の裏側に砂をすり込まれているような気がする。慢性の睡眠不足でひどく頭痛がした。

中藤が二本目のテープの解析に成功してから、SMES《スメース》の全体像が次第に明らかになってきた。だが、パイロットとコンピューターを結びつけるハードウェアに関しては、ATR視聴覚機構研究所の施設だけでは手も足もでない状態が続いていた。

雑然とした研究室のドアを開いて落合が入って来た。口許には勝ち誇るような笑みを浮かべている。

楠海は顔をしかめた。落合は一週間ほど前に東京の本社に帰っていた。戻って来るという連絡はなかった。

「申請が通りましたよ、先輩。喜んで下さい」落合がいった。

「申請？　一体、何のことだ」

「忘れたんですか？　プログラム作成まではATR研究所で何とかなるけど、それから先が問題だっていってたじゃありませんか。それで会社に当たってみたってわけです」

「金が出るのか？」楠海は椅子の上から腰を浮かせた。

「防衛庁から当社に対して、FSXに搭載する統合電子戦システムの試作が発注されることになったんです」落合は思わせぶりに言葉を切り、にやりと笑って付け加えた。

「正式には七月一日付けで決定することになるんですが――」

楠海には落合の言葉が理解できなかった。頭の中に白いスープを詰め込まれているような気分だ。

「その試作には、総額で二十六億九千七百十一万円の予算がついています。端数の九千七百十一万円がくせものでね。当初見積もりでは二十六億だったんですが、まあ、我々の上司が色々と画策しまして、SMESの試作費用をぶち込んでしまったというわけです」

落合の説明に楠海は眉を曇らせる。首を振って訊いた。

「わからんな。我が社にどんな見返りがある？」

「脳にアクセスするコンピューターのノウハウを手に入れられるんですよ。それだけで次世代技術の先端を走れます」落合は胸を張った。「今や我が社の技術畑の取締役連中は、社長を含めて全員極度の興奮状態にあります。ＳＭＥＳは我が社の技術陣に火を点けたんです」

「成功するとは限らないぜ」

楠海の言葉を聞いていなかったように、落合は続けた。

「そうそう」明るい声でいった。「ここに辞令を一枚預かってます。よく聞いて下さいよ。人事部課長代理　楠海裕基《ゆうき》。三カ月間の総合研究所勤務を命ず。発令日は先輩が休暇願いを提出した日です」

「ありがとう」

楠海はようやくそういった。鼻の奥にきな臭いものがこみ上げてくる。顔を上げると河渡と中藤が不思議そうな顔つきで楠海を見ていた。

「河渡さん、ＳＭＥＳの実験がいよいよできますよ」楠海が震える声でいった。

「はあ」河渡は口を開けて生返事をした。「大体のお話は聞きましたがね」

楠海は泣き笑いのような表情をしていた。

「我が社の中央研究所にあるコンピューターとＳＭＥＳの実験装置をダイレクトにつなぐことができるんです」楠海は河渡と中藤の顔をまじまじと見つめた。

二人とも目の下に隈ができ、顎は不精鬚に覆われ、赤く濁った目をしていた。

「これから益々《ますます》しんどくなります。大丈夫ですか？」

「乗りかかった船、じゃない、飛行機ですからね。私のことはご心配なく。楠海さんや河渡さんに比べれば五歳は若いですから」中藤の表情に屈託はない。

だが、三人の中で誰より疲労の色を濃く滲《にじ》ませているのも中藤だった。

「落合君が画策してくれたお蔭で、ＳＭＥＳの実用化に取り組めることになりました」

楠海は二人に向かって、何度もうなずきながらいった。


暗闇の中で、鉄の杭《くい》を地中に打ち込む時のような鈍い音がした。

目を開きたくない――。

那須野は意識を取り戻しながらそう思った。誰かが自分の足を蹴っている。一度、二度、三度。蹴る力が強くなる。四度、五度、六度。左足のふくらはぎ、蹴る場所は一定していた。蹴られた場所が強張り、最初は肉が痛みを訴えるだけだったが、やがて骨がきしみ、神経を紙ヤスリで削られるような思いがしてくる。

背中の感触からして、自分が硬い床の上で横になっているのがわかった。湿った埃の臭いが鼻の奥をくすぐった。

暗闇の方が心地よかった。が、目を開いた。痛みというより足を使いものにならなくされるという恐怖からだった。

アロハシャツを着た男が立って、那須野の顔をのぞき込みながら笑っていた。前歯にかぶせた金冠が裸電球の光にきらめいた。

「お目覚めのようですぜ、ボス」

部屋の隅で、狐が椅子の背に身体をあずけて那須野を見ていた。

「お前たちは生命《いのち》知らずというより無知だ」狐は顔を歪めていった。

那須野は上半身を起こし、壁際まで身体をずらして、背をあずけるような恰好をした。部屋の中を見渡す。

狐が使っている椅子以外に家具らしいものはない。打ちっ放しのコンクリートの床、壁も同じ。窓はなかった。息苦しいほど狭い。湿った埃の臭いから地下室に思えた。空の木箱が部屋の隅に積み重ねてある。梱包《こんぽう》材料に使われたらしいムシロが落ちていたが、青いカビが一面に生えていた。

「死体を包むのに不自由はしない」狐がムシロを見ている那須野にいった。

「チャンはどうした？」

那須野はようやく訊いた。喉がひりひりと痛み、舌が上顎にはり付きそうだった。声がかすれ、震えている。

「麗しい友情だな。私の手下にも見習わせたいくらいだ」狐は大げさに天を仰いで見せた。

那須野と狐はしばらくの間にらみ合っていた。裸電球の光を受けて、狐の白目が黄色に染まって見える。那須野は呼吸すら忘れて、狐を見ていたが、やがて視線を床に落とした。

「少し賢明になったようだな、ミスタ・ナスノ」狐の声は低かった。出来の悪い生徒に教える辛抱強い教師のような喋り方だった。「それで君たちのエラーについて話し合いをしなければならない。君たちは我々に損害を与えた」

「中米でビジネスをする予定だった」那須野は咄嗟《とっさ》に口走った。「ペルーに戦闘機を売る計画がある。俺たちの取り分だけでも三十万ドルは下らないはずだ。それをそっくりあんたに返す予定だった。チャンも同じことを考えているはずだ」

狐は右手をひらひらさせ、顔を扇《あお》ぐような恰好をした。

「当てにはできないね。我々は霞《かすみ》を食って生きているわけじゃない。それに組織を維持するには毎日、莫大《ばくだい》な費用がかかる」

「すぐにでも戦闘機を仕入れて、俺とチャンで運ぶ」

「戦闘機はイスラエルから買うのか？」狐が目を細めて笑い、那須野は口を閉ざした。

那須野とチャンがイスラエルの依頼でペルーに飛行機を運んだのは二年半前だった。狐はそれを知っているに違いなかった。

狐が立ち上がった。アロハシャツの男が背筋を伸ばす。

「組織を甘く見るな」狐が鋭く怒声を発した。

コンクリートの壁が震えるほどの大声。那須野は頭痛がぶり返してくるのを感じた。顔をしかめて狐を見たまま、おそるおそる頭の後ろに手をやる。

熱かった。

指先に腫れを感じる。髪の毛の中で皮膚が膨れ上がっている。中心に指を伸ばす。ふいに濡れた傷口が触れた。頭の中に錐《きり》を突っ込まれたような気がして、思わず声を漏らした。

「ミスタ・ナスノ」

狐は那須野のそばまで来るとしゃがみ込んだ。声は低く聞き取りやすくなったものの、口臭に頭痛がひどくなる。

「スティンガーの代金は決してはした金じゃない。この損失は私の責任になるわけだ、わかるかな?」

狐の言葉に那須野はうなずいた。逆らうだけの力は身体中のどこにも残っていない。

「世の中というのは、実にうまく出来ている。そう思うことはないかね、ミスタ・ナスノ?」狐が乱杭歯を剝《む》き出しにする。笑っているようには見えなかった。「捨てる神あれば、拾う神あり。この格言はいつの時代にでも通用するのだよ」

那須野は口を閉ざしていた。

「君に大金をくれようっていう奇特な人がいる」狐はアロハシャツの男を振り返り、顎をしゃくった。「今時、非常に珍しいことだな」

アロハシャツが鉄製の扉を開け、長身の男を招き入れた。

裸電球の下に長池が立った。

「お前」那須野は長池の顔を見ると押し殺した声でいった。

「今すぐ君に仕事がある、と彼はいっている。報酬は五十万ドルだそうだ。悪い話じゃない。私の口座に振り込んでくれるそうだからね」

「その男の言葉を信じて、俺とチャンを解放してくれるってわけか？」那須野が苦しげに息を吐きながら訊いた。

「ミスタ・ナスノはイエス、チャンはノーだ。しばらく我々とともにいてもらう」

「五十万ドル支払えば、スティンガーを失った穴埋めはできるはずだぜ」

「チャンは割り符みたいなものさ。保証書というかね。君達二人を解放すれば、そのまま逃げ出さないとも限らない。最低限度の保証というわけでね。ミスタ・ナガイケも私の考えに賛成してくれた。君が仕事に手をつけた段階で、ミスタ・ナガイケが私の口座に金を振り込む」

「俺が奴の仕事に成功しても、失敗しても金は手に入るわけだ」

「そしてチャンがここにいる限り、君はミスタ・ナガイケの仕事に手をつけざるを得ない。成功を祈っているよ。私はただのビジネスマンだ。約束の金さえ手元に届けば、後は何も求めない」狐の口調は優しげでさえあった。

長池が歩み寄って那須野に手を差し伸べる。那須野はその手を払い、自力で起き上がった。身体中の骨が悲鳴を上げた。どうして狐が那須野とチャンを警察署の正門前で待っていることができたのか、これで理解できた。

「あんた、ひでえ警官だな」那須野は日本語でいった。

「いわなかったっけ？　俺は博打うちだよ。どんな時にツキを呼び込むかを知っている。それをあんたに応用しただけの話さ」

狐が二人の間に立った。

那須野は一七四センチ、長池は一八五センチある。狐は那須野と比べても頭一つ小さな男だった。

狐が満面に笑みを浮かべながら二人の男の肩を叩いた。

「商談成立ね」


京都、ＡＴＲ視聴覚機構研究所。

一階のロビーにあるグリーンの公衆電話で、背の高い男がかがみ込むような恰好で受話器を握っていた。

「彼らは予算が取れて大喜びです。すべては常務の筋書き通りに進行中です」言葉を切って周囲を見渡し、再び受話器に向かって囁《ささや》いた。「例の商社への連絡は？」

相手の言葉にうなずく。

「じゃ、ハワイで飛行機も貨物船も手配できるんですね。では、これでパイロットが揃えば準備完了です」落合は受話器を耳に押しあてたまま、にやりと笑った。

13

香港発成田《なりた》行き、ボーイング747後部化粧室。

ペパーミントの練り歯磨きを吐き出して、長池は鏡を見た。唇の端から白い泡の跡が顎の先端に向かってたれている。再び歯ブラシを動かした。右下、奥歯の外側。二十回のブラッシング。右下、奥歯の裏側、二十回。

すでに一度磨き終えていた。だが、口の中に砂が残っているような感触は流れ落ちなかった。きれいにそろった前歯を磨いた。縦にブラシを動かす。前歯を合わせ、唇だけ開いて、猿が笑っているような顔をして、無心にこする。

子供の頃から歯磨きが好きであれば、前歯が全部義歯になるようなことはなかった。二十代の頃はひどい虫歯で、前も奥もボロボロ。警視庁に勤務している間は、治療に行く時間などまるでなかった。富山県警に転勤になってから、全部の歯を治した。が、時間があったからではない。賭博の現行犯で検挙した男がたまたま歯医者だった。それだけで予約なしに治療を受けることができた。

長池は泡の塊を吐いた。鏡に向かい、歯を剥き出しにして笑う。くたびれた中年男が力弱く笑い返している。口の中のざらざらした感触はそのままだった。がっかりした。小さな石鹸《せっけん》を手に取り、両手を強くこすりあわせて泡立てる。顔を洗った。飛行機の中で眠れないのが恨めしかった。成田到着まで一時間。香港はまだ飛行時間が短いだけ救われる。ヨーロッパに出張した時は、睡眠不足で半死半生になった。

生ぬるい水で顔の泡を洗い流す。ペーパータオルを四枚使って、顔のしずくを拭った。

トイレのドアを開ける。男と女が一人ずつ待っていた。朝、誰もが洗顔をする時間。長池は赤面し、女の横をすり抜けて後部区画にある自分の座席に戻った。

五十六番のA、B、C三人掛けのシートに長池と那須野は二人だけで座った。警察手帳をちらつかせた結果だった。長池がC席を、那須野はA席を使っていた。那須野は香港を離陸した直後から眼を閉じ、ほとんど身動きしなかった。

それに狐のオフィスを出て以来、那須野はチャンの救出について一言も触れなかった。少なくとも長池にはチャンを救うあてはなかった。

長池は通路に立ったまま、しばらくの間、那須野をながめる。

髪は少し長めのクルーカット。眉が太く、両端が持ち上がっている。それほど彫りの深い顔だちではなかったが、鼻筋は通っている。やや厚めの唇と頑丈そうな顎が意志の強そうな男であることを物語っている。

長池は座席の上に付いているラゲッジスペースを開くと薄いタータンチェック模様の毛布を取り出した。目の前で広げ、那須野に掛けてやろうと身を乗り出した。

その時、那須野が眼を開き、長池を見返した。

「分かるのか?」長池が訊いた。

那須野は半ば開いた眼で長池を見ていたが、再びまぶたを閉じた。

「ぐっすり眠ることはないのかい」長池は広げかけた毛布を那須野に向かって放り投げるとC席に腰を下ろした。「あんたを見ていると、こっちの神経がまいりそうだ」

「ベッドの中ではいつでもぐっすりさ。夢を見ることもない」

嘘だった。

那須野はよくファントムのコクピットで、地上管制官の声が聞き取れないのに苛立《いらだ》つ夢を見た。気味の悪い汗をかいて、目を覚ました。

「飛行機の中じゃ眠らないってことか?」

長池はワイシャツの胸ポケットから煙草を抜き出した。くわえかけてやめる。二度も歯を磨いたのに口の中の感触は一向によくならない。煙草の吸い過ぎが原因だった。

香港の刑事と画策し、那須野の雇い主だった狐と呼ばれる男にわたりをつけ、それから那須野の釈放を待って罠《わな》を仕掛けた。狐のオフィスで那須野を受け取り、啓徳空港までタクシーを飛ばして、一番早く搭乗できる日本行きの飛行機を予約した。クレジットカードで二枚の航空券を買い、経費で落とす当てのない領収証をもらう。ただの習性に過ぎないと思いながらつい領収証といってしまう。その昔、職業病なのさと笑った同僚がいた。何にでも領収証を要求するのは、マスコミ関係者と刑事だけだといっていた。その通りだと思って苦笑する。

しばらく沈黙していた那須野が口を開いた。

「飛行機の中でも眠る。ホットスクランブルの時だ」

「待機中は眠れないいんじゃないか?」

那須野は首を振った。

あらゆる国では領海、領空上に任意の防衛ラインを設け、そこを無断で通過する航空機に対して警戒網を敷いている。日本の場合は、全国二十八カ所に散らばったレーダーサイトが敵味方識別不明機を発見する。次いで目標を追尾し、コンピューターが兵器の割当、要撃管制、情報指示を行うようになっていた。もっとも一般的な方法が、最寄りの航空自衛隊基地へ出撃指示を出し、戦闘機を空中へ上げることだった。航空自衛隊では五分、十五分、三十分、一時間の待機態勢をとっており、最短で地を蹴る戦闘機を擁するのが五分待機だった。

敵味方識別不明機が発見され、指示が飛ぶ。パイロットが待機所を飛び出して離陸する。そして領空に迫る不明機を捕捉するのがホットスクランブルだった。

「スクランブルがかかるのは、何も昼日中だけじゃない。午前二時、三時も珍しくなかった。目標機が日本領空に接近しながらも途中で方向転換することもある。そういう時だよ、俺たちは旋回しながらCAPを命じられる」

「CAP?」

「コンバット・エア・パトロール。武装した戦闘機でパトロールすることだ」

「その時に居眠りするのか」

「さすがにぐっすり眠るわけにはいかないがね。後部座席員に操縦を命じて、こっちは舟をこぐって寸法さ。そうやって、神経の一部を覚醒させたまま眠るってことを身につけた」

「よく眠れるもんだな。俺は旅客機の中でも眠れないのに」

「狭いところが好きなんだろう。操縦桿を股のあいだに置いたまま、ヘルメットをかぶってこっくり、こっくり。ソ連機を見つければ眠気も吹っ飛ぶが、やってみると案外気持ちのいいもんだぜ」

「ソ連はない」長池が口をはさんだ。「ロシア機だろ」

「俺が相手をしていたのはソ連機だよ。いつでもソ連機が相手だった」

「そういえば、ソ連機を撃ったことがあったよな」

「昔の話さ」

「シリア機は？」

「それも昔話」

「米軍機もやっただろう？」長池が訊いた。

那須野は片頬にちらりと笑みを浮かべただけだった。


新宿御苑《しんじゆくぎよえん》。

ウィークデイの昼下り、人影はまばらだった。ゴキブリの源吉と老刑事は肩を並べて歩いていた。

「酔狂な真似に付き合わせまして、申し訳ありません」源吉がいった。

「いや」老刑事はポケットから煙草を取り出し、マッチで火を点けた。「どうせ私も暇を持て余している身だ。一向に構わんさ」

「旦那」

源吉の言葉に老刑事は顔を上げた。

「つかぬことをうかがいますがね。なぜ、マッチを使ってるんです？　百円ライターの方が便利でしょう」

「こだわりってやつかな。あのライターはいかにも貧乏臭い。私のスタイルに似合わない。オイルライターはやたらと火の点きが悪い」老刑事は煙とともに言葉を吐いた。

「ところで、源さん」

源吉は老刑事の口調に緊張した。あらたまった物言いをされる時にはろくな話がなかったからだ。

「そう構えるなよ」老刑事が苦笑いをもらす。「長池が香港から帰ってくるそうだ。本庁には顔を出さずに京都へ行く」

「京都？」

老刑事がうなずく。

「ＡＴＲ何とかって技術研究所へ行っているらしい。本当に酔狂なのは、あの男さ。富山県警から休暇中の長池が本庁の外事課に顔を出していないか、問い合わせをしてきた。珍しいことに」

「何か、事件でも？」

「いや、書類仕事が溜まっているだけらしいが、長池は面倒な書類仕事を簡単に放り投げる悪い癖があってな。俺が上司だったころにも随分苦労をさせられた」

源吉は目をそらした。

「それに奴め、俺にとんでもないことを押しつけやがった」老刑事はひとり言のようにいった。

源吉は黙って、老刑事の横顔を見つめている。

「ある人物をな、迎えに行って、京都に連れて来てくれというんだ」老刑事は唇の端に火のついた煙草をぶら下げて訊ねた。「行ってみるかね?」

「旦那さえ、構わなきゃ」源吉はぼそりといった。

老刑事は短くなった煙草を捨てて、うなずいた。源吉の目が暗い光を放つのを見逃さなかった。


築地。

国立がんセンター、四階の病棟を担当する看護婦、大野千代《おおのちよ》は二十歳をわずかに超えたばかりだった。大阪生まれの大阪育ちだったが、半年前に東京に出て来た。がんセンターに勤める大阪大学出身の叔父《おじ》に、「この病院には俳優に似ている独身の医者がいる」という言葉で誘われたのだった。千代はその俳優のファンだった。

実際は、看護婦不足を解消するための叔父のセールストークに引っかかったに過ぎなかったが、一度東京で一人暮らしをしたいと思っていた千代は、叔父に不平を漏らすこともなかった。

千代は、小柄で細身、小さな顔をしていた。小さな瞳をくるくる動かしながら、生粋の大阪弁でまくしたてる。

千代は病室をノックして、返事を待たずにドアを開けた。

「おはようございます」

窓辺にダークブルーの制服を着た長身の男が立っている。

「失礼しました、お客様でしたか？」千代は驚いていった。

制服姿の男が振り返って笑う。

「あら、川崎さん。起き上がってはいけませんよ」千代は後ろ手にドアを閉めながら病室の中に入った。「検温の時間です」

「出掛けなければならない」川崎は、半ば困ったような笑みを浮かべていた。窓に視線を戻し、眼下の小さな公園を見下ろす。

腐りかけた木のベンチに申し訳程度の緑があるだけの公園だったが、それでも川崎には巡る季節を彩る生命のきらめきを感じさせた。

制服は、ひどく防虫剤臭かった。入院する際に持ち込んだスーツケースの一番底にきちんとたたんで入れてあったものだが、二度と手を通すことはないと思っていた。

「そんな」千代の言葉が大阪弁のアクセントで飛び出す。「先生が許可されるはず、ありませんわ」

「だろうね」川崎は窓の外を見たまま、ぼそりと答えた。「本当は君がここに来る前に

「お生憎様《あいにく》、間に合いませんでしたね。さあ、検温しましょう」

「厳しいね」川崎は苦笑しながら窓辺を離れた。

ベッドの枕の上に置いてある制帽を手にとって、かぶった。ひさしを目の辺りに下げる。死の床にあった老人の面影が消えた。千代は背筋が冷たくなるのを感じた。

身体にぴったりとフィットする制服、制帽を当然のことと思うようになって何年にもなる。ふいに川崎は昭和二十九年、操縦桿を握りたい一心で創設されたばかりの航空自衛隊の門をくぐったことを思い出した。

当時、航空基地に関する施設や航空機そのものが米軍からの借り物であっただけでなく、貸与される制服も極端に不足しており、身体に合った制服ではなく、制服に身体を合わせろといわれた。大きすぎる制帽の汗止めバンドに新聞紙を折り畳んで挟み、ようやくサイズを合わせた。そうしないと、右向け右と身体を振った途端、制帽だけが正面を向いたままになった。

「それじゃ、出掛けてくるよ」川崎は静かにいった。

「先生にいいつけますよ」千代は困惑して小さな声でいう。

不思議な思いだった。抗がん剤を投与され、連日、放射線を照射されている川崎は立っているのがようやくという状態のはずだった。だが、目の前にいる制服姿の男は、背筋を伸ばし、しっかりとした足取りで病室のドアに向かっている。

「川崎さん」千代が声をかける。

ドアを開きかけた川崎が振り返る。

「気をつけて。必ず戻って下さいね」

千代の言葉に、川崎はしっかりと頷《うなず》き、ドアを開けて出ていった。一人残された千代は検温表を留めたボードを胸に抱き、ぼんやりとつぶやいた。

「あれなら廊下ですれちがっても、誰も川崎さんや思わないわ」


老刑事は国立がんセンター正面、車回しにオレンジ色のボディにグリーンのラインを引いたタクシーを停め、川崎を待っていた。タクシーの助手席には源吉が生真面目な表情をして座っている。

やがてガラスの扉が開いて出てきた川崎を見て、制服を着ていることに老刑事はちょっと驚いた。

「お待ちしておりました」老刑事は静かに声をかけた。「体調はよろしいんですか?」

「癌だよ。良くはならない」川崎はうっすらと笑みを浮かべていった。「京都へ向かう前に一カ所寄り道をしていきたいんだが?」

老刑事が眉を上げる。

「アメリカ大使館に寄ってくれ」川崎はぼそりといい、タクシーの後部座席に乗り込んだ。

14

カウアイ島ミサイル射場格納庫。

昼下がり、ラインダースとクルーガーが格納庫脇に設けられた待機室でコーヒーテーブルをはさんで向かい合っていた。二人とも難燃性繊維ポリアミドで作られたモスグリーンの飛行服を着用している。

「どこの生まれだ?」ラインダースがダミ声で訊いた。

「アラバマ」クルーガーは冷めたコーヒーをすする。

「山の中じゃないか」

「海軍パイロットの出身地が山の中だと、おかしいですか?」

ラインダースは、クルーガーの茶色の瞳を見返した。

「別に」ラインダースは飛行服のポケットから煙草を取り出した。「ただ、ちょっと驚いただけさ」

クルーガーが肩をすくめてみせ、返事代わりとした。

「親父もパイロットだったのか？」ラインダースが再び口を開いた。

「あなたは？　大佐。あなたの父上も空軍パイロットでしたか？」クルーガーが視線を逸《そ》らさずに訊き返した。

「いや」ラインダースは顔をしかめた。

先日、ＳＭＥＳ《スメース》で実験した時の記憶が蘇る。若々しい父親、母親の面影が脳裏をかすめた。

父は軍人、母は教師で、ラインダースにいわせれば、どちらもうんざりするほど保守的だった。

「お袋は高校の教師さ。数学を教えていた」

「僕の家は祖父の頃からハンターです」

「じゃ、〈罠師《トラッパー》〉ってタックネームも根拠のないことじゃないんだ」ラインダースは半ば感心したようにつぶやいた。「お前さんも罠《わな》で猟をしたことがあるのか？」

クルーガーがうなずく。

「何匹、獲物をとった？」ラインダースはコーヒーカップを置いて、目をすぼめた。

「三匹」クルーガーは短く答えた。

「たった？」ラインダースが目を伏せ、ちらりと笑みを浮かべる。「あまり腕のいいハンターじゃないんだな。何回罠を仕掛けたんだ？」

「三回」クルーガーはさらりと答えた。

　ラインダースは間の抜けた顔つきで、しばらくクルーガーを見つめていたが、頭を振って気を取り直すと肝心の質問を口にした。

「いつからXFV－14のパイロットをしているんだ？」

「飛行士《エビエイター》」クルーガーがやんわりと訂正する。

　空軍、陸軍ともに飛行機を飛ばすのはパイロットだが、海軍ではエビエイターと呼ぶ。ラインダースが苦い笑みを漏らし、クルーガーがうなずいて答えた。

「半年前です。実はハワイに来てから自家用ヘリコプター操縦士の資格を取得して、それから事業用の免許に切り換えました。実はそれまで回転翼機に触れたこともなかったんです」

　クルーガーが笑うと目の周囲に細い皺が寄る。ラインダースは、自分が思っているほどクルーガーが若くないことを知った。

「〈ブルー・アリー〉に来るまでは何をしていたんだ？」

　ブルー・アリーは、クルーガーが所属するアメリカ合衆国海軍第一〇混成飛行隊のニックネームだった。

「ホーネットを飛ばしていました。アリーに来て一年になりますかね。本当は、得体の知れない飛行機を飛ばすのではなく、のんびりとここで余生を送るつもりだったんですよ」クルーガーの目にいたずらっぽい輝きがひらめいた。

「一年前？」ラインダースが顔をしかめる。「その前の所属は？」

「第八三攻撃戦闘飛行隊」クルーガーはテーブルに視線を落とした。

ラインダースが唇をすぼめて、口笛を吹く真似をする。音は出さなかった。

第八三飛行隊は、米海軍の戦闘攻撃機F／A18ホーネットの中でも最新のCタイプ、俗称『ナイト・アタック・ホーネット』を擁する。クルーガーの隊は、第六艦隊の第一七空母航空団に属し、通常動力型空母CV60『サラトガ』を母艦とした。

サラトガは一九九〇年八月七日に母港であるフロリダ州メイポートを出港、ジブラルタル海峡を抜け、八月二十二日に紅海に入り、原子力空母CVN69『ドワイト・D・アイゼンハワー』と交代して、洋上攻撃基地〈キャメル・ステーション〉の位置についた。サラトガの任務は、翌年の三月二十八日まで続いた。この間に湾岸戦争が起こっている。

四十六日間続いた湾岸戦争において、撃墜された多国籍軍機は三十八機。そのうち、ヘリコプターを除き、固定翼作戦機の被害数は二十八機になる。実際に被害を受けた機数ははるかに多いのだが、基地まで帰りつくことができた戦闘機は、被撃墜機の中には含まれていない。

「どんな任務についていたんだ？」

「ＨＡＲＭを積んで、イラクのレーダー施設を破壊していました」クルーガーの表情は淡々としていた。

ＨＡＲＭ――高速対レーダーミサイルＡＧＭ88Ｂは、マッハ三近い飛翔《ひしよう》能力を有していた。ＨＡＲＭの仕組みは、母機が敵レーダー波を感知すると、攻撃管制コンピューターが施設の位置を割り出し、敵のレーダー波に乗って誘導されるもので、高速であればあるほど敵の対応時間が短くなる。

空軍にはＦ－４Ｇファントムを利用したワイルド・ウィーズル機と呼ばれる対レーダー施設攻撃専用機があるが、海軍にはない。クルーガーが行ったように攻撃機や爆撃機が対レーダーミサイルを搭載して、レーダー施設破壊任務に就く。

レーダー波の照射を受けるということは、地対空ミサイルや敵機の攻撃を受けやすくなる。それだけは空軍、海軍ともに変わりなかった。

「任務は気にいってました。罠を仕掛けるのに似ていますからね」クルーガーはちらりと左手首の腕時計を見た。「餌が自分自身だという以外は」

「撃たれたことがあるのか？」ラインダースが訊く。

「一度」クルーガーの声が沈んだ。

「空軍のサイドワインダーでね。敵も味方もない、無茶苦茶でしたよ」

クルーガーはその時の状況を簡単に話した。

ホーネットで母艦に帰る途中、ミサイル警報が鳴った。クルーガーは残り少ない燃料を気にしながら、アフタ・バーナを噴かし、思い切り操縦桿を引きつけてバレルロールを打った。味方である空軍機が放った赤外線追尾式ミサイル『サイドワインダー』は、ホーネットの急激な機動に追随することができなかったが、近接信管が作動し、機体から一五フィートほどの距離で炸裂《さくれつ》した。クルーガー機は電子装置を撃ち抜かれてしまった。

湾岸戦争では、米軍の被撃墜機のうち、三分の一が友軍のミサイルによるものだといわれた。公式発表はない。が、当時、紅海上空を飛んでいたパイロットは誰もが前と後ろに均等に目を配っていた。

ラインダースは喉を鳴らした。

ホーネットは、戦闘機と攻撃機双方の任務を負わされた機体だった。狭いコクピットに二重の計器を配するわけにはいかず、六インチのＣＲＴディスプレイを四個配列し、計器や武装、戦況、地図などを表示する方式を採用している。電子装置が失われたということは、コクピットそのものが機能を喪失することを意味する。

「計器なしで飛んだってことか？」ラインダースは唇を歪めた。

「まさか」クルーガーが笑う。「ホーネットの計器パネル下部には予備計器があります。それと、スタンバイコンパスを見ながら母艦のそばまで行きました。それから」

クルーガーは頬を膨らませて破裂音をたてると親指を上にした手を垂直に上げた。救難ヘリコプターに合図を送ると、クルーガーは射出座席を作動させたのだった。

ラインダースがかすれた声でおそるおそる訊いた。

「それでホーネットに乗るのをやめたのか？」

「いいえ」クルーガーは首を振った。「ブルー・アリーにやって来たのはあくまでも自分の意志です。コルセアII、ファントム、ホーネットと乗り継いできましたが、これでも腕は良かったんです。テールフッククラブの会員であることに誇りもありました」

航空母艦への着艦は、制御された墜落と呼ばれるほどの困難な操縦を要求される。陸上の航空基地なら三〇〇〇フィートの滑走路に着陸するところを、せいぜい一二〇フィートしかない飛行甲板の上に降り、一瞬にして時速二四〇キロからゼロまで減速させる。

それだけの短い距離で制動するために、艦載機の機尾にはアレスティング・フックと呼ばれる丈夫な鉤爪《かぎつめ》がついており、パイロットは四本のワイヤをこのフックで引っかけるのだった。他のパイロットには真似のできない操縦をこなす海軍飛行士たちは、自らをテールフッククラブの会員と称して、空軍や民間航空のパイロットとは一線を画していた。

「それに、ハワイにはマリーがいましたから」

「マリーって、誰だ？」

「フィアンセです。あと二週間で独身におさらばしますよ」

クルーガーがにやりと笑い、ラインダースは表情を失った。いまだに独身であるラインダースへのあてこすり。

「怖くなったのも事実ですがね」クルーガーは再び時計を見た。「私は敵の基地にミサイルを撃ち込んだり、敵機を撃墜するのがうまかったんですよ。ぎりぎりの罠を仕掛ける時と同じ興奮がある。うまくいくと次々と手ごわい相手を求めるようになる」

クルーガーはゆっくりと立ち上がった。

「違いない」ラインダースも時計に目をやり、立ち上がる。「今日の相手は、二機だったな？」

「そうです。ブルー・アリーの隊長と二番機のペア。気の抜けない連中ですよ」

二人は駐機場に行くため、待機室のドアを開いた。

ラインダースとクルーガーが二機編隊を組み、第一〇混成飛行隊の一、二番機と空戦演習を行うことになっていた。

「なあ」ドアをくぐりながらラインダースが声をかけた。「海軍パイロットと組むのは初めてなんだ。おてやわらかに頼むぜ」

「こっちの台詞ですよ」クルーガーは笑った。

二人は交信手順、空中でのリードの取り方、敵機への接近方法などの細部にわたって二時間のブリーフィングを終えた後だった。

ホワイトハウス。

大統領は革張りの長椅子に深く腰掛けていた。向かい合っているのは統合参謀本部議長だった。大統領執務室に連なる小会議室に、今は二人だけだった。

大統領が低い声でいった。

「私がなぜ実戦配備を急いだのか、疑問に思っているのかね、ジョン?」

図星を指され、胸のうちにひやりとしたものを感じながらも、統合参謀本部議長は表情を変えなかった。

「フランク・バーンズが進めている電子システムはSMESといったな?」

「その通りです、閣下」

「君なら、あの装置を戦闘機の照準にだけ使おうと考えるかね?」

「いいえ」議長は自信たっぷりに首を振った。「あの装置は生身の脳と電子装置をつなぐといわれています。究極のリモートコントロールシステムが可能ですね。戦闘機はいうに及ばず、戦車でも戦艦でも操作できるでしょう。その場にいなくともリアルタイムで状況を把握できるのですから」

大統領は椅子に身体を沈めたまま、目の前にいる大男をじっと見つめていた。統合参謀本部議長はソファに浅く腰掛け、背筋を伸ばしている。カーキ色の制服、襟章は大将を表していた。

「軍のレベルを急激に向上させることができます。戦闘の形態にもよるでしょうが、SMESとリモートコントロールシステムを組み合わせれば、少なくとも兵士に関する限り損耗率はゼロになります」

「死を恐れない兵士」大統領は統合参謀本部議長の考えを読んで応じた。鼻を鳴らす。

「確かに最強の軍隊ではあるな」

「私は、SMESの素晴らしさは慣熟訓練が不要である点にあると思っています。パイロットにしろ戦車の操縦手にしろ、機械の操作を覚えることは必要です。しかし、SMESは、特殊な能力や特別な訓練が無くとも使いこなすことが可能です」議長の口調が熱を帯びてきた。「我々は長い間、機械に人間を合わせるためにマニュアルを作り、教育を続けてきました。しかし、SMESなら機械の方が人間に合わせてくれる。夢のようですよ」

「確かに、その点がSMESの最大の利点ではある」大統領は言葉を切り、ぼんやりと床を見つめた。「最強の軍隊。確かに軍人らしい発想ではあるな」

議長は眉を寄せて大統領を見た。が、口を開くことはしなかった。

「なあ、ジョン」大統領は床に向かって話しつづけた。「我々が死を恐れぬ兵士を手に入れることは非常に大きな意味がある。宗教的な理由や凝り固まった思想の下で喜んで生命を投げ出すテロリストを相手にする時には有効な対抗手段になるだろう」

大統領と統合参謀本部議長の視線が真っ向からぶつかった。

大統領は、すっかり乾いた唇をなめて言葉を継いだ。

「今以上に我が軍を鍛え、増強する必然性はあるかね？」大統領の声は低く、聞き取りにくかった。

「ですが――」議長はいいかけて、語尾を濁した。

大統領が指摘した通りだった。

冷戦構造下、東西陣営の力のせめぎ合いの中で、アメリカ合衆国の陸、海、空、海兵隊の四軍は、最大最強の敵ソ連を仮想敵国として増強と鍛練を続けてきた。だが、ソ連は崩壊し、投棄された兵器は錆《さ》びるがままになっている。

半世紀に及ぶ軍拡競争は米ソ両国の経済を疲弊させ、一九九一年、ついにソ連という国そのものを滅ぼしてしまった。

今やアメリカは唯一の超大国であり、その軍備に対抗しうる敵国はない。米軍に残された使命は、世界恒久の平和と安全を確保することであり、過剰ともいえる兵器群は、その絶対的に優位なポジションを護《まも》るために存在する。

九千機を超える作戦機、十四隻からなる航空母艦群、八十万人の兵員。世界中のあらゆる紛争に常時即応できる機動力を有し、長期戦に備える補給態勢も確立している。「あまりに突出したパワーを保有する孤高の存在」大統領は歌うようにいった。「我々が一番に心配しなければならないのは、自分で自分の胃袋を消化しはじめることだと思う。本来、外に対して向けられるはずの力が方向を見失うと内側に向かって崩壊を始める」

議長は弾かれたように顔を上げた。大統領は統合参謀本部議長が目の前にいないかのように続けた。

「人種間抗争、長期の景気低迷、貧富の差。今、我々の頭上に昔日の栄光はない。しかも、厄介なことに我々が戦争を仕掛けるべき相手は失われてしまった」

マスコミは連日、ロサンゼルスで起こった暴動について報道していた。暴動の規模は分刻みで拡大し、今や伝説ともなった一九六〇年代のワッツ暴動をはるかに超えることは確実となっている。

「それで、どうするおつもりなのですか？」議長は声がかすれていることをさとられないようにゆっくりといった。

「ＳＭＥＳを軍事用とは全く別のものに使おうと思っている」

「例えば？」統合参謀本部議長は唇を結んで、大統領を見つめた。

大統領は椅子の背に身体をあずけた。色素の薄くなった瞳がひたと一点に据えられている。

「SMESはコントロール可能な麻薬だよ。しかも相手にどのような能力も要求しない。教育も、制度も必要ないんだ」

「SMESを何に使うおつもりなのですか?」統合参謀本部議長は、唇をなめると重ねて訊いた。

「まずは、教育かな」

大統領は誰に向かってでもなく、低い声で答えた。

「それに犯罪者の矯正、麻薬患者の治療」大統領は頰を歪めた。「文字通り国民の人心をつかまえることができるだろう」

「選挙にも使うつもりですか?」

「いいアイデアだね」

会心の笑みを浮かべる大統領を統合参謀本部議長はただ見下ろすばかりだった。

15

京都、ATR視聴覚機構研究所。

中藤はくわえ煙草の灰が長く伸びているのも全く気にしないで、キイボードを叩き続けた。

眠気を感じない自分が不思議だった。まぶたの内側は胡椒《こしょう》をすりこまれたようにひりひりしたが、引き込まれるような睡魔は襲って来ない。人差し指から中指、薬指、小指へと神経が十分に行き渡っている。

SMES《スメース》の独創的なプログラム。その中に並ぶ、小文字のアルファベットを二つ並べたコマンド、コロンとセミコロンの使用法、カンマやエクスクラメーションマークの打ち方の一つひとつに中藤は興奮した。

C言語を使用する独創的なソフトウェアを学ぶ最短の道は、自分の十本の指を使ってプログラムを丹念にコピーしていくことだった。

眼鏡の奥で赤く濁った目が熱気を帯びている。プログラムのコピーは終わりに近い。

中藤は自分の見ているものが、想像をはるかに上回る性能をもつことに息が荒くなるのを感じた。

脳。

かつて自分が夢にまで見、そして敗れた脳の電子的解析手法が目の前に広がっている。

「少し休んだら、どうだい？」

声をかけられ、中藤は顔を上げた。長くなった煙草の灰がワイシャツの胸元に落ちる。ポロシャツの襟元をひろげた河渡がのっそりと立って、中藤を見下ろしていた。

ひどい恰好だ、と中藤は思った。

河渡は黒のポロシャツにグレーのスラックスをはいて、破れたサンダルをつっかけていた。もう三日着替えていない。目の周りが黒っぽくなっている。半ば白くなった髭が午後の光の中で透明に輝いていた。

中藤が初めてATR視聴覚機構研究所を訪れてからざっと三週間。カレンダーは間もなく六月になろうとしていた。

中藤は笑みを浮かべ、短くなった煙草をコーラの空き缶に落とすと、脂じみたワイシャツのポケットから新しい煙草を抜いた。

「これ、すごいですよね」中藤はそういいながら、マッチで火を点け、顔にまとわりつく煙に目をすぼめた。「こんな装置があるなんて夢にも思いませんでしたよ」

中藤の言葉に、河渡はコンピューターのディスプレイを見た。落合が近づいて来て、言葉をはさんだ。

「日本にも同じようなシステムがあるはずですよ」

ＦＳＸのアビオニクス開発費を会社からせしめた後は、落合もＡＴＲ視聴覚機構研究所に泊まり込みでプログラム書き換えを手伝っていた。

「日本に？」河渡が落合に目をやる。「東京工業大学の武者《むしや》教授が研究しているあれか？」

「それだけじゃないです」落合は欠伸《あくび》をしながらいった。「日本のコンピューター・メーカーの一社が脳を解析するシステムを開発中です」

河渡は折りたたみ椅子に腰を下ろし、目と目の間を強く揉んだ。

「教えてくれないか、そのシステムについて？」

「ニューラルネットワークを利用して、短時間で脳内細胞の活動を観察するシステムといってました」落合はゆっくりした足取りで中藤のデスクに近寄り、天板のへりに尻をのせて、説明をはじめた。

そのメーカーが開発中のシステムは、脳内電流双極子追跡法と呼ばれる。頭の外側から電極が捉えた電流変化によって活動している脳細胞の位置を割り出すというものだった。解析に要する時間は、半秒未満という。

現在、研究を進めているのは、てんかん診断用で、三次元ディスプレイを接続すれば、新しい脳内診断装置となる可能性がある。

「頭皮上で計測した電流や脳波、脳磁界をもとに脳内にプラスとマイナスの電極があるようにシミュレートするわけです」落合が眠そうにいった。「その仮に置いた電極の位置から、脳内に存在する電極の位置や個数、電流の方向を測定していくんですね」

「SMESに似ているな」河渡が口をはさむ。唇の裏側をかみ、しばらく顔をしかめていたが、やがて言葉を継いだ。「しかし、その方法では実測値と推定した位置の誤差を小さくするために計算を繰り返していかなければならないはずだ。君がいった一秒もかからずに位置推定をするってのは無理じゃないか」

「ニューラルネットを使うといいましたよね」中藤がぼんやりという。「うまい方法だ。多分、あらかじめ実測値として得られた推定位置を用意しておくんでしょう。SMESでも同様に高次視覚野内を動きまわるイオンの動きをモデル化して、数万種類内蔵しています」

「その日本のメーカーの場合、内蔵しているモデルは三千種類といってましたからね。SMESの方が進んでいるわけか」落合はあまり気のなさそうにつぶやいた。

「確かに三千種類のモデルパターンがあらかじめインプットされて、その上で脳内電極位置を推定した位置を入れれば、一番誤差の少ない数値を選択するだけでいいんだから測定までの時間は大幅に短縮されるな。それにニューラルネットなら、一度入力された数値は学習されたこととして、モデルパターンの一つに組み込まれる。使えば使うほど測定値は正確になり、測定にかかる時間も短縮される」河渡は天井を見上げる。

「それでもアメリカ製の方が性能がいい」落合がぼそりという。

三人の科学者はそれぞれほろ苦く笑った。

日本が技術大国といわれるのは、一種の幻想に過ぎない。先端技術分野で日米貿易をながめて見ると、極端な入超。自動車、家電製品とは全く逆の傾向がある。

「脳とアクセスするコンピューター」中藤がつぶやいた。「僕の夢でしたよ。今、プログラムをコピーしながら、この独創的なアイデアのとりこになってます」

落合は中藤を見下ろしながら、唇を歪めた。かつて中藤は落合や楠海の勤める会社で将来を嘱望されたエンジニアとして働いていた。

夢——落合は胸のうちでつぶやいた——会社にとっては、夢ではすまされない問題なのだ。研究部門の長である常務の顔がちらりと脳裏に浮かんだ。

「今日、だったよね」河渡が溜め息まじりにいう。

中藤と落合の表情に緊張が走った。

東京から川崎が来る。そして、ジークと呼ばれる元戦闘機乗りも京都に来るのだ。

河渡は昨日の電話を思い出していた。相手は富山県警の長池と名乗った。なぜ富山県警の警察官が川崎の求めに応じて戦闘機乗りを連れて来るのか、皆目見当がつかなかった。

ＳＭＥＳは九〇パーセント以上組み上げられているが、テストランをする時間はなさそうだった。

中藤はアルミニウムの灰皿で煙草を押し潰すと、煙を吐き出した。

カウアイ島上空、三万五〇〇〇フィート。

クルーガーは右手を操縦桿にかけ、左手でスロットルレバーをゆるくつかんでいた。計器パネルの上に設けられた大型ヘッドアップ・ディスプレイ越しに前を見やっている。イレヴン・オクロック・レベル。前方、やや左寄り、同高度に明るいグレーの機体、大型双発戦闘機Ｆ－15Ａイーグルが飛んでいた。

空軍機と作戦飛行をすることはほとんどなかったが、クルーガーが海軍流の飛行方法を伝えるとあっさり同意した。

『俺はどうやってでも飛んで見せるさ』ラインダースはふてぶてしい笑みを浮かべていった。

今日の敵――アグレッサー役を引き受けるのは、クルーガー自身が所属している海軍第一〇混成飛行隊ブルー・アリーの二機だった。隊長が一番機、二番機は隊内でもトップといわれる空戦の名手、ホット・ドッグというコールサインの男が務めているはずだった。

ライングースとクルーガーは、ＴＡ−４Ａスカイホークについて性能、武装、旋回上の癖について執拗《しつよう》に再確認しあった。

打ち合わせを詳細に行うことによって、二人のパイロットは無線交信を必要としないほどの約束事を決めておく。特にイーグルやＸＦＶ−14Ａのような単座機の場合、パイロットがまるで同じ機に乗り合わせているように意思を疎通できることが、勝利に不可欠の条件だった。

イーグルの右後方、一マイルの間隔をおいてＸＦＶ−14が飛行している。ゆるやかな戦闘飛行隊形だった。

編隊長機を務めるライングースのイーグルは、レーダーレンジを短めに設定し、赤外線追尾式ミサイル『サイドワインダー』の射程内を捜索する。

編隊僚機であるクルーガーのＸＦＶ−14は、ライングース機を超え、前方六〇キロから一二〇キロにわたってレーダー掃引を行うように電子戦システムをセットしていた。その距離が中距離レーダー追尾式ミサイル『スパロー』の射程に一致する。さらにＸＦＶ−14は先端技術戦闘機の例にもれず、新式の先進型中距離空対空ミサイル『ＡＭＲＡ

ＡＭ』を搭載できるようになっていた。

もっとも今日の模擬空戦ではイーグル、ＸＦＶ－14ともにミサイルを実装していない。どちらも胴体下、センターラインに流線型の増槽を吊《つ》っているだけだった。

イーグル、ＸＦＶ－14ともに先端技術を駆使した高性能レーダーを搭載していた。が、二人のパイロットはともすれば数十センチ先に焦点を結ぼうとする自分の眼を叱咤《しった》し、常時空中を目視警戒する。

レーダーで四、五〇キロ先に敵機を発見したとしても、すれ違うまでの時間は九十秒ほどでしかない。レーダーが反応すると同時にパイロットは、翼が反射して敵機に位置をさとられないように注意しながら、慎重に側方に旋回、敵機の後方に回りこもうとする。圧倒的に有利な態勢とは、真後ろからミサイルを発射することなのだ。

レーダーのなかった時代から、空中戦では、目のいいパイロットが勝ちを制する。それは現代航空戦においても同じことだった。

『理想的な空戦機動とは、正々堂々と格闘戦を挑むことではない。できるだけ相手に知られないように、旋回し、息を殺し、忍び寄って一気に決着をつけることだ。もっとも理想的な空戦、一言でいえば、暗殺である』

セシルフィールドで飛行訓練教官をしていた少佐の言葉だった。クルーガーは酸素マスクの中でにやりとした。相手が何が起こったのかわからないうちにパラシュートにぶら下がっている状態、それこそクルーガーの望むところだった。

まだ、SMESのスイッチを入れてなかった。クルーガーはヘルメットについたサンバイザーの内側で目を細めた。SMESが作動すると同時に、ヘルメットの額の部分に内蔵されている暗褐色の不透明な板が落ちてきて、視界を塞ぐようになっていた。

レーダーが相手機をヒットする。クルーガーは動悸《どうき》が早まるのを感じた。

トラッパーとクレイジー・ハンス。敵機にとってはもっとも相手にしたくない最強のコンビに違いなかった。

きりきり舞いさせてやるぜ。

クルーガーはスロットルレバーを前進させ、ペガサスXX《ダブルエックス》エンジンに燃料をくれた。XFV－14は蹴飛ばされたように加速し、ゆっくりとラインダース機の左横に並んだ。

クルーガーは首をねじって、ラインダースを見た。ラインダースが透明な風防の中でクルーガーに顔を向けた。クルーガーはラインダースに人差し指と中指を立てて見せ、二度大きく頷いた。

ラインダースが親指を立てて合図を送った。それから親指を唇にあて、ビールでも飲むような仕種をして見せた後に指を水平に二本出し、次いで三本の指を垂直に立てた。

何かを飲むような恰好は、残燃料を示す。指を垂直に立てて一から五を、水平に寝せて六から十までを表す。ラインダースの残燃料は七三〇〇ポンドということ。空戦訓練には十分な量だった。

クルーガーは計器パネルに視線を戻した。

XFV－14の操縦席は、グラスコクピットと呼ばれる新世代タイプ。コンピューター・ディスプレイのような画面が計器パネルの上部左右に二面配されている。

蒸気圧力計式の指針による計器はパネルの右下に姿勢指示器、対気速度計、燃料流量計、高度計が残っているだけだった。

さらに計器パネル下方、ちょうどパイロットの両足の間に直径四インチの丸形CRTディスプレイが設置されている。そこには航法・対地攻撃用の地図などを表示するようになっていた。基本的には、海軍の戦闘攻撃機F／A18ホーネットと同じ形式だった。

大きな違いはホーネットの操縦桿がパイロットの足の間にあるのに対し、XFV－14は空軍機F－16ファイティングファルコンと同様、操縦席の右側に置いたサイドスティックとなっていた。これはXFV－14がホーネットよりはるかに激しい空戦機動に耐える設計となっているからで、クルーガーが座っているシートも三〇度後方に傾いており、この点もファイティングファルコンと同じだった。

首を動かす自由度は、操縦桿を中央に置いた方がわずかに高かったが、サイドスティック、傾斜した射出座席の組み合わせによって、パイロットは9Gがかかる急旋回中も失神することなく、操縦を続けることができる。

クルーガーは今、計器パネルの右にあるディスプレイにエンジン回転計、排気温度計、燃料流量計などを表示し、左側のディスプレイを敵機の位置や高度、速度を表示する戦術ディスプレイとして使用していた。

左手で燃料関係のデータを表示しているディスプレイの制御ボタンに触れ、残存燃料を表示させた。輝線で描かれたXFV－14の形がディスプレイ上に映り、両翼、胴体中央、後方に配置されている八つの機体内タンクと胴体下にある増槽が重ね合わせて示された。

増槽は三分の二が空になっていて残燃料を示すピンク色がブルーに変わっている。機内タンクにある燃料総量は、CRTディスプレイの下端に表示されている。

八二〇〇ポンド。

ハンドサインでラインダースに数値を送り、ラインダースが確かにうなずくのを確認した。

カウアイ島上空には、目に痛いほど鮮やかな青空を背景として、白い雲がわき上がっていた。二機編隊が澄んだ大気を切り裂くように飛行している。

先行するF－15イーグルの操縦席でラインダースは、左手をピストルのような恰好にして見せ、前に突き出した後に親指を下向きに突き出した。接敵、開始の合図だった。

XFV－14を駆るクルーガーは、左手の親指を突き上げて了解のサインとする。左手をスロットルレバーに戻すと、計器パネルに触れるほど前進させた。ペガサスＸＸが吼える。ＸＦＶ－14が増速した。

コンバットスピード。

クルーガーは酸素マスクがしっかりと固定されているのを確認した。

ヘッドアップ・ディスプレイの下部にあるグリーンのランプが灯っていた。ＸＦＶ－14に搭載されている五台のコンピューターがいずれも正常に作動していることを示していた。

五台のコンピューターのうち、コントロール・データ社製の二台は攻撃管制と航法を行い、リットン社の三台目が機体の各所に配置されているセンサーから流れ込むデータを蓄積するのに使われていた。これらのコンピューターを統合し、フライ・バイ・ワイヤ・システムを通じて機体を制御するのが四台目だった。

五台目のコンピューターこそクルーガーとＸＦＶ－14を結ぶＳＭＥＳの中核機だった。

クルーガーは身体の力を抜いて、射出座席に背中をあずけた。

ＳＭＥＳは音声認識を行わなかったが、作動開始のみは音声を発する必要がある。適正なパイロットが声を吹き込む時に発生する脳内の微弱な電流を解析、ＳＭＥＳのスイッチを入れる。

作動開始を告げるキーワードは決まっていた。いよいよパイロットと戦闘機が同化する時が来たのだ。

クルーガーは、マイクロフォンに声を吹き込んだ。

「実行《アクティベート》」


ATR視聴覚機構研究所。

三階の部屋には、五人の男たちがいた。

那須野が通された時、河渡は一瞬、部屋の空気がまるで触れることができそうなほどに張り詰めたのを感じた。暗い光を放つ両眼。先に部屋に入って来た長池が挨拶をしている間も、一言も発することなく、河渡、中藤、落合の顔を順に見つめていっただけだった。鋭い光を放ってはいるが、その眼は高山の湖水を思わせるほどに澄んでいた。

河渡はちらりと壁のアナログ式掛け時計に目をやった。すでにSMESについて説明をはじめてから二十分以上経過している。その間、那須野は口を開こうともせず、じっとコンピューター端末を眺めていた。だが、河渡の説明がSMESの操作法になった途端、反応したのだった。

那須野が眼を上げ、河渡を見て、訊いた。

「アクティベート？　それがSMESとかいう仕掛けを動かすキーワードになっている

というんだな」

河渡がゆっくりとうなずく。

「キーワードというのは必ずしも正確ではありませんが、正しい操作者がその言葉を告げることで作動するという点では同じことです」

「なぜ、そんな仕組みになっているんだ?」那須野が重ねて訊いた。

「SMESは操作する人間の脳に合わせて作動します。さきほどもご説明したように、個性をもった脳を電子回路として取り出し、それをシステムの中核部分にはめ込むわけで、そうすることによって操作者専用の装置となります」

河渡は言葉を切り、しばらく那須野を見ていた。那須野が口をはさむ様子はない。河渡は説明を続けた。

「もし、操作する人間とSMESの中核に収まっている脳回路とが別だとすれば、脳の中には全く意味不明の映像が結ばれます。あるいはもっと深刻な影響を与えるかも知れない。それを防ぐために、SMESは操作者が『実行』という時の脳波をあらかじめ記憶しておき、その特徴を照合した上でないと作動しない設計になっていると思われます」

那須野は河渡の長広舌にうんざりしたような顔をする。

那須野に必要なのは、自分が手にしている銃がどうすれば発射するか、それだけだった。

長池は、エンジニアたちを観察することにも飽きて、ＳＭＥＳと呼ばれているシステムの、貧弱な実験装置を子細に見はじめた。

装置の中心に置いてあるのは古い理髪店用の椅子だった。背は倒れるようになっているが、銀色の金属部分の大半は錆びついている。この椅子は、河渡が京都大学の生協から手に入れたと聞いた。那須野は、その椅子に腰掛け、河渡の説明を聞いている。

可動式のヘッドレストは、一番低い状態で固定してある。背もたれの肩にあたる部分に、直径二センチほどの金属の円板が置いてあり、そこからグリーン、ブルー、赤、黄色のリード線が伸びていた。

リード線は、中藤と呼ばれた男が座っている机の上の、家庭用ホームビデオほどの大きさの装置につながれている。

ゆっくりと頭を巡らし、河渡を見た。ＳＭＥＳの原理を説明している様子は、熱がこもっているようだったが、那須野は大して興味をもっているようには見えなかった。

長池の視線が那須野の上に戻る。

腕の良い戦闘機乗りは殺し屋だと聞いたことがあった。

確かに——長池は腹の底でつぶやいた——あんたを最初に見た時には犯罪者じゃないかと思ったぜ。

河渡がふいに口調を改めた。

「あらかじめお断りしておきたいことがあります」

長池は思いを断ち切り、目を上げて河渡を見た。

「ＳＭＥＳは我々の手に余ります。もっと時間をかけられれば、あるいは、すべてを十分に理解して実験に取りかかることができます」

「それで？」那須野が訊いた。

「プログラムの前半部分にどのような意味があり、どのように作動するか、我々にも予測することができますが、後半部分は全く未知の分野です。それがあなたの脳にどのような影響を及ぼすか、我々には説明することができない」

長池は眉を上げた。明白な敗北宣言だった。河渡の心中は察することができた。

「危険だと思います」河渡は押し出すようにいった。

「一つ、教えてくれないか？」

那須野の言葉に河渡がさっと身構える。那須野の口許に染みいるような微笑が広がった。

「俺はいつアクティベートと言えばいい？」

16

ＡＴＲ視聴覚機構研究所。

河渡の研究室のドアを開け、老刑事が入って来た。

長池が目の前に立っている。老刑事は口許をへの字に歪めて訊いた。

「いつ、香港から帰った？」

「半日前に入国、ここにはつい三時間ほど前に到着したばかりですよ。それより将軍はどうしました？」

「楠海とかいう男とここの所長に挨拶に行った。おっつけやって来るだろう」老刑事はドアの前から身体をずらせた。「それに、どうしてもお前に会いたいというんでな、客を連れてきた」

老刑事の後ろから貧相な小男が出て、長池に頭を下げた。

「源吉か？」長池が小さな声でつぶやいた。

「お久し振りです、長池のだんな」

「変わらないな」長池はにやりと笑って初老の窃盗犯を見た。

「どうしても挨拶をしたいというから、それで――」老刑事はそれだけいうと部屋の中央に進んだ。源吉が後に続いて、ドアを後ろ手に閉めた。二人は異様な光景に息をのんだ。

背を少し後ろに倒した理髪店用の椅子に、麻のジャケットを着た男が目を閉じて座っている。頭に、金属の円板を二枚張りつけられていた。

「これは？」老刑事がかすれた声で長池に訊いた。

「歴史的実験ってやつですよ」長池はさして興味もなさそうに答える。

「では、始めます」河渡が声をかけた。

中藤と落合が返事をした。

河渡はシステム全体を統合的にモニターするコンピューターの前に座り、ディスプレイを見つめていた。

落合が担当しているのは、データ収集用のコンピューターで、そのマシンは専用回線で彼が勤める会社の研究所にある汎用コンピューターに接続されている。データを研究所に送るだけでなく、ＳＭＥＳ《スメース》が必要とする那須野用の脳回路を作成するための装置でもあった。

中藤がＳＭＥＳを駆動させるコンピューターを担当していた。

中藤は『実行』キイをヒットした。かすかにうなるような雑音が部屋に充満する。

長池、老刑事、源吉は、所在なくドアの前に立ち尽くしていた。

中藤の目の前に置いてあるディスプレイの画面がスクロールし、暗転、ついでソラマメのような図形を示した。

那須野の脳イメージ。

中藤はちらりと机の上に置いてある家庭用VTR大の装置を見た。操作パネルに並ぶランプはいずれもグリーンだった。安心して、画面に視線を戻す。

ディスプレイ上では、脳の中央部に向かって、赤、青、黄色、緑の輝線が延びていく。作動を開始したSMESが早速、那須野の脳に磁力線を打ち込み始めているのだ。

「第一段階、始動。異常ありません」中藤がいった。

画面上のソラマメの中心部分に同じ四色の輝線が出現し、画面の右側、ソラマメの膨らんでいる部分に向かって延びた。

「いいぞ、那須野君の脳が応答しはじめた」河渡が興奮した口調でいった。

落合は手元のキイボードを叩き、研究所とここでの実験をリアルタイムで結んだ。研究所のコンピューターが応答するのを確認、ラン・キイを打った。

「あれ、何かね？」老刑事は押し殺した声で長池に訊ねた。

「さっぱりわかりません」長池は肩をすくめて見せた。

源吉が食い入るように那須野を見つめていた。

「那須野君の脳特性を解析するまでの所要時間は？」河渡が訊いた。

「ちょっと待って下さい」中藤はそう答えながら、キイボード上で両手を動かし、画面の右上にウィンドウと呼ばれる別の画面を引き出して確認した。「二十分から三十分ですね」

「データ・コンピューター、異常ないか？」河渡が再び訊いた。

「異常、なし。完璧に作動しています」落合が間髪を入れずに答えた。

那須野がかすかにうめき、河渡が心配そうにのぞき込んだ。

「どんな夢を見ているんでしょうね」中藤がひとり言のようにつぶやく。

「あまりいい夢じゃなさそうだな」

河渡は顔いっぱいに汗を浮かべた那須野を見下ろしながら答えた。


那須野は暗いトンネルの中を歩いていた。

周囲に視線を飛ばしたが、何ひとつ見ることができなかった。はじめて歩く道にも拘らず、懐かしい匂いが充満しているような気がした。

時折、人間の顔のように見える雲が浮かんで、消えた。燃えるファントムが見えたこともある。

歩き続けた。

頭の中に粘土を詰め込まれているようだった。重かった。うめいた。歩き続けるしかないと思った。

前に明るい出口が見える。そこに出れば、何かがあるに違いない。

その時に聞こえた。

小さな音。那須野は耳を澄ませた。鈴虫？　音と呼ぶには淡すぎる震動だった。トンネルの奥から、まるで誘われるように――。

歩き続けた。トンネルの出口に何か答えがある――那須野の確信は深まった。

暗いトンネル。

それが急速に消えていく。

ＳＭＥＳを作動させた時に感じる視野の狭窄《きょうさく》感はブラックアウトに似ていて不愉快だった。戦闘機パイロットなら、大抵の者が経験する。ブラックアウトとは、急激なプラスＧ機動によって血液が足元に落ち、脳が酸素不足状態となって視野が暗くなる現象のことだ。

ＳＭＥＳを作動させたクルーガーは短く三度息を吐いた。

XFV－14はコンピューターによる完全自動操縦モードで飛行していた。

肉眼による視野は喪失してしまったが、クルーガーには機体の周囲にあるすべてを見渡すことができた。XFV－14の機体全体にちりばめられたフェーズドアレイ・レーダーが周囲を球形に掃引し、瞬時にしてラインダースのイーグル、前方から接近してくる仮想敵機の位置をクルーガーの脳に送り込んでくる。

SMESを作動させるといつも不思議な感慨にとらわれた。

まず、自分の身体が二つに分離する。

破片の一つは大きくなって、右腕が右の主翼に、左腕が左の主翼になる。首が伸び、目がレーダーと赤外線追尾システムに同化して前を見ることができるようになる。両足は水平に後方へ伸びて水平尾翼に、かかとが突出して垂直安定板になっていく。

一方、もう一つの身体は収束して縮まり、計器パネルの中に入っていく。メイン・コンピューターの位置で占い師が使っている水晶球を見つめているような気分だった。その場所にいる限り、周辺の敵意をすべて認識できるのだ。

敵機から発見される危険を冒さないために、一度レーダー波を照射するとXFV－14のメイン・コンピューターは敵機と自機の位置を、閉鎖された電子空間の中に置く。空戦の状況が設定された後は、各機の追尾は受動式の赤外線追尾システムが行い、自機の位置は加速度計から割り出された。

クルーガーはヘルメットの内側で顔をしかめた。

耳鳴りがした。

クルーガーはSMESを使い始めてから、右耳の中で常に風が吹いているような感覚に苦しめられていたのだった。だが、血圧は正常で、毎週行っている身体検査にもパスしていた。クルーガー自身が口にしないかぎり、耳鳴りを他人に知られる気遣いはなかった。

耳鳴りはSMESを使い始めて三カ月目で顕著になった。それからの半年、クルーガーは日に日にひどくなる低音と戦い、右肩が異様に強張るのに耐えていた。

夜、ベッドにもぐり込んだ後、耳の中——いや、もっと奥だ、とクルーガーの心はいう——に蜜蜂を飼っている気分は最悪だった。右の奥歯が浮き、苛立ちが最高潮に達する。眠りに落ちる時は、疲労の末だった。

戦闘機パイロット用の教則本には、空戦時、パイロットは恐怖の極限に達し、嘔吐《おうと》感をおぼえ、知能指数は十四まで落ちると記されている。クルーガーは、湾岸戦争で教則本の中身を実感した。

SMESを使用するようになって、しばらくすると吐き気をともなう恐怖を感じた。だが、SMESの本当の恐怖は全く別種のものだった。

自分が何者であるか？

黒い腹の内側で、何にも包まれない裸の自分自身と向かい合う。あるいはクルーガーという人間とトラッパーという戦闘機乗りがにらみ合うといった方が正確だった。

トラッパーは、殺し屋だった。自らの仕事に忠実な、一人の殺し屋だった。そのことを誇りにしていると長い間思い続けていた。SMESは、その底にあるものを暴いた。吐き気、恐怖はそこからきている。クルーガーは自身が殺し屋であることを嫌悪していたのだ。

二律背反する二つの人格が一人の人間の中で同居している。殺し屋であることを嫌悪する自分が、戦場では冷徹で腕の良い暗殺者になることも十分に承知していたし、また、自分にそうなることを許してもいた。

二つの思いがクルーガーの心を引き裂き、荷重をかける。その時に肉体の奥底からわき上がる悲鳴。それが耳鳴りに違いなかった。

クルーガーには見えた。やがて自分が二分し、粉砕され、小さな肉の、塊の一片になっていくこと、が。そして自分が有能で腕の立つパイロットであるが故に避けられないことであることも知っていた。

XFV－14はクルーガーの思いとは関わりなく、正面から向かって来る敵機に対して降下し、右下方から回り込む機動を続けていた。

ラインダース機は直進を続けている。

スカイホークがクルーガー機を追尾すれば、ラインダースがアフタ・バーナを噴かして降下旋回し、スカイホークの二機編隊の後方につける。スカイホーク編隊が左に旋回して、ラインダース機の側方に回り込む機動を見せれば、クルーガーが右に反転、上昇してスカイホークの後ろにつけることになっていた。

典型的なサンドイッチ戦法の罠にスカイホーク編隊を捉えつつあった。

ラインダースとクルーガーの目前、二キロほどに巨大な積乱雲の城壁が立ちはだかっている。

XFV－14の赤外線追尾システムは分厚い雲を透かして、二機のスカイホークを探知していた。クルーガーには、目の前の空間に浮かぶ二つの赤い輝点となって見える。そして左後頭部には、グリーンの輝点を感じた。ラインダースのイーグルのイメージ。

スカイホークが機動した。クルーガーから見て、左上方へと上昇する。イーグルに狙いをつけたに違いなかった。クルーガーは、ラインダースへの警告とさらに左上方へ行くようにメッセージを送った。クルーガーが脳裏に描くだけで、XFV－14のメイン・コンピューターは、電子音声を合成し、無線機のスイッチを入れて、送信する。

ラインダースからジッパー・コマンドが返ってくる。

スカイホーク編隊が急上昇を開始したイーグルを追尾する。

クルーガーは右下方に降下し、二〇〇〇フィートほど下で急旋回するようにXFV－

14に命じた。

黒い機首が下がる。イーグルの真後ろにつけたスカイホーク編隊の後方から攻撃を仕掛けられるはずだ。

空中戦は三次元チェス。

相手を打つ手のない場所へと追い込んでいく。

半ばコンピューターと同化しているクルーガーは、暗い微笑を浮かべて、XFV－14に右旋回、急上昇を命じた。


中藤は目の前のキイボードに打ち込んだ。

ディスプレイに文字が浮かび上がる。

ps－eg
次いでディスプレイが暗転、一瞬後、スクロールしてプログラムの実行状態を表示する。

ｐｓでプロセスの状況表示を指示し、ｅはプログラムを作動させている条件を、ｇは現在作動している全部のプログラムを表示するように指示したコマンドだった。

「河渡さん、プログラムが」中藤が興奮して叫んだ。「プログラムの後半部分が作動しています。那須野さんの脳に何かが吸い込まれていく」

「吸い込まれていく？」河渡は半信半疑で立ち上がった。

「いや」中藤は唇をかんだ。「そうとしかいえなくて」

河渡は中藤の後ろからディスプレイを覗《のぞ》き込んで絶句した。

ソラマメ状に示されている那須野の脳イメージに向かって、無数の輝線が延びていく。

脳イメージは、必死にそれに対応しようとしているように見えた。

「いつからこんな具合に？」河渡が訊いた。

「ついさっきです。我々には理解できなかったプログラム後半のコマンドが実行された途端、那須野さんの左脳が反応したかと思うと、輝線が一気に増えました」

中藤の言葉を聞きながら、河渡はどうして那須野の身体状況をモニターする装置を準備しておかなかったのか、と後悔した。脈拍、心音、呼吸数や体温を測定していれば、少なくとも被験者の肉体が危険な状態か否かを判断することはできる。

「どうします？」中藤が見上げた。

躊躇《ちゆうちよ》。

やがて河渡は静かな口調でいった。

「このまま行ってみよう。すでにプログラムは動いているし、ＳＭＥＳが那須野さんの脳に悪影響を与えるなら、手遅れだ」

「そんな」中藤が唇をゆがめていった。

落合は、二人のやりとりを聞きながら胸を撫《な》で下ろしていた。彼が扱っている端末を通じて膨大なデータが中央研究所に送られている。今までに経験したこともない大量データの高速送信だった。


老刑事は、火の点いていない煙草を唇の端にぶら下げたまま、部屋の中央に立ち尽くしていた。

三台の端末の前に陣取るエンジニアたちが何をいっているのか、ほとんど理解できなかったからだ。所在無さに部屋の中を見渡す。どこにも禁煙とは書いていない。それに、デスクのそこここに灰皿や煙草の吸殻が詰まったコーラの空き缶が置いてある。だが、手で触れることができそうなほど張り詰めた部屋の空気に、どうしてもマッチをする気になれなかった。

窓の外を見つめている長池に気がついたのは、その時だった。半ば救われたような気がして、長池の後ろに立つ。

「何かあったか？」老刑事が訊いた。

「ええ」長池はかすかにうなずき、窓のそばにかつての上司が立てるように場所をゆずった。「パネルバンが停まっているんですがね」

老刑事は煙草をくわえたまま、窓の近くに立った。自然と窓枠の陰になる位置についた。

ＡＴＲ視聴覚機構研究所の前、二台の車がようやくすれちがえるだけの狭い通りに鈍い銀色を放つパネルバンが停車していた。掃除道具をリースするアメリカ系企業の車だった。

「気になることでも？」老刑事が訊く。

「あの会社、確かＮＳＡがよくカバーに使っていますよね」

「ああ」老刑事は長池の言おうとしていることを理解した。

狭い通りに素早く視線を走らせた。マンホールの位置を確認した。パネルバンの後ろに一つ、それより後方は曲がり角になっていて、彼らが立っている場所からは見えなかった。パネルバンの前に二つ。マンホールの配置を見ていくとちょうどパネルバンはマンホールの真上に駐車していることになる。

「誰もあの車に近づきませんし、車の中から出てきた人間もいません」長池がわずかに前へ出て、パネルバンの観察を再開する。

「どこかの家に行っているんじゃないか？」

「私があの車に気づいて、かれこれ一時間半になります。長すぎますよ」

「バン、かけてみるか？」老刑事が訊いた。

長池は薄く笑った。バンかける——職務質問をするという意味で、外事課の刑事として警視庁で勤務していた時代にはよく使っていた隠語だ。

「手帳はあるんだろうな？」再び老刑事は訊いた。

長池の笑みが広がった。かつての上司が退屈しているのが手にとるようにわかる。現役の警官ならば、たとえ非番でも警察手帳を忘れることはない。長池はワイシャツの胸ポケットを指先で突ついて見せた。

「一緒に行きますか？」長池が笑いをこらえて訊き返す。

老刑事は皺だらけの目元をわずかに動かし、横目で長池を見た。長池の顔から笑みが引く。

長池は振り向いて、河渡に声をかけた。

「ここの通信回線は地下を通っているんですか？」

「はあ」怪訝そうな顔付きで河渡は生返事をした。「そうです。正門前の道路の下を走っているはずですが」

二人の刑事は、それ以上何もいわずに部屋を出て行った。

源吉は身じろぎひとつせず、那須野の横顔を見ていた。

那須野は目をしばたたいた。

トンネルを潜《くぐ》り抜けるとグレーの床の上に立っていた。いつトンネルを抜けたのか、まるで記憶がない。まるでトンネルの方が勝手に後ろに下がっていった感じだった。

「とうとうここまで来たのね」

後ろから声をかけられ、那須野は身体をゆっくり振り向けた。

女が立っていた。

那須野よりはるかに小柄な、痩せた女だった。肩にかかる程度の真っ直ぐな髪の毛を額の真ん中で分けている。若い女には見えなかった。少し間隔の開いた目がきらきらと光を放っている。小さな鼻、薄い唇。日本人とも思えなかったが、東洋人であることは間違いない。

那須野は唇をなめた。少なくとも自分ではそうしたつもりだったが、感触はどこかに置き忘れてきたようだった。

「これは夢ではありません」女はいった。「でも、現実でもありません。今、あなたが見ているのは、私の電子的イメージ、そしてあなたの脳はＳＭＥＳと直結され、電子メッセージをダイレクトに受け取っているのです」

「脳？　ＳＭＥＳ？　電子メッセージをダイレクトに？」

自分では声に出したつもりだったが、聞こえなかった。ただ、想念が言葉となって自分の中を巡ったように感じただけだ。

「残念ながら、あなたと会話するだけの能力は持っていません。あなたの脳は私のイメージを見て何かを言おうとするでしょうが、ここでは私が一方的にお話をするだけです。わかっていただけました、ジーク？」

女が最後の一言を付け加えるのを聞いて、那須野は戦慄した。

「なぜ、俺の名前を？」喉の奥がむず痒《がゆ》くなる。やはり声にはならなかった。

「どうしてあなたの名前を知っているか、それを説明している時間はありません。私の名前はシンシア・スー。アメリカ空軍で仕事をしている大脳生理学者です。私は政府の要請を受けて、スーパー・コクピット計画に参加しました。その責任者がフランクリン・バーンズ少将といえば、あなたにも察しがつくだろうと思います」シンシアは右手を上げ、那須野の背中越しに後ろを示した。「ご覧なさい」

那須野はいわれるままに後ろを振り向いた。

黒い戦闘機。

那須野がおぼえているより胴体が二割ほど太い。だが、胴体の片側についた二個の排気ノズル、直線的な翼の形状、機首のレーザー受光部と機首下のバルカン砲——かつて自分が北朝鮮に飛んだ時の飛行機、ネオ・ゼロだった。

「ＸＦＶ－14と呼ばれています。アメリカ海兵隊が使用する予定の次世代垂直離着陸戦闘機です」

シンシアの言葉は那須野の思いを砕いた。

「この戦闘機には、機体各部に配置されたレーダーや赤外線探知センサーとパイロットの脳を直接結ぶＳＭＥＳが搭載されています」シンシアはそこで言葉を切り、やがて続けた。「あなたにこの機を盗み出し、破壊してもらいたい。それが私のメッセージです」

那須野の傍らにシンシアが立っていた。小さな肩、弱々しくさえ見える横顔、那須野は手を伸ばしてみたい、と思った。

「ＳＭＥＳは武器に使われるために開発したシステムではありません。元々、私の息子、病のために光を奪われた息子に、もう一度ママの顔を見せるために作り上げたものです。それが武器になる。信じられないことです」

那須野は恐る恐るシンシアの肩に手を伸ばしてみた。心臓がおかしな音を立てた。那須野の右手には、確かに感触がある。薄く、柔らかい女の肩が手の中にあった。

シンシアが那須野の手に従って、ゆっくりと振り向く。

「それに、ＳＭＥＳには致命的な欠陥があるのです。政府と軍は、その欠陥に目をつぶろうとしています。ＳＭＥＳを武器にすると地獄のような戦争が起きます」シンシアがつぶやく。「ＳＭＥＳを、ＸＦＶ－14を破壊して、そして――」

那須野は自分の衝動さえコンピューターにプログラムされているのではないかと思った。確かに右手がシンシアの肩に触れている。抱き寄せようとした。シンシアが一言だけ発した。

「私に逢《あ》いに来て」

シンシアを引き寄せようとした。次の瞬間、全ての映像が消え失《う》せた。

17

暗がりの中で黒人の白目だけが浮かんでいた。湿気《しけ》った空気に丸みを帯びた壁はぬるぬるし、足下を流れる下水からは猛烈な臭気が立ちのぼってくる。唾を吐いた。何度唾を吐いても、口の中にざらついた感触が残った。

ジェームス・ブラウン。

彼が崇拝する偉大な歌手と同じ名前を、自分のパスポートに見た時の驚愕《きようがく》が胸のうちに残っていた。もちろん彼の本名はまったく違う。仕事をする度に真新しいパスポートに違った名前を貰う。もっとも、人物のパターンは三つだったので混乱することはなかった。

離婚したばかりのコンピューターエンジニア、ヨコタにいる従兄弟《いとこ》を頼って日本に流れついたミュージシャン、そして清掃会社の雑用兼現地支配人。

任務の度に自分の置かれた設定を繰り返し頭に叩き込む。咄嗟の時に嘘をつくことが何より要求された。任務から任務へ明け暮れる毎日。彼の実体は、結婚もしていない寂しい三十三歳の男だった。

国家安全保障局《NSA》の実働部隊に入って、すでに十年になる。任務について、カバーを演じている時の自分とロサンゼルス郊外にあるアパートにいる時の自分のどちらが本物か、だんだんと区別がつかなくなってきた。

どっちでもいい、と思う。

ボストン市にいるはずの親とは音信不通だったし、たった一人の兄も十五年前にニューヨークに出て行ったきりだった。

ブラウンは、丸みを帯びた下水道の壁によりかかり、パームトップ型と呼ばれる超小型のパーソナル・コンピューターを両手で支えていた。プラズマディスプレイがオレンジ色に輝き、彼の顔を不気味に彩っている。彼が手にしているのは、富士通製の端末器だったが、改造がほどこされ、外部コンピューターや専用のソフトウェアを必要としないシステムニューロLSIを組み込んだ特別製だった。

三日前、間もなく日本での任務を終え、半年ぶりにロサンゼルスに帰ろうとしていた彼にNSA本部から指令が届いた。

ATR視聴覚機構研究所の地下ケーブルをモニターせよ。

だが、研究所の名前は聞いたことがなかった。京都にあることを知った時には、久しぶりの観光を兼ねた仕事につけると内心喜んだが、まさか周囲に寺院の塔ひとつない田舎で下水道に何時間も潜っている任務になるとは夢にも思わなかった。

耳に差したイヤフォンにクリック音が聞こえた。路上にいる相棒がトランシーバーのスイッチを一度鳴らして、警告を送ってきたのだ。

弛緩《しかん》した表情でパーソナル・コンピューターのプラズマディスプレイを見ていたブラウンの顔に緊張が走る。左手首に巻いたダイバーズウォッチに目をやった。下水道の中に入ってすでに百分近い。

彼が手にしているパーソナル・コンピューターは、路上に停めてあるパネルバンにつながっている。パネルバンの荷台には、データゼネラル社製のミニコンピューターと大記憶容量をもつハイ・アベイラビリティ・ディスク・システムが積んである。彼が盗み出した地下ケーブル内の通信内容は、すべてパネルバンの中のコンピューターに落とす仕組みになっていた。

再び警告。

ブラウンは舌打ちすると壁を削って剝き出しにした地下ケーブルにかませてあったワニ口クリップを素早く外し、ケーブルの外装パイプに泥をこすりつけた。地下ケーブルはATR視聴覚機構研究所から延びている。

パーソナル・コンピューターからケーブルを外して口にくわえ、本体を二つ折りに畳んで上下つなぎになったグレーの制服の太股《ふともも》についている大きなポケットに落とした。

白いロウカットのバスケットシューズが汚水に黒く染まるのを不快に思いながら、垂直になっている地上への出口に向かった。

足に小さく尖《とが》ったものがぶつかったような気がして、何気なく見下ろした彼は、くぐもった罵り声を発する。鼠《ねずみ》の死体が流れ、彼の足を硬直した口でつついていた。思わず死体を蹴り上げる。散った水が口の中に飛び込み、余計に吐き気がひどくなる。泣きたくなった。

悪態をつこうとしたブラウンが凍りついたように動かなくなった。

警告。

今度はたて続けにスイッチが三度鳴った。不安そうに見開いた目でマンホールの開口部を見上げる。パネルバンのシャフトと床に開いた四〇センチ四方ほどの出入口が見えるだけだ。

額から噴き出した汗が首筋を伝って、制服の襟を濡らしていた。


「くそっ」河渡は不似合いな罵声を上げて立ち上がった。

「どうしたんですか？」落合が端末の画面から目を離して訊く。

「いや、失礼した」河渡は顔いっぱいに汗を浮かべ、力なく詫びると再びコンピューター・ディスプレイの前に腰を下ろした。

「気分でも悪いのですか？」中藤が心配そうに声をかけた。

もっとも河渡、落合、中藤の中で一番顔色が悪いのは中藤自身だ。顔は紙のように血の気が失せた白。少年のように柔らかそうな不精髭だったが、顔色があまりにも白っぽいためにくっきりとしたコントラストを描いていた。

「ねえ、何かあったのですか？」中藤が重ねて声をかける。

「私は――」

河渡の声が途切れ、大きな目に涙がにじんできた。中藤と落合は、自分の端末に関心を失ってしまったかのように河渡を見つめている。河渡は顔を上げ、心配そうにのぞき込んでいる二人の顔を交互に見ると再び顔を伏せたが、やがて静かに話しはじめた。

「SMES《スメース》を見たことがあったんだ」

落合は眉を寄せ、中藤は口を開いて河渡を見ていた。

「どこで見たんですか？」落合がかすれた声で訊いた。「アメリカで？」

河渡は首を振った。脂の浮いた顔に蛍光灯が反射して、てらてらと光っている。

「電総研」河渡はぽつりといった。

電子総合研究所は、通産省傘下にある官営研究所の一つで、電子技術分野におけるわが国トップクラスの頭脳が集中している。

「そこではハツカネズミの脳を染色して、シナプスの中を流れる電流の動向を撮影するのに成功している」

「よくわからないな」中藤がつぶやいた。

「ＳＭＥＳは――」河渡が中藤に向かっていった。「原理的にはカメラなんだ」

河渡は放心したように話しつづけた。

電総研のシステムは、ハツカネズミの脳を生きたまま取り出し、すぐに幅〇・一ミリほどにスライス、それに染料を加えて顕微鏡で観察するというものだった。脳の活動電位によって染料の発色状態が変化する。それをカメラで撮影するというものだった。

電総研が半導体メーカーと共同で開発したＣＣＤセンサーは、一秒間に二千コマを撮影することができた。脳の中で、シナプスからシナプスへ電子が移動するのに要する時間は〇・五ミリ秒。しかも直径数ミリの範囲に一万六千八百カ所におよぶ染色観察点を設け、それを鮮明に撮影できるだけの解像度を要求された。

電総研のシステムは、現在、脳の活動を実時間単位でモニターする方法としては、世界でもっとも進んでいる。

時間を百十倍にして撮影した結果を再生すると、ハツカネズミの脳にある海馬体が刺激を受け、ブルー地の中で黄色い渦が巻くように反応する様子が見事に捉えられていた。

「そういえば、確かにＳＭＥＳがもっている磁界内のイオンの位置を特定する仕組みは、ＣＣＤセンサーが撮影するのに似ている」落合が口をはさんだ。

「そうだ」河渡の言葉からすっかり抑揚が失われている。「おそらく脳の動きを解析するという点では電総研のシステムと同じように画像処理されたものをコンピューターが時間を引き延ばして解析するのだろう」

「逆に働かせるにはどうするんです？」中藤は、納得できないように唇をとがらせていた。「被験者の脳にCCDを埋め込むわけにはいきませんよ」

「CCDに映るべき映像のプロセスを逆にたどっていけばいい。CCDに映じる像となるべき対象物の動きを割り出して、同様の動きをするように脳に取り付けた電極で磁界をコントロールすればいいんだ」

河渡の顔から、さらに血の気が引いた。唇が震える。中藤と落合は、河渡が自分から口をひらくのを辛抱強く待った。

事実、河渡が思い出したのは電総研のシステムだけではなかった。独創的な脳活動のモニター装置を発案し、組み立てた男から聞いた話だった。

『昨今話題になっている人工現実感ですがね、私は非常に危険なものではないかと思うんですよ』

眼鏡をかけた、目つきの鋭い研究者は、そういった。本来、人間が自身の身体を動かして得ることができる体験を、人工的な画像によって与えられてしまうと、脳はさらに高次元の刺激を求めようと危険な自走状態になる。

麻薬と同様、人工現実感においても脳はより強い刺激を求め、コンピューターはそれに応え続ける。やがて生体の脳では処理しきれない情報の奔流が確実に脳を破壊する。

「SMESを使い続けると、何が起きるっていうんですか？」

中藤が訊ね、落合がうなずいた。河渡は血走った目で、二人を交互に見た。

「わからない。今の僕には何と答えてよいのか、わからないよ。とにかく恐ろしいことが起こるとだけはいえる。SMESは電子技術が生み出し、脳が感応して、さらに高次要求することによって自走する。その時点では誰にもストップすることはできないだろう。SMESは」河渡は唇をなめた。「文字通り、ハイパー・ドラッグだったんだ」

「より強い刺激。それが止められずに脳の破壊に結びつく」落合は首を振った。「確かにドラッグそのものですね」

三人の科学者は、ほとんど同時に自分たちが実験の対象として選んだ男を見た。いつの間にか源吉が那須野が座っている椅子の近くに折り畳み椅子を引き寄せ、青ざめた那須野の横顔をのぞき込んでいた。

カウアイ島、南東、上空三万五〇〇〇フィート。

ラインダースはうなり声とともにマッハ一・二で飛行するイーグルに4G引き起こし

をかけた。どのような空戦でも、勝利を手にするためには相手より高く飛ぶか、よりきついGに耐えて小さく旋回する必要がある。急旋回、急降下、急上昇——その繰り返しの中で主翼から空気がはがれ、機の操縦性は著しく失われる。パイロットは、ジグザグに飛行しながらもマッハ数を維持するために性能の限界で自機を飛ばす。

ヘッドアップ・ディスプレイに投影される敵機シンボルに神経を集中させながら、パイロットには自機の状態を勘で把握することが要求された。

ラインダースは操縦桿をそっと握っていた。固く握りしめていたのでは操縦桿一本から伝わる機の動きをつかむことができないからだ。水平旋回の最中に、操縦桿にかすかな震動がある。翼端に軽い失速が起こっている知らせ。本能。ファイターパイロットに最高に要求されるのが生と死の狭間をぎりぎりですり抜ける本能だった。飛行状態を知るためにちらりとでも計器に視線を走らせれば敵機を見失う。敵機だけを追い求め、機の状態を無視して飛行することはぞっとする事態を招く。

激しい空戦機動中に機がコントロールを逸脱すれば、回復不能なスピンに陥ったり、ある瞬間にプラスGがかかって射出座席に抑えつけられていたのが、次の瞬間にはマイナスGを食って風防に頭をぶつけたり、最悪の場合はアフタ・バーナを全開にしても速度がまったく上がらない完全失速に陥る。エンジンが最大出力を絞り出しているのに、速度がえられないというのは、パイロットにとって最低の悪夢である。ジェット戦闘機の完全失速は、ほとんどの場合、死に直結する。

頭から血の気が引き、ラインダースは酸素マスクの中でうなった。血液不足にあえぐ脳が機能を停止しかけ、視野は狭窄し、景色がモノクロームに変わる。

グレーアウト。

ラインダースは操縦桿をわずかにゆるめ、G抜きをした。イーグルの旋回軌道はふくらむが、ラインダースの脳は息を吹き返す。

イーグルは高性能戦闘機だった。急激な引き起こし、旋回をかけても8Gまで耐える機体構造になっている。だが、たとえGスーツを着用しているとはいっても、パイロットがその重力に耐えられる時間はせいぜい一分でしかない。パイロットの失神も死に直結する。

ヘッドアップ・ディスプレイで対向してくる二機のスカイホークの位置を確かめた。スロットルレバーを握っている左手でレーダー管制スイッチに触れ、レーダーレンジを延ばしてクルーガー機を捜索する。

ラインダースは右足で踏んでいたラダーペダルをゆるめた。

レーダーがクルーガー機をヒットする。

喉が鳴った。

クルーガーは、積乱雲の中央をほぼ垂直に上昇しながらスカイホーク編隊の後方に回り込もうとしていたのだ。

レーダーを搭載していないスカイホークから、クルーガー機はまったく見えないはずだった。危険。胃袋の底から酸っぱい液体が食道を駆け上がってくる。無線機のスイッチを入れた。ラインダースがコールする直前にスカイホーク編隊長の切迫したコールが聞こえた。

〝視認不能《ノージョイ》、視認不能《ノージョイ》〟

交錯するパイロットの声が頭蓋骨の中に響く。視界を遮蔽するバイザーと酸素マスクの内側の暗闇の中で〈トラッパー〉は顔をしかめた。SMESに命じて聴覚レベルを落とす。声は必要なかった。

XFV－14は巨大な積乱雲に飛び込み、正面やや右寄りを飛行している二機のスカイホークの後方に回る機動をとっていた。

高度と速度に気を配る。

パイロットが空戦機動中に考えているのは、常に機のエネルギーレベルを保つことだ。敵機より上方に占位していれば、急降下によって攻撃時の速度を上げることができるし、逆に同高度で攻撃を受けても相手より十分に高速であれば、反転、急上昇してかわせる。

空中戦は三次元のチェスに似ていた。常に相手より先へ、先へと手を読み、優位な状態に自分を誘導していく。その結果が撃墜だった。

ＳＭＥＳによってイメージ化された敵機が十時の方向から九時に向かって直線的に飛行している。トラッパーは、二機のスカイホーク——正確にはスカイホークの位置を知らせる四角いシンボル——を見下ろすような恰好になっていた。

スカイホークの未来位置を示す白いラインが数十本延びており、自機の機動に合わせて、くらげの触手のようにゆらゆらと動いていた。触手のうち何本かは途中に赤い輝点をつけていた。トラッパーがＸＦＶ－14を横転させて降下、攻撃に入った場合の接触できるポジションだった。

確実に仕留めたい、と思った。

たとえ訓練でも、敵機を照準器に捉え、赤外線追尾式ミサイルを表す〝フォックス・ツー〟のコールをぶつけたい。

相手が誰か——それはトラッパーにとって問題ではなかった。力の強い獲物が目前にいる。胸のときめきは、罠を仕掛ける猟師だけが味わえるものだった。

〝トラッパー、天候悪化、天候が悪化しすぎている。演習を中断する。スカイホークを追いかけ回すのをやめろ〟

無線機から流れるラインダースの野太い声がＸＦＶ－14を飛ばすトラッパーの脳をか

き混ぜる。歯科医のドリルが直接歯の神経に触れた時のような不快感が襲いかかった。

トラッパーは通信システムの遮断をSMESに命じ、続けて二機のスカイホークのうち後方の一機を攻撃するための機動を選択した。

XFV－14は急角度に左旋回を切り、ほとんど同時に横転して機首をスカイホークに向かって下げる。

見えた。

二機のスカイホークが透き通った大気を切り裂きながら、直線飛行している様子がはっきりと見える。機尾から伸びている赤い排気煙までが視認できる。

受動型の赤外線追尾システムがスカイホークを捉え、電子信号をSMESに送り込む。SMESはリアルタイムで、トラッパーの脳に同じ信号を送るため磁気に変換した。

今やトラッパーは、完全にXFV－14と一体化していた。

那須野は、SMESによる模擬操縦訓練に移り、XFV－14と呼ばれる戦闘機のコクピットに座り、空中を飛んでいた。

「一体、どうなっているんだ？」

声を出したつもりだったが、再び苛立たしさが喉元に苦いしこりとなって残っただけだった。

右横に取り付けられた操縦桿を軽く握り、左手でスロットルレバーを一番前に押し込んでいる。左足でラダーペダルを踏み込み、ほとんど同時に右手をわずかに倒すだけで、XFV－14は機敏に反応した。

最初、このまま模擬操縦装置による訓練に入るといわれた時には、にわかに信じられなかったが、次の瞬間には飛んでいるXFV－14のコクピットに押し込められていた。

驚いたのは、脳に直接働きかけるシミュレーターは実機を飛ばしている時とまったく同じ感触を与えてくれたことだ。

『五感はすべて脳に情報として送られ、そこで感知されます』シンシアがいった。『つまり、あなたの視覚、聴覚だけでなく、嗅覚や触覚も脳に情報として打ち込むことが可能だということ。現在使われているシミュレーターでは、目と耳からの情報を再現するのが精一杯ですが、SMESを使用すれば、実際にあなたの身体が感じるべき重力の変化までも再現できるわけです』

那須野は素早く計器パネルに目を走らせた。

アメリカ海軍機、F／A18ホーネットをはじめとする最新鋭の戦闘機がすべてグラスコクピットを採用しているように、XFV－14もヘッドアップ・ディスプレイに重点を置いた設計になっている。計器パネルに並ぶ四つのCRTディスプレイには参考程度の情報が映じるにすぎない。

『それでは、次にXFV－14を飛ばしながら、SMESを使ってみましょう。まず、計器パネルの中央上部にある自動操縦装置のスイッチをオンにして下さい』

ヘッドアップ・ディスプレイの下辺にある赤いスイッチはすぐに見つけられた。那須野はスロットルレバーを握っていた左手を放し、赤いスイッチを入れた。途端にラダーペダル、操縦桿、スロットルレバーは中立位置に戻り、石にでもなったように動かなくなった。

『目を閉じて』

那須野はいわれるままに眼を閉じた。那須野の肉体はとっくに眼を閉じているのにも拘らず、眼を閉じようと思っただけで、視界は暗く閉ざされた。

『アクティベート、とコールして下さい。SMESはあなたの声にのみ反応します。正確にいうと、声そのものに反応するのではなく、その単語を発する際に生じるあなたの脳の活動波形を感知して、スイッチが入るようになっているのです』

『アクティベート』

那須野は息をのんだ。

閉じているはずの眼の前に、いきなり剝き出しの空と地面が広がった。まるで自分の背中に翼が生え、空を飛んでいるように。

『パイロットたちは、スーパーマンズ・アイ・システムの頭文字をとって、SMESと呼んでいます』

那須野は今、裸で空を飛んでいる。

18

ホワイトハウス。

アメリカ合衆国大統領は、ねばり気のある湯気をたてているオートミールの皿をうらめしげに見やり、溜め息をついて執務室に向かった。午前七時二十分。今朝はすでに三件のブリーフィングを済ませ、引き続き特別報道官との打ち合わせを行った。いつもならブレックファースト・ミーティングにするところだったが、今朝は目覚めた時から気分がすぐれず、軽い朝食を一人で摂《と》りたいと思ったので、別室に用意させた。

特別報道官との打ち合わせが終われば、たった五分だったが、誰にも邪魔されずに食事をすることができる。が、例によってブリーフィングはわずかずつ延び、結局、朝食には手をつけられないまま次の会議にのぞむことになった。

胃袋が鳴る。ふいに笑いだしたくなった。世界でもっとも豊かで強大な国の頂点に立つ男が、たった一皿のオートミールを口にすることもできずに胃袋を鳴らしている。

オートミールをうまそうだと思ったのは、何年ぶりだろう？

疑問が胸のうちをかすめていく。晩餐《ばんさん》で豪華な食事を口にしても、胃が重く沈んで不快になるばかりだった。自分も若くないのだ、と思う。

それでも時折、コレステロールたっぷりのチーズバーガーとケチャップをかけたフライドポテトをコーラで流し込みたい衝動に駆られることがある。

自分の血の中に不健康な成分を送り込んでやりたい、健康的な食事などクソくらえだ――そうは思っても、チーズバーガーが新たな胃袋のしこりになるのは明らかだった。

大統領は力無く首を振りながらブルーのカーペットを敷いた廊下を歩いていた。

次のブリーフィングの相手を思い浮かべた途端、脳裏から湯気をあげているオートミールが消滅した。

海軍作戦部長。

細身の提督は、朝食前のこの時間にホワイトハウスに呼びつけられたことを不審に思っているに違いなかった。しかも、説明を求められているのが海軍の主力である航空母艦群についてではなく、海兵隊の水陸両用攻撃艦の現状をブリーフィングせよとの命令に面食らっているはずだった。

大統領の頰にようやく笑みが浮かんだ。

オーバル・オフィスにつらなるドアを開けると執務机の前で背筋を伸ばして椅子に腰掛けていた二人の軍服姿の男、海軍作戦部長と統合参謀本部議長が同時に立ち上がった。

「楽にしてくれ」と大統領はデスクを回り込みながら二人の将軍に声をかけた。

リンカーン以外の大統領なら、誰もが抱いたコンプレックスを彼も感じた。二人の将軍は、どちらも大統領より背が高く、恰幅《かっぷく》がよい。統合参謀本部議長にいたっては、たっぷりと二〇ポンドは体重が重そうで、しかも鎧《よろい》のような筋肉をしている。シャワールームで鏡に映る自分の姿に感じる悲哀を、よりによって大統領執務室で味わうことになろうとは思わなかった。

「二人とも、朝食は？」大統領は幾分かの期待をこめて訊ねた。

「済ませてきました」

統合参謀本部議長が間髪を入れずに応え、海軍作戦部長がうなずく。

「そうか」大統領は中米での政策がうまくいかなかった時と同じ程度の軽い失望をおぼえながら言葉を継いだ。「それじゃ、コーヒーにしよう」

普段は妻から禁じられているミルクと砂糖をたっぷりと入れて、空腹をごまかすことにした。

だが、五分ほどしてコーヒーが運ばれて来た時には、大統領は海軍作戦部長の報告に夢中になっており、薄いブラックコーヒーをすることになった。

「それで、タラワがカウアイ島に到着するのは、十日後なんだね」大統領はコーヒーカップを受け皿に戻して訊いた。

「ベローウッドです、閣下。正確にはタラワ級三番艦」海軍作戦部長は思わず最高司令官の言葉を訂正したことを後悔しながら続けた。「十日後にカウアイ島沖、三〇マイルの地点に到着します」

「結構」大統領は革張りの椅子に背中をあずけて、満足そうに吐息を漏らした。「それでベローウッドに乗り組んでいるパイロットたちはカウアイ島に行くことを了解しているんだな？」

「一部には不承不承という感じもあるようですが、彼らは命令を受領しています」

「不満でもあるというのかね？」大統領が眉を上げる。

「一部です」海軍作戦部長は強調した。「ベローウッドに展開している第二一一攻撃飛行隊は特に優秀な連中で、常に新型の垂直離着陸戦闘機の慣熟飛行を命じられています。つい先日、複雑なプログラムからなるＡＶ８Ｂプラスの飛行訓練を終えたばかりで、続けて新型飛行機ですから、つまり――」

海軍作戦部長は言葉が過ぎたことに再びほぞを噛んだ。

大統領がにやりと笑う。

「休暇が必要だってことだな、将軍？」

「その通りであります」海軍作戦部長の声に力はなかった。

大統領はちらりと目を動かし、一言も口をはさまない統合参謀本部議長を見た。コーヒー色の肌をした統合参謀本部議長は茶色の瞳で真っ直ぐに大統領を見返した。

「バーンズ将軍のおもちゃは完成したんだったな、ジョン？」

「九割がたです、閣下」統合参謀本部議長は静かに応えた。

「まあ」大統領はコーヒーカップを、持ち上げ、一口飲んで目をむいた。まったく甘くないことにはじめて気がついたのだ。「何にでも完璧を求めるのは難しい。我々は与えられた九〇パーセントの中で完璧を期するしかない。政治も戦争も同じことさ」

統合参謀本部議長はちらりと笑みを浮かべ、くたびれきった最高司令官を見つめていた。


カウアイ島ミサイル射場。

「誰か、誰か止めて」

集中管制室のコンピューター・ディスプレイをモニターしていたシンシアが叫び声をあげて立ち上がった。

「どうした？」

バーンズがシンシアに近づき、華奢な肩に手をかける。シンシアは弾かれたように身体を引き、わずかに両端の持ち上がった黒目がちの瞳でバーンズを見返した。

「クルーガー大尉は通信システムを切っているわ」シンシアは何とか声が震えないように努力しながらいった。

「それは我々にもわかっているよ」バーンズは口許に笑みを浮かべた。

「数分前から管制室では、すべてのレーダーを使用してXFV－14の位置を保持している。無線が通じないのは単純な機器の故障だろう」

「バーンズ将軍」

シンシアの瞳は怒りできらきらと輝いていた。バーンズは口笛を吹きたいのをこらえ、笑みを消して難しい顔をして見せた。

二人の視線が交錯する。

たとえ空軍参謀本部の連中でも黙らせることができる眼力が、シンシアにまったく通用しないことを知って、バーンズはかすかな驚きを感じた。

「XFV－14から送られてくるデータは全く途切れていません。すべてのシステムは正常に作動しています」

シンシアの言葉にバーンズの表情が引き締まった。

「それに――」シンシアは、怒鳴り続けているパイロットたちの声が流れ出すレーダーシステムコンソールにちらりと目をやって、言葉を継いだ。「あの人たちは、恐れているわ」

「何を恐れているのかね？」バーンズは太い腕を胸の前で組んだ。左手が真っ直ぐに伸びたままだった。

「ねえ、将軍」シンシアはバーンズの左手から目をそらし、口調を和らげる。「飢えた虎と同じオリに放り込まれたら、あなただって今のように落ち着いてはいられないはずよ」

「飢えた虎？　一体誰のことだ？」

バーンズはとぼけて訊きながらシンシアから身体を離した。二人の身長差が強調され、ますます見下ろすような恰好になる。

シンシアの顔からは、すっかり血の気が引き、触れれば切れそうなほど緊張が伝わってくる。それでもバーンズは彼女を美しいと思った。

「クルーガー大尉。わかっているでしょう。彼は今ではクルーガー大尉ではない。本物の血に飢えた虎になっているのよ」

「ファイターパイロットはいつでもハングリータイガーと呼ばれている。戦闘用に磨きあげたマシンとハングリータイガーの組み合わせは、第一次大戦から闘うために空を飛ぶ時の必要条件だったのだ」

シンシアは首を振った。

「あなたには、わかっているはずだわ、将軍。SMES《スメース》が今クルーガーに何をしているのか、あなたなら想像ができる」

中央管制室が静まりかえる。コンピューターがたてるかすかな雑音。壁の時計がセコンドを刻む音。誰かが控えめに咳をした。

ふいにパイロットの怒鳴り声が室内の空気を引き裂き、何人かの管制士官、下士官が首をすくめた。短い略語で交わされる通信、無線機のスイッチを切り換える時に発する擦過音、そして合間の激しい息づかい。

シンシアは胸がしめつけられた。かすかな怒鳴り声はラインダースに違いなかった。あの男が追い詰められ、声を荒らげている。恐怖におののいている。

バーンズのこめかみから汗が噴き出した。丸くなった水滴は、油をひいたように光沢を放つ頬を伝い、顎の先端からしたたり落ちて制服の襟を濡らした。

シンシアは了解した。恐れているのは、空中にいるパイロットだけではない。地上にいる、この偉丈夫の黒人将官も恐怖と戦っているのだ。

なぜ？

疑問が渦となって、彼女の胸のうちにわき上がる。

「今、そのことを口にしない方が賢明だろうね、博士」

バーンズは瞼を眠そうに半ば閉じ、どんよりと曇った目でシンシアを見た。そうすることで心の内側を隠せるとでも思っているように。

「いいえ、いうわ」シンシアは腰に手をあて、大男の空軍将官を睨《にら》みつけた。「クルーガーの脳は自走をはじめている。スカイホークという獲物に向かって、本物の牙をむこうとしているのよ。もうこれは訓練じゃない。クルーガーはハンターとしての本能のまま攻撃オプションを選択し、XFV-14を自在に操っているの」

バーンズもXFV-14の飛び方が常識をはるかに超えているのに気がついていた。スカイホーク編隊の後方に回り込んだクルーガーは、一分《いちぶ》の狂いもなく、ゆるやかな弧を描いて高速降下を行い、まるでレールの上を走るように正確にXFV-14を誘導していた。今、XFV-14はスカイホーク編隊の真後ろに占位している。教科書通りの理想的な攻撃ポジションだ。

その見事な機動を、クルーガーは全く視界のきかない積乱雲の中で、レーダーを使用せず、受動型の赤外線追尾システムだけを頼りにやってのけていた。

スカイホークがXFV-14の牙を逃れようとわずかな挙動を見せるだけで、クルーガーはスカイホーク編隊の意思を打ち砕くように一歩先へ、先へとXFV-14の矛先を向けていた。

二機のスカイホークは、まるで透明な袋小路に追い込まれているようだった。

晴天時でもクルーガーが見せた機動を取るためには、よほどの腕がなければできない芸当だったが、すべてを雲中飛行でやってのけるのは、人間業を超越していた。

数分前、正確にはクルーガーが無線機のスイッチを切ってからというもの、ＸＦＶ－14はまるで一個の生命体のように空中で身をくねらせ、緩急自在に飛行を続けていた。

生きている戦闘機。

馬鹿な。バーンズは胸のうちで自らの言葉を否定した。

「死ぬわよ」シンシアの唇が震えている。「クルーガーも、スカイホークに乗っているあわれなパイロットたちも。全員が死ぬことになるわ」

バーンズは眉をひそめた。

国家安全保障局《NSA》から警告を受けていた。カウアイ島ミサイル射場での実験内容が日本に漏れている、と。

最初にその警告を受けた時には、まるで信じられなかった。部下はいずれも信頼がおける。だが、国家安全保障局の警告がかすかな疑問の種をバーンズの胸に植えつけたのも事実。疑問は時とともに成長を続け、今、それがはっきりと形を現した。

国家安全保障局は、キョウトにある官庁主導で設立された研究所に盗聴専門の工作員を送り込んだといっていた。間もなく、確たる証拠が示されるに違いなかった。

ジグソーパズルのようにカラフルな疑惑に、たった一つ欠けていた断片が、情報を漏らした人間の動機だった。

ＳＭＥＳに究極の欠陥があり、その危険性について知りつくしている人間なら、外部に漏らして秘密を秘密でなくすることによって、ＳＭＥＳ計画そのものを抹殺できると考えるかも知れない。

バーンズは目を細めて、中年の女性科学者を見た。

「このまま模擬空戦を続けるんだ、博士。これは命令だ」

我々には時間がない、という言葉は呑み込んだ。


京都、ＡＴＲ視聴覚機構研究所。

初老の男が近づいて来る。運転席で横山昭徳《よこやまあきのり》はパネルバンのサイドミラーをのぞき込んでいた。

「ここは駐車禁止のはずだが」初老の男がいった。

横山昭徳は可能な限り平静を装っていた。

初老の男が運転席の横に立つ寸前、横山はトランシーバーのスイッチを三度鳴らして警告を送っていた。下水道の中ではジェームス・ブラウンと名乗った黒人が凍りついているに違いない。

初老の男が警察手帳をひらめかせる。横山が目をやった時には、すでに背広の内側にしまい込まれていた。手帳を見せられたことによって横山は逆に落ち着くことができた。

ちらりと見ただけだったが、初老の男の手帳には、警視庁の三文字が刻印されていたのがわかった。表紙が安物のビニールのような光沢を放っていたから、本物に違いないだろうと思った。

警視庁の刑事がなぜここにいるのか、疑問に思い、かすかな不安に駆られたが、顔には出さなかった。

「何か？」

横山は眠そうな顔つきで訊いた。

「随分長い間停めているじゃないか」

初老の男はつぶやくようにいい、横山を睨みつけながら煙草を取り出した。一本をくわえ、マッチで火を点ける。瞬時も横山から視線をそらさない。

「仕事中なんですよ」

そう答えながら横山は左右のフェンダーミラーに素早く視線を走らせた。刑事が一人で動くはずはなかった。

左のミラーに映った。

長身、長髪の男がわざと見える位置に立ち、これみよがしに手帳にナンバーを書き取っている。横山は唇を歪め、暗い笑みを漏らした。

「仕事、ね」初老の男は、煙と一緒に途切れがちに言葉を吐いた。

「職務質問ってやつですか？」横山が真っ直ぐに初老の男を見て訊く。

「だんな、だ」初老の男が火の点いた煙草の先端を、珍しいものでも見るように見つめながらいった。

「え？」横山が訊き返す。

「何か質問した後には、必ずだんなと付け加えるのを忘れている。お前のような男には、それが似合いだ」初老の男は渋い笑みを見せた。

「どういう意味ですかね、よくわかりませんが」横山もうっすらと微笑みながらいった。

「落ち着きすぎなんだよ、あんた」

助手席の方から声をかけられた。が、横山はすぐに返事をしないで、ゆっくりと振り向いた。さきほどナンバープレートを見ながらメモをとっていた長身の男が助手席の方からのぞき込んでいる。

横山は口の中でののしった。

マンホールの上に車を停める必要があったので、どうしても路肩に寄せることができなかったのだ。パネルバンを駐車している通りは、三〇〇メートルほど後方で、通行止めの標識を出してある。他の車が通りに突っ込んで来て、仕事の邪魔をすることはないはずだった。

「あんたも？」横山が訊いた。

長髪の男がうなずいた。

「あんたの車の中を見せてもらいたいんだがね」

初老の男が、熱のない口調でいった。無心に煙を見つめている。何にも興味が喪失してしまった男の顔だった。

「断る」横山は再び初老の男に向かい合い、鋭くいった。

身体の向きを変える寸前、尻の下に敷いたトランシーバーのスイッチを押し続けた。ブラウンの仕事は終わっているのか、横山には知るよしもなかったが、長居が無用であるのはよくわかった。

「令状を持っているわけじゃないんだろ、だんな」

「そう。それでいい」初老の男は半分ほどになった煙草を足元に落とした。

「何がそれでいいんだ?」横山の頬が紅潮する。

「だんな、だよ」初老の男が再び渋い笑みを見せた。「俺たちをだんなと呼ぶ。それが似合いさ」

横山は鼻で笑った。ちらりと計器パネルに目を走らせる。速度計の上部に埋め込んである小さなグリーンのランプが点灯した。後部荷台にブラウンがすべり込んだのだ。さすがにアメリカで徹底した訓練を受けている男だけに小さな音すらたてなかった。パネルバンの運転席をはさんでいる刑事たちはまったく反応しなかった。

グリーンのランプが赤に変わる。荷台の底に開いていた出入口を締め、しっかりロックしたことを示している。

エンジンはかけっ放しにしてあった。いざという時、アクセルさえ踏み込めば、発進できるように、だ。この種の自動車にしては珍しく自動変速機を積んでいるのも、ギアを入れクラッチをつなぐ手間を省くためだった。右足をブレーキからアクセルに踏み換えるだけで、パネルバンはタイヤをスキッドさせて走り出す。

ナンバープレートからたどれることは何もないことを、横山は確信していた。昨日の夜、京都駅前で違法駐車している車から盗み取ったものだ。その上、アメリカ資本系の掃除会社では、日本の官憲の手が届かないシステムをいくつも用意していた。ブラウンは、今回の仕事が終わればアメリカに帰ることになっていたし、横山も自分の住処《すみか》がある福岡へ戻る予定だった。

二度と奴らに会うことはない。

横山はにやりと笑ってアクセルを踏んだ。

老刑事と長池は、ほとんど同時に左右に分かれて飛んだ。長池はATR視聴覚機構研究所の鉄柵に背中をぶつけ、肺の空気を絞り出されたが、老刑事は涼しい顔をして路上に立っていた。

急発進したパネルバンは五〇メートルほど前方の交差点でタイヤを鳴らしながら、左折して見えなくなった。

「簡単に逃がしましたね」

長池は腰のあたりをさすりながらいった。視線はパネルバンが消えた交差点に注がれたままだった。

「ああ」老刑事は新しい煙草を取り出して火を点けた。

「ナンバーを書きとってありますが、追ってみますか？」

長池の言葉は宙に漂い、消えた。かすかに首を振って、老刑事が口を開いた。

「何もつかめまい」

「そうですな」

長池も胸のポケットからハイライトを取り出して唇の端にくわえる。それから両手を組み合わせると頭の上に突き出して伸びをした。声が漏れる。

「運動不足のようだな」

「香港から成田まで飛行機、それからスカイライナー、新幹線と乗物ずくめでしたからね。身体のあちこちがきしんでますよ」

「目的は達したんだろ？」

「わかってたんですね」長池はにやりとする。

パネルバンに乗っている連中から何かを訊き出すつもりはなかった。外事課に勤務していた頃から、アメリカ国家安全保障局の人間がどのような訓練を受けているかを熟知していた。たった一度の職務質問で、何かをつかませるような連中ではない。

老刑事は再び渋い笑みを見せた。

19

カウアイ島沖。

レーダーが敵機をヒットする。同時に四角いコンテナと呼ばれるシンボルが視界のほぼ中央に出現した。マッハ一前後ですれ違う戦闘機を互いに肉眼で見ることはできない。たとえば、高度五〇〇〇フィートをマッハ〇・九で飛ぶ航空機を地上から見上げても轟音とともに一本の黒い線が通過したようにしか感じられないのだ。

トラッパーは暗闇の中で歯を剝きだした。

SMES《スメース》を使うとコンテナだけでなく、ぼんやりとした電子イメージであれ、敵機を見ることができた。さらにコンテナの前方、敵機の進行方向には、ブルーの円錐《えんすい》が延びており、刻々と変化する敵機の状況を把握しながらその未来位置を表示している。

後ろに向かって三〇度の傾斜をつけた射出座席に背をあずけ、トラッパーは身体の力を抜いた。SMESに攻撃態勢に入るよう命じる。

XFV－14のコクピットは、F－16ファイティングファルコンをベースとして設計されていた。ファイティングファルコンは、旋回性能に優れる戦闘機で、世界中で唯一、9G旋回まで可能とうたわれていた。

三〇〇ノットの速度で、海面上7Gで旋回でき、しかも、速度を上げると連続して9Gの高負荷をかけたまま旋回し続ける。さらにスロットルレバーを押し出せば、加速も可能だった。

高速旋回性能の面で、ファイティングファルコンはパイロットの夢を結実させた戦闘機だった。

操縦桿は、短いジョイスティックと呼ばれる棒が操縦席の脇に取り付けられている。ファイティングファルコンの操縦桿は前後、左右に数ミリ動くに過ぎない。操縦桿は電気パルス信号を機の中央コンピューターに伝えるだけで、実際の操舵《そうだ》はコンピューターが行っていた。

XFV－14も同様のサイドスティックを採用している。そして旋回性能でファイティングファルコンを上回っていた。

トラッパーは操縦桿をわずかに右に倒し、ラダーペダルを踏んだ。XFV－14は身をくねらせ、旋回したスカイホーク編隊真後ろのポジションを確保し続けた。

世界初の実用垂直離着陸戦闘機ハリアーはイギリスで生まれた。アメリカ海兵隊はハリアーをベースにより強力な戦闘機AV8Bに磨き上げた。

ハリアーは、エンジンの排気を通常のジェット戦闘機のように尾部パイプを通して排出するのではなく、胴体両脇に設けられたノズルから吐きだすようになっている。垂直に離着陸する時には、このノズルを下向きに切り換えるようになっていたが、アメリカ海兵隊はハリアーのノズル方向を空中でも変換できるようにしたのだ。

旋回を切りながら、ノズル方向を変えると機体を押し上げる力が強く働き、より鋭く、素早い旋回が切れる。この旋回方法は推力ベクトル変換ＶＩＦＦと呼ばれた。

さらにＸＦＶ－14では、速度と機首方位、操縦桿から伝わるパイロットの意思をコンピューターが判断し、ＡＶ８Ｂではパイロットが手動で行っていた推力ベクトル変換を完全自動化してあった。

ファイティングファルコンのコクピット、Ｆ／Ａ18ホーネットゆずりの計器パネル、ＡＶ８Ｂをしのぐ完全自動モードの推力ベクトル変換――空軍、海軍、海兵隊の技術の粋を集め、そしてＳＭＥＳを搭載している。

これがＸＦＶ－14だった。

一対一で戦う限りＸＦＶ－14は世界最強の格闘戦闘機だった。

エンジン全開、水平飛行、針路修正右へ。

コンテナを見つめ続けるトラッパーが微かに思い浮かべるだけで、ＸＦＶ－14は従順にしたがった。

視界下部がグリーンに染まっている。燃料流量、エンジン出力、電子システムがすべて正常に作動していることを示していた。

火器管制システム、安全装置解除。まるで渇いた喉をうるおすように火器管制システムは敵機のデータを求めた。

照準環が宙に浮く。

照準環の動きは、トラッパーの視線に一致していた。照準環のさらに中央に、小さな輝点がある。ミサイルも砲弾も、その一点に向かって収束していく。

完全コンピューター化された火器管制システムでは、パイロットは操縦桿を握っているだけだった。レーダーが攻撃目標を捕捉し、ロック・オンする。射程距離に入ったところで、ミサイルを発射するか、爆弾を投下する。パイロットが考えるべき最優先事項は、攻撃後、いかにして逃げるか、だった。

だが、ＳＭＥＳでＸＦＶ－14と結ばれているトラッパーの目は、敵機を捕捉するだけでなく、自動的に距離を計測し、最適の攻撃システムを選択する。

右腕がうずけば、右翼下の赤外線ミサイルを発射すべきタイミングだし、胸から腹にかけてむずがゆい感覚が襲ってきた時はレーダーホーミングミサイル。敵機が目の前にあれば、唾をひっかけてやればよい。機首下の二〇ミリバルカン砲が吼え、標的を引き裂く。

ＳＭＥＳは、目標を捕捉すると同時に敵機の脅威度を解析した上で、攻撃オプションを提示した。数秒のサイクルで攻撃オプションは更新され、トラッパーは、常にもっとも効果的な攻撃方法を選ぶことができる。

攻撃オプションは、一回あたり数千に及ぶが、トラッパーが選択するのに要する時間は〇・一秒以下だった。

トラッパーはＸＦＶ－14に上昇、横転を命じた。

ＸＦＶ－14は、右横転を打ちながら弾かれたように五〇〇フィートほど上昇し、スカイホーク編隊の後方上空に位置する。

トラッパーは命じた。

攻撃突進。

京都。

ＳＭＥＳによる訓練が終了し、シンシアが別れを告げる。那須野はゆっくりと眼を開いた。常に意識がはっきりしていたので、目覚めるという感覚はなかった。別の場所から帰ってきた、というのが相応《ふさわ》しい。

那須野は周囲を見渡した。

河渡、中藤、落合、そして見知らぬ年配の男がいる。三人の科学者はコンピューター・ディスプレイのグリーンの光を浴びて幽鬼のような顔を浮かび上がらせていた。

「気分は悪くありませんか?」河渡が眉をしかめて訊ねた。

「悪くない」那須野がぼそりと答える。

河渡は溜めていた息を吐いた。

「SMESの中身はいかがでした?」中藤が訊いた。

「シンシア・スーと名乗る学者からのメッセージ、それにシミュレーター訓練だった」

シンシアの名前を口にした途端、華奢な身体を抱き寄せた時の感覚が蘇る。どぎまぎしたが、誰も那須野の様子に気づかなかった。

「シミュレーター訓練?」河渡が棒をのんだように直立し、呆然としてつぶやく。

「基礎的な飛行訓練には向かない。が、あの飛行機、XFV－14を飛ばすのには十分だろう」那須野は慎重に足を床につけ、立ち上がった。

「XFV－14って何ですか?」今度は落合が口をはさんだ。

那須野は、XFV－14が米空、海軍が共同で開発している垂直離着陸戦闘機で、SMESはその機に搭載されている電子装置だと説明した。さらに那須野は、SMESがどのような戦闘機用のシミュレーターでも絶対に不可能なパイロットの体感まで再現できるといった。

「脳に直結しているわけですから、確かに理屈の上ではそうしたことも可能でしょう」河渡は納得できない様子で唇を突き出した。

「俺は何時間ぐらいこの装置につながっていたんだ？」那須野は誰にともなく訊いた。

すぐに中藤がキイを叩き、ディスプレイの表示を読む。

「ＳＭＥＳの実験が始まって、自動的にシステムが切れるまで二時間二十八分と十五秒です」

「たったそれだけの時間なのか？」那須野がうなるようにいった。

「どういう意味ですか？」中藤が訊き返す。

「ＸＦＶ－14のシミュレーター訓練で四回飛んだ。二時間半では無理だ」

「飛行時間を覚えているのですか？」河渡が訊く。

那須野の眼が素早く動いた。空中にある戦闘機パイロットにとって重要なのは燃料があと何ポンド残っているかではなく、その燃料であと何分飛べるか、なのだ。

「一回目は、飛んでいるＸＦＶ－14にいきなり乗り込まされていた。気がついたら射出座席に座っていた。だが、二回目からは自分で離陸、着陸すべてを行った。最長の飛行時間は二時間だったと思う」

「それは計器上の数値でしょう」落合が釈然としない顔つきでいう。

「何にでも省けない手順がある」那須野はきっぱりといい切った。「パイロットの場合は点検だ。飛行前《プリ・フライト》、離陸上昇時《クライム・モード》、空中で水平飛行《ウィング・レベル》に移行してから火器管制システム、無線の点検、降下《ディセント》を開始する前と着地《ランディング》する寸前。チェック、チェック、チェックの連続さ。ミサイルもチェックとチェックの合間に撃つんだ」

「その手順を全部ふんでチェックをしていたってことですよね」中藤は腕を組み、首をかしげた。「でも、実際にＳＭＥＳが作動していた時間にも誤りがない。どうなっているんだ？」

「不可能ではない」河渡がひとり言のようにいう。「脳における情報処理は逐次ではなく、複数の脳細胞が独立して同時に処理を行うようになっている。従って、連続する時間、つまりクロノス的時間は寸断されるんだ」

「よくわかりませんが――」落合が眉をしかめて口をはさんだ。

「夢を思い浮かべてほしい。夢には時として長いストーリーがあるように思えるが、実際に人間が夢を見ているのは数分に過ぎない。いくつものシーンを重ね合わせて見ているんだ。それを思い出す時には、時間軸に従って順序だてて想起するから、とんでもない長い時間が経過したように感じる」

「それに一体どんな意味がある？」那須野が訊いた。

「多分、ＳＭＥＳはこれを逆転させているんだと思う。脳細胞のひとつひとつは、独立した、しかも高性能のＣＰＵだといえる」河渡が真っ直ぐに那須野を見つめていった。

中央演算装置《CPU》とはコンピューターの中核部品で、実際に情報を処理している。怪訝そうに那須野は眉を寄せたが、河渡は構わずに続けた。

「いいかな？」河渡は興奮していった。「CPUの数を増やすことでコンピューターの情報処理速度は高まる。脳には十数億ともいわれる神経細胞があるから、同時処理を行えばとてつもなく高速に働くわけだ。デジタル・コンピューターの特性の一つである逐次処理は、CPUが一個しかないために一つの問題に対して順番に処理をしていかなければならないことによって生じている。だが、十数億ものCPUを連動させれば――」

「わかった」中藤が嬉々として叫んだ。「那須野さんは、四回のフライトを同時に行ったわけですね。脳の別々の部分がそれぞれ情報を受け、処理をする」

「多分、メッセージというのもシミュレーター訓練と同時に受け取っていたに違いない。SMESの作動時間は確かに二時間半近かったが、半分以上は那須野氏の脳を解析するのに費やされた時間だからね」

「それにどんなメリットがある？」那須野がしつこく食い下がった。

「膨大な量の情報を多元的に処理できる。たとえば空中戦闘用のプログラムが何百とあって、そのプログラムを同時にシミュレートさせ、結果を見越した上で最適なものを選べるとしたら、どうです？」河渡がにっこり微笑んだ。

「時間がかかりそうだな」那須野がぼそりと答える。

「クロノス的時間は寸断されています。おそらく一秒とはかからずに脳は最適の戦闘行動を選択するでしょう。つまり──」河渡が言葉を切った。

部屋の中にいた誰もが河渡の視線を追った。

ドアが開いた。楠海と、制服姿の川崎が入って来た。

カウアイ島上空。

トラッパーはかすかなうめき声を上げた。耳鳴り、右肩の緊張が耐えがたく、時々、意識すら途切れる。

SMESの稼働状況は最高潮に達していた。脳裏にあふれる情報。受動型赤外線追尾システムがコンマ一秒以下でスカイホークの航跡を追い、刻々と変化するスカイホーク編隊の未来位置をトラッパーの視野に描いた。

直進か旋回か、上昇か降下か──わずかな機動にもSMESは敏感に反応し、攻撃オプションを提示する。攻撃オプションは単に提示されるだけでなく、トラッパーが選択した場合のシミュレーションを同時に行ってみせていた。次から次へと空戦の模様がトラッパーの脳裏に描かれる。

トラッパーはスカイホーク編隊を同時に二機ほふるための攻撃手法が現れるのを待っ

ていた。

トラッパーの脳に流れ込む情報量は、高速コンピューターを用いても処理するのに数分を要するレベルになっていた。彼我の機位を表示する戦況情報だけでもコンピューター言語にして数十万に達している。

トラッパー自身は、単に自分が飛んで行きたい方向を思い浮かべるだけで、XFV－14はもっとも無駄のない旋回を切り、エンジン出力を調整して速度を一定に保つ。脳の連想処理能力が最大限に活用されていた。

だが、あふれる電子情報は、磁気の力を借りてトラッパーの脳に過度の負荷をかけていた。トラッパーの脳の中で、記憶を形成するシナプスが変形をはじめていた。SMESの磁力が脳内部でクロスし、一番強い力がかかる部分、トラッパーの右目につらなる視神経が冒されることによって、耳鳴り、肩の強張りを引き起こしていた。脳は可塑性《かそせい》がある。一度変形した神経組織は二度と戻らない。

異常に発達したトラッパーの脳はSMESにさらに高速処理を強いた。数分前からSMESの基板では、過荷重に耐えきれなくなった超高集積回路のうちいくつかが過熱して弾けていた。回路の数が減ることがあっても、複雑に張り巡らされたバックアップシステムが相互に補完する働きをして、SMESの機能低下を回避していた。

が、オーバーロードが続き過ぎ、バックアップシステムそのものが危険な状態に陥っていた。まるで癌細胞が臓器から臓器へと転移していくのに似て、ＳＭＥＳ回路のあちこちで致命的なほころびが生じていたのである。

　スカイホーク編隊がそろって右に旋回する。高度三〇〇フィート。ＸＦＶ－14が空中で横転し、真後ろにつけた。

　完璧な攻撃ポジション。

　トラッパーの視野でガンクロスがフラッシュする。

　ロック・オン。

　一機目に照準を合わせたＳＭＥＳのメイン・コンピューターは、すでにレーダーを作動させ二機目を探索しはじめていた。

　二機目をロック・オンする。

　ＸＦＶ－14の火器管制システムは、先進型中距離空対空ミサイルＡＳＲＡＡＭ二発を同時に発射するモードを選択していた。

　トラッパーはＳＭＥＳに命じた。

　発射《ローンチ》、発射《ローンチ》、発射《ローンチ》。

　スカイホーク二番機を操縦していたのは、二十四歳になったばかりの中尉だった。本来なら、今日の演習にはヴェテランの少佐が参加することになっていたのだが、妻の叔父が交通事故で急死、葬儀に参列しなければならなくなった。若い中尉は、開発コードしか与えられていない新型の垂直離着陸戦闘機との演習にのぞめるとあって、はりきってオアフ島の基地を離陸してきていた。

それが、こんなパイロットを相手にするとは――中尉はそう思いながら、必死に操縦桿を倒し、フットバアを踏んで、スカイホークを目茶苦茶に機動させた。今日の相手機が無線機のスイッチを切った時から射出座席と自分とを結ぶベルトを外して、身体を自由に動かせるようにしていた。

戦闘機パイロットが後方を見る場合には、身体を一旦前に倒して、それから振り返るような恰好をする。座席にまともに座った恰好では視界が限られるからだった。

雲底を割って、XFV－14の黒い機体が灰色の大気の中へ飛び出す。

中尉はパニックに襲われた。後方レーダー警戒装置が耳障りな警報を発する。ののしり声をあげながら右に操縦桿を倒し、スロットルレバーを防火壁につくほど前に叩き込んだ。

スカイホークのJ49エンジンが咆哮《ほうこう》し、機体は蹴飛ばされたように加速する。その時、イヤフォンに編隊長の警告が聞こえた。

〝気をつけろ、気をつけろ〟

あわてて前方に目をやる。

中尉は、自機の機首が隊長機の尾翼付け根のあたりにゆっくりと突っ込んでいくのを見た。

次の瞬間、後続の二番機に追突され、尾翼を失った隊長機は弾き飛ばされ、前へ出た。二機のスカイホークは、主翼と胴体をねじ曲げるように空中でからみあった。圧迫された燃料タンクが爆発する。

オレンジ色の火の玉を背景に、スカイホークの部品が中空に弾け飛んだ。

SMESを介して外を見ているトラッパーの視界いっぱいに火の玉が広がった。

受動型赤外線追尾システムの防御フィルターが作動する寸前、二機のスカイホークの爆発で生じた大量の赤外線がSMESの外部情報受像部を叩き、破壊した。

トラッパーは意識を失うまいと叫び声をあげた。

同時に彼のパイロットとしての本能が、瞬時に右翼スポイラーの展張、左エルロン作動、さらにエンジン排気口を下向きに変え、推力ベクトル変換と続けざまにSMESに命じていた。

一方、XFV－14の火器管制システムは、衝突したスカイホークの機動を正確にトレースしようとフル稼働しており、そこへトラッパーの発した一連の機動命令が流れ込んだ。

翼端が震える。

失速。

XFV－14のメイン・コンピューターは、排気ノズルを後方へ向け、さらに機首を下げて機速をかせぐよう指示をする。

トラッパーとメイン・コンピューターが発した背反する命令がSMESの中で真っ向からぶつかった。

過重負荷《オーバーロード》。

SMESが停止した。


クルーガーは声をのんだ。

XFV－14は、高度三〇〇フィート、速度マッハ一・二、機首下げ姿勢のままSMESを停止させたのだ。

視界を覆っていた暗色のバイザーがはね上がる。操縦桿とラダーペダルがマニュアル操縦用に生き返る。トラッパーは右手で操縦桿を握りしめた。彼が自らの生命を救うためにできることはなかった。

クルーガーが最後に意識したのは迫り来る海面だった。

イーグルの操縦席でラインダースは呆然と海を見ていた。
たった今、三機の戦闘機が続けざまに海中へ突っ込んだ。数秒の出来事だった。
ラインダースの心は、事態にうまく適応できなかった。

20

京都、ＡＴＲ視聴覚機構研究所。

「バーンズはハワイにいる」川崎がいった。

コンピューター機器がびっしりと並ぶ狭い部屋で、那須野は左右の側頭部におかしな円板を張りつけていた。九人もの男がいた。川崎は言葉を継いだ。

「カウアイ島でミサイル射場の責任者をしている。階級は少将」川崎は那須野の眼をじっと見返しながらいった。

「二つ星の将軍がいるにしては冴えない場所だな」那須野はそういいながら電極を頭から引きはがし、顔をしかめた。

「本人が選んだということだ。ソルトレークシティの砂漠上空を飛ばすにしても新型機の開発というのは目立つ。バーンズが試験をしている飛行機はすでに完成していたから、大げさな試験施設を必要としない。その点、ハワイなら年に百万人単位の観光客が訪れるから、まさかそんなところで新型機の開発を進めているとは誰にも思えまい」

「それにしても、なぜミサイル射場で？」那須野が訊ねた。

「ひとつは、そこが空戦演習を行う際の母基地として利用されているために、ミサイル射場とはいっても、頻繁に米海軍、空軍機が離発着している。まぎれ込むのに都合がいい。それにレーダー施設だ。完璧な地上管制誘導を行うだけの設備を整えている。島に近づくものは、海からでも空からでもかなり遠くから探知されることになる」

「接近不可能か？」那須野は涼しい顔でいった。

「もっと悪い話もある」川崎は制帽を取り、近くの机に置いた。「アメリカは新型機の実戦配備を急いでいるらしい。もう間もなく、海兵隊の第二一一攻撃飛行隊が母艦と一緒にカウアイ島に到着するそうだ」

那須野は眉を上げた。ミサイル射場のレーダーサイトに、小型とはいえ航空母艦のレーダー——厄介な組み合わせだった。

那須野と川崎の視線が真っ向からぶつかった。

「なぜ、俺を行かせたいと思うんだ？」那須野が訊いた。

「ネオ・ゼロは、私が手掛けた私の子供のような戦闘機だ。アメリカのものではない」

「エゴだな」那須野が笑う。

「レーダー網をくぐり抜けてミサイル射場に接近するのはステルス機でも困難だろう」

川崎は半ばつぶやくようにいう。

「シンシアっていい女が俺を待っている」那須野はにやりと笑った。

川崎がアメリカ大使館から入手したハワイ周辺の航空路図、カウアイ島ミサイル射場の見取り図を広げ、説明をはじめた。

全員がのぞき込み、嘆息を漏らすが、レーダーの脅威が本当に理解できたのは川崎と那須野の二人だけだった。

源吉は基地見取り図にだけ神経を集中しているようだった。川崎は、源吉が腕のいい空き巣狙いであることを老刑事から聞いていた。

源吉が見取り図に手を伸ばすと、ひとり言のようにいった。

「ここに下水道がありますね。古くなって、今じゃ使っていないかも知れないが」

本当に那須野が行くつもりなのか、誰も訊ねなかった。チャンが人質にとられている以上、那須野はカウアイ島に行く。香港での事情を長池はそう説明した。

那須野は図を囲む輪から外れて部屋を出た。まずは、どのようにカウアイ島まで行くかを考えなくてはならない、と思いながら。

エレベーターに向かって廊下を歩きはじめた。背後から声をかけられた。ゆっくりと振り向く。

夕暮れ時。声の主は、西側に面する窓を背にして立っていた。那須野は眼をすぼめた。相手の顔がはっきりと見えなかったからだ。

「ちょっとお話が——」

那須野は、いぶかしげな表情を浮かべたまま、相手が近づいて来るのを見つめていた。

「落合といいます。楠海と同じ会社に勤めているものです」落合はかすかに震える声でいった。

那須野は唇を結んだまま、落合を見ていた。

「さきほど長池さんは、あなたの友人を救うための費用について話されてましたよね。確か五十万ドルと」

那須野はうなずき、落合は言葉を継いだ。

「さしでがましいようですが、長池さんには、あなたのギャランティを払うあてはないと思います。何しろハワイ行きの航空券も川崎さんが身銭を切ると聞いてます。とてもあなたの報酬まではカバーしきれないでしょう」落合は声をひそめた。「そこで提案があるのですが」

那須野は腕を組み、落合の顔を真っ直ぐに見返した。

「XFV－14を海に沈めないで、カウアイ島の沖を航行している貨物船に降ろしてもらえませんか？　無傷でXFV－14を手に入れていただけたら百万ドルお支払いします」

「半分を前金でもらいたい」

「結構です。あなたの口座を教えていただければ、振り込みますよ」

「後で教えるよ」那須野は落合に背中を向けた。

「まだ、もう一つあるんです」落合があわてて付け加える。

那須野が振り向いた。

「カウアイ島に潜入する方法なんですが、あてがありますか？」

那須野は首を振った。

「木製の複葉機で飛ぶってのは、どうです？　ホノルル市の郊外にあるプライベート飛行場に程度の良い木製機を用意します」

木製の複葉機はレーダー波を反射しない。

「悪くないアイデアだ」那須野は眼をすぼめて落合を見た。「レーダーに詳しいのか？」

「戦闘機用電子機器の設計が私の専門なんです。ステルス機を用意できないのなら、代わりに何を使うか、考えてみました。速度や兵装を別にすれば、木製の複葉機で潜入することは不可能ではない」

「随分手回しがいいな」那須野は低い声でいった。

「私の会社は財閥系企業グループの一社なんですが、グループの中核を占める総合商社が船と飛行場を用意できます。特に問題はありませんよね？」落合が訊ねた。

那須野がゆっくりとうなずく。

「良かった」落合は白い歯を見せ、にっこり微笑んだ後に付け加えた。「それと、私が今お話ししたことはあくまでもご内聞にお願いします」

那須野が再び眼をすぼめ落合を睨みつける。落合はそれ以上喋ることができなくなった。


七月、東京・築地。

めっきり老けたなぁ——千代はシーツを直す手をとめ、横たわっている川崎の顔を見つめながらぼんやりと思った。あの日、制服を着て病院を出て行った川崎は翌日帰って来た。が、たった二十四時間の間に別人のようになっていた。

体重はすでに五〇キロを割っている。肌につやはなく、時折、溜め息をつくように苦しげな呼吸をした。痛みを訴えることはなかった。千代には、末期癌の患者がどれほど苦しんでいるか、よくわかっていた。

川崎は病院に戻ってからというもの、ほとんど食事に手をつけなくなっていた。千代は左手首の内側に巻いた時計に目をやる。点滴の時間まで、あと二十分ほどだった。一度ナースステーションに戻り、他の患者の様子をチェックした後、もう一度戻ってくるつもりだった。

川崎がゆっくりと目を開く。

「おはようございます」大阪なまり特有のイントネーションで、千代がいう。

「ああ、おはよう」川崎は笑みを返した。痛々しかった。

「ご気分はいかがですか？」

「悪くない」川崎は静かに答えた。

「今日は何日だっけ？」

「七月三日ですわ」

「そうか」川崎はそういったきり、再び目を閉じて息を吐いた。

シンシアの手紙に記されていた期日は七月四日。だが、アメリカとは時差があるので日本時間では明後日になるはずだった。それまでに自分は死ぬだろうと予感した。

千代はしばらくの間、川崎の顔を見ていた。が、結局、胸のあたりでシーツが規則的に上下するだけだった。

千代は川崎の検温を終えて枕元に置いてある体温計をチェックし、手首に指をあてて脈拍をはかった。小さな千代の手でもすっぽりと包んでしまえそうな手首だった。表情ひとつ変えずに腋《わき》の下にはさんだボードを取り出して、ボールペンで書き込む。症状は小康状態を保っているが、川崎は医師が宣告した生きていられる期間を使いきっていた。今夜、容体が急変したとしても千代はあわてないだろうと思った。

本当かしら？——千代は首を振った。

だが、病室を出る時には、次の患者を思い浮かべていた。哀《かな》しむのは看護婦としての時間が終わった後。ドアノブに手をかけた時、シーツのこすれる音がした。振り返る。

川崎が目を開いていた。千代がにっこり微笑むと川崎の乾いた、色の悪い唇が動いた。

「ありがとう」

千代はうなずいて病室を出ていった。

看護婦に礼をいった。川崎には、なぜそんな気になったのかわからなかった。あるいは、目の前にいる誰でも良かったのかも知れない。誰かに感謝していることを告げようとしただけのことだ。

ここ数日、川崎は覚醒と半覚醒の狭間をたゆたいながら、過去への旅を続けていた。『赤とんぼ』と呼ばれた初等練習機から始まる旅。九七式艦上戦闘機、零式艦上戦闘機へと乗り継ぎ、戦後はシューティングスター、セイバー、スターファイター、ファントム、最後にはイーグルも飛ばした。

旅は、どこへ行っても、どこまで遡っても戦闘機とともにあった。操縦桿、スロットルレバー、ラダーペダル、人工水平儀、燃料計、機首方位、照準器——狭苦しいコクピットでゴム臭い酸素にうんざりしながら何年暮らしてきただろう。

川崎のパイロット人生は、少年時代に海軍に入隊し、その後丙種《へいしゅ》飛行予科練習生となったのが起点だった。丙種という呼称には今でも腹立たしさをおぼえる。第二次世界大戦の頃は、予科練出身の下士官パイロットが名実ともに主力部隊だったのだ――。

自分がベッドの上で死ぬことになろうとは夢にも思わなかった。

同期入隊の仲間が次々に死んでいった南洋の孤島。人の人たる道を、男が男であることを若い川崎に教えたのは上官の中尉だった。小説家志望だと笑った顔がひどく大人びて見えたが、当時、二十二か二十三歳だった。今の川崎から見れば、三分の一の年齢だ。

これほど長生きするつもりはなかった。

川崎はほろ苦く笑った。川崎を救うために自ら敵機の射線に突入し、銃弾を受けて落ちていった中尉への負い目を返すために生きてきたのだ。パイロットとして終戦を迎え、二度と翼には手が届かないと絶望し、自暴自棄の生活を送っていた川崎を再び立ち直らせたものは、やはり飛行機だった。

警察予備隊、保安隊、そして自衛隊へと名称を変える中で、いつか自分の手に操縦桿を取り戻すのだと、その一念が川崎を生きながらえさせた。

昭和二十九年、航空自衛隊創設時には幹部候補生の一人として入隊、アメリカでの初歩的なジェット操縦訓練、語学研修、無線通信に習熟した後、航空記章を取り戻す。

戦後、何年ものブランクを経て、シューティングスターの操縦席に座り、生きているエンジンの震動に全身が揺さぶられた時、川崎は自分が生まれた場所に帰って来たのを知った。

食事、睡眠、運動、読書のすべてが飛ぶことに直結する毎日だった。目覚めている間は寸暇を惜しんで空中戦闘を研究し、新しい技法を身につけることに熱中した。

飛び続けること。それが空中戦や事故で死んでいった仲間に、そして自らの生命を投げ出して川崎を救ってくれた中尉への負い目に耐えて生き続ける唯一の方法だった。

死者への負い目。

那須野にはじめて会った時に同じことを感じた。イスラエルでシリア機を撃墜し、ソ連機へのスクランブル発進の際、仲間である後部座席員を失った。

自分と同じ眼をしている、と川崎は思った。

京都のATR視聴覚機構研究所から那須野が出ていった後のことを川崎はよく覚えていない。新幹線で東京に戻って来たことも、東京駅から築地の病院までタクシーに乗せられたことも途切れがちな記憶があるだけだった。隣にいたのが楠海だと記憶しているが、はっきりとはしない。

疲れた。

川崎は、白い枕の上に頭をのせたまま天井を見上げていた。

脳裏に零戦が搭載していた栄二一型エンジンの轟音が蘇る。

白くて濃厚なスープの中で漂っているかのように意識がはっきりしなくなってきた。快調に回り続けるエンジン音が、波動し、眠気を誘う。やがて、もっとハイピッチな音に変わる。ジェットエンジンのノイズ。ペガサスＸＸに違いなかった。ネオ・ゼロに搭載されていたエンジンだ。

右手に操縦桿の感触が蘇る。

ゆるく手を握り、引き上げる動作をする。

川崎はゆっくりと眼を閉じた。呼吸が停止した後も、顔には満足そうな笑みが浮かんだままだった。

21

　ホノルル国際空港、午前五時。

　観光シーズンから外れているとはいえ、日本航空機が到着する度に税関は日本人であふれかえった。グレーの制服を着た係官たちは、けだるそうな表情で、それでも忠実に職務をこなしていた。

　大半の日本人は、はじめて英語を話せることに嬉々としており、八時間近くも狭い座席に閉じ込められていたとは思えなかった。

　楠海は、税関ゲートの前でしきりに中をのぞき込んでいた。何人もの乗客にまじって、やがて見知った顔が出てきた。

　落合。

　楠海は落合の恰好を見て、思わず吹き出した。真っ赤なTシャツに脚と尻をぴったりと覆うブルージーン、白いジャケットを着ている。その上、白いパナマ帽をかぶって、丸いサングラスをかけ、ご丁寧に古びたビーチサンダルをはいていた。右肩に黒いショルダーバッグを掛け、左手で重そうなスーツケースを引いている。右手には、流行りの小型ビデオカメラまで持っていた。

楠海が那須野、それに源吉と一緒にハワイ入りしたのは三日前だった。

楠海を驚かせたのは、二人の警官の反応だった。老刑事は飛行機が嫌いだとニべもなくいい、長池は富山に戻らなければならないといった。警察官のうち、どちらか一人が来るものとして航空券を手配したが、結局、源吉が来ることになった。

警戒厳重な米軍基地に忍び込むなら、源吉の腕が絶対に必要になるといったのは老刑事だった。

そうしてハワイ行きのメンバーが決定した。

ホノルル空港に到着すると那須野と源吉は行く先も告げずに消えた。パシフィックビーチホテルには楠海一人が滞在している。

ハワイ行きの資金を提供したのは川崎だった。生命保険の受け取り人を銀行とすることで融資を受けたのだ。

最後に川崎に会ったのは築地のがんセンターだった。土気色の顔、おちくぼんだ目、死相が漂っていた。

楠海は、中藤のその後も気にしていた。彼はATR視聴覚機構研究所を出るとすぐに兄が経営する病院に戻った。

ハワイにたつ前日に見舞った時には、こんこんと眠り続けていて結局話をすることができなかった。院長をしている中藤の兄がいうには、彼は京都から帰るなり眠いといってベッドに入り、昏睡《こんすい》状態が続いているということだった。

落合に声をかけられ、楠海の思いは中断した。

「やあ、先輩のお出迎えとは恐縮しますな」

「もう少しセンスのある恰好をしたらどうだ?」楠海は、落合の爪先から頭までを見上げながらいう。

「この偽装がおかしいですか?」

「偽装だって?」

「周囲を見て下さいよ、先輩」落合は声をひそめる。「私の恰好だってまともな方です」長身をかがめ、左右をうかがう目つきをする。楠海もつられて周りを見渡した。

Tシャツにジーンズ、サンダル履きは、まともな恰好だという落合の言葉にすぐ納得できた。乗客の中には、早くもアロハシャツやムームーに着替え南洋気分を満喫しているカップルもいれば、白い線の入ったジャージーをはいた中年男、作務衣《さむえ》姿までいる。そうかと思えば、紺色のスーツを着て、摂氏三〇度を超える気温の中、ネクタイをきっちり締めて汗をかいている男もいた。

楠海は溜め息をついた。

「いった通りでしょう」落合は嬉しそうに笑っている。

「それでも、そのサンダルは何とかしろよ」楠海は視線を落としていった。

「おかしいですか？」心外だという顔をして、落合は唇を突き出した。「去年、妹がハワイに来た時に買ったサンダルですよ。ご当地に密着したスタイルじゃないですか？」

「まあ、いいさ」楠海はうなずいてから、落合を心配そうに眺めた。

落合の出発が楠海たちより遅れたのは、那須野の脳を解析した結果を半導体に焼き込み、ＳＭＥＳ《スメース》に組み込むことができる基板とする作業に時間がかかったからだ。そこに使われる超高集積回路は最先端の高集積度を要求され、各国を代表するコンピューター・トップメーカーの研究所でさえ試作品をもっているか、研究開発中という代物なのだ。

「それで、例の品物は用意できたんだろうな？」

落合は笑みを浮かべて、ビデオカメラを持ち上げて見せた。

「このビデオカメラの中にある基板の一つがＳＭＥＳ用です。非常に小さなものなんで助かりました」

「そんな中に、那須野の脳を再現できるだけのプロセッサーを組み込めたのか？」

「研究所の連中は、ひどく文句をいってましたよ。世界中の電子メーカーを駆けずり回っても、数えるほどしかない超高集積回路を使用しているんですからね」

「それにしてもよく研究所にあったな」楠海は感心した。

落合が首を振る。

「残念ながらわが社の研究所には、我々の要求に見合う性能のチップはありませんでした」

「じゃ、どうしたんだ？」眉の間から力の抜けたような顔をして楠海が訊いた。

「わが社の研究スタッフが夜なべをして作ってくれたんですよ」

「なるほど」楠海はうなずき、落合のスーツケースに手を伸ばしていった。「行こう」

楠海はスーツケースを持ち上げようとして、目をむいた。ずっしりと重い。

「何を入れてきた？　ほとんど持ってくるものなんてないはずだろう」

「偽装です」落合は涼しい顔をして答えた。「一応、ガイドブックに載っている必需品は全部入れてきました。簡易洗濯キット、シークレットポケット、水着を三種類」

「スーツも持ってきたのか？」楠海があきれて訊く。

「レンタルのタキシードにしました。ガイドブックによるとブラックタイ着用のレストランでは——」

楠海は最後まで聞かず、落合とスーツケースをその場に放り出したまま、空港ロビーを横切り、レンタカーを停めてある場所に向かって歩きはじめた。

アメリカ合衆国海兵隊・強襲揚陸型空母ベローウッド作戦説明室。

ストールをふくめ、八名のパイロットが革張りのゆったりした椅子に座っていた。全員がオリーブグリーンの、上着とズボンがつなぎになったフライトスーツを着用し、重いブーツをはいていた。

「ヘリコプターは二機使用する」作戦指揮官である禿頭の大佐が重々しくいった。「一機には君たち全員のデータを乗せ、もう一機に四人とも乗ってもらうことになる。出発は〇三〇〇時。暗いうちにカウアイ島に到着する予定だ。質問は？」

パイロットがざわめいた。八人のパイロットのうち、XFV－14のテストに参加するAV8Bのパイロットが四人。残りはヘリコプターの正副操縦士だった。

「このテスト飛行を目立たせたくない、というのが上層部の意向だ」大佐はパイロットたちをながめ渡して付け加える。

「上層部？」誰かがいう。「太平洋方面司令官か？」

「海軍長官かも知れないぜ」別の声が答える。

作戦室がどっと沸いた。

「大統領かな」金張りのボールペンをフライトスーツの胸ポケットに差しながらストールがいった。

「そう」大佐は右手をピストルの恰好にするとストールの胸を狙っていった。「スナイプが正解だ」

パイロットたちの表情が瞬時にして引き締まる。大統領が関心を持つとなれば、実戦並みに重視されていることを意味する。

「以上、解散」

大佐の怒鳴り声に合わせ、パイロットは一斉に立ち上がり、直立不動の姿勢をとる。大佐は満足げにうなずき、作戦室を後にした。

ストールは肩を叩かれ、顔を上げた。丸い顔で鼻の下にたっぷりと髭をたくわえた男がのぞき込んでいる。

「コーヒーでもどうだい、スナイプ？　今夜は長くなりそうだぜ」

ウィリアム・〈ハスラー〉・チャップマン、海軍大尉。第二一一攻撃飛行隊のパイロットでAV8Bを飛ばしている。

ストールはうなずいて膝の上のフォルダーを閉じた。米軍では、どのような状況下でも欠かせないものが三つある。弾薬と燃料とコーヒー。どれが欠けても兵士の士気はひどく低下する。

「良かろう」ストールは立ち上がった。

チャップマンの方がわずかに背が高い。

二人は海軍士官学校の同期生だった。卒業後、海兵隊を志望し、パイロットになったこと、F／A18ホーネットではなくAV８Bの課程を選んだ点でも同じだった。ただ、チャップマンがヘリコプターの操縦資格をもっている点が違っていた。ハスラーのコールサインが示す通り、ビリヤードの腕はプロ級で、父親はミネソタファッツと勝負したんだ、が口癖だった。

作戦説明室を出ると狭い廊下になっている。様々な太さのパイプが床や天井から飛び出しており、防水壁に開けられた分厚いドアでは敷居をまたがなければならなかった。

「こんな夜に飛ぶとはな」

ストールはひょいと頭を下げ、パイプからぶら下がっている看板を避けた。『頭上注意』と赤いペンキで記されている。

「安心しろよ、公園の散歩と同じさ。今夜は俺が運転手だ」チャップマンは太い声でいった。

ストールはちらりとチャップマンの横顔を盗み見た。自分が操縦桿を握らないとしてもチャップマンがヘリコプターを飛ばしてくれるなら安心できる。ストールが背中をまかせられるパイロットは多くない。

「一機目の機長は――」

いいかけたストールをチャップマンが遮った。

「ああ、そうだ。ダグラス・チャップマン中尉が機長を務めるよ。はりきってる。今度の航海ではじめての機長だからな」チャップマンは嬉しそうに目を細めた。

ダグラス・チャップマン中尉はチャップマンの弟だった。肉親が同じ部隊に配属され、同じ航空母艦に乗り込むのは珍しいことではなかった。

「ああ、ハスラーIIね」

ストールがにやりと笑い、チャップマンは露骨に眉をしかめた。弟のコールサインは全く違っていたが、艦内の誰もがダグラスをハスラーIIと呼んだ。

まるで映画のタイトルだな。

士官食堂へ向かいながら、チャップマンは首を振っていた。


オアフ島ホノルル市郊外プライベート飛行場。

嵐が近づいている。

源吉は、まるで天の匂いを嗅ぐ地ネズミのような表情をして顔を上げた。

暗い雲に覆われた空。

一時間ほど前に昼食をとったハンバーガーショップの若い店員がハワイには珍しい天候だといった。源吉が東京から来たというと、浅黒い肌をした店員は、かなり流暢《りゆうちよう》な日本語を喋った。

初めての海外旅行、初めてのハワイ。パスポートは、長池が外事課時代のコネクションをフルに動かして短期間で取得してくれていた。

外務省の名前入りで、各国の機関に便宜を図るように要請されている文章は源吉にはくすぐったかった。今まで、おカミといえば、警察か刑務所ぐらいにしか世話になったことがない。税務署すら無縁だった。

ノースショアに近いプライベート飛行場。二棟しかない格納庫のひとつの前に源吉は立っていた。

二〇メートルもの幅がある格納庫の扉が開かれていた。格納庫の中では那須野が複葉機のエンジンをのぞき込んでいる。

シンナーの匂いが周囲に強く漂っている。三日前、那須野とともにこの場所に来た。格納庫の二階にある小さな部屋で寝起きし、一日中、古い複葉機の整備に取り組んだ。といってても源吉が手助けできたのはペンキ塗り程度だった。那須野は真紅の機体をツヤのない黒に塗り換えたのだ。美しい飛行機だっただけに、源吉は色を変えたのが不満だった。

エンジンカバーを閉じる音が格納庫の外にまで響いた。手についたオイルを古いタオルで拭きながら那須野が出て来る。

「連中、まだ来ないか？」

「おっつけ来るでしょう。今朝、楠海さんには電話で時間を指定しておきましたから」

源吉はそう応えながら、飛行場の入口からハイウェイに連なる未舗装の道に目をやった。

那須野に視線を戻す。「それより、だんな？」

「何だ？」

那須野が訊いたが、源吉は何もいわずに空を見上げた。ますます暗くなっているような気がした。那須野は苦笑いを浮かべた。

この天候で飛ぶのか？

源吉の表情が語っていることは明白だった。那須野は何度も来るなといったが、聞き入れなかったのは源吉の方だった。

「なぜ、今夜飛ぶんです？」耐えきれずに源吉が訊ねる。

「米軍の新しいパイロットが明朝から本格的にＸＦＶ－14の飛行実験をはじめるらしい」

「どうしてわかるんですか？」源吉が酸っぱい顔をする。

那須野は、明日、七月四日はアメリカの独立記念日だと教えた。

「元映画俳優が大統領になる国だ、それくらいの演出はするだろう」

「そんなもんですかねえ」源吉は納得できずにまだ顔をしかめている。「それよりハンバーガーショップの連中は嵐が来るっていってましたぜ」

「ああ」那須野は古いタオルを畳み、尻ポケットに押し込んだ。「その方が都合がいい。エンジン音をかき消してくれるからな」

「死ぬかも知れないんですよ」

「あんたも乗るんだろ」

「私はいい。十分長生きしましたからね。だんなはまだ若い」

「若くはないさ」那須野はまたほろ苦い笑みを漏らした。

「どうして？」

源吉は生真面目な表情を崩さずに訊く。今にも食いつきそうな目つきだった。

「パイロットになって、毎日のように飛行機を飛ばしていると、だんだん怖くなってくる。いつか、今日みたいな日が来ることを恐れるんだ。六〇〇〇フィート以上もある山脈を越えなければならない。天候は最悪、おまけに酸素もなく、飛行機はポンコツ」

「それでも、飛ぶ？」

「九九パーセント死ぬとわかっていても、飛ぶ。それがパイロットさ。九十九人が死んでも、たった一人、わずかな可能性の中へ飛行機を突っ込めるパイロットがいる。それが自分だと思う」

「誰よりもうまい、と？」源吉はいぶかしげに訊ねる。

「そうだ。俺は誰よりもうまい。そう思わなければ戦闘機なんて飛ばせるもんじゃないよ」

「だんな」

「何だ？」

「結構おしゃべりなんですね」

那須野は口許をゆがめて源吉を睨みつけた。

眼がいい、と源吉は思った。

深く澄んだ湖水をのぞき込むような光がある。この眼を見た時に、この男に惚れてもいいと思った。知らない者は、ただ暗い眼つきをした陰険な男だと思っただろう。

「で、なぜ俺と一緒に行くんだ？」今度は那須野が訊いた。

「私がゴキブリの源だからですよ。入れないといわれると、どうしても忍び込んで見せたくなる」源吉が笑う。「哀しい性《さが》でしょうね」

二人の会話はそこで途切れた。

飛行場のゲートをくぐり抜けて、一台のステーションワゴンが滑走路に向かって走って来るのが見えた。

22

カウアイ島。

滑走路脇にある2号格納庫。正面の大きな扉は閉め切られ、午後四時というのにこうこうと蛍光灯がともっていた。二機が十分に入るだけのスペースがある格納庫に、今は二人乗りのＸＦＶ－14Ｂだけがぽつんと置いてある。機体についているすべての点検孔は閉じられ、燃料を満載された上に主翼には外部燃料タンクが二本、ミサイルを二発吊り下げてあった。機首下部の二〇ミリバルカン砲には七五〇発の実包が装塡されている。海兵隊はＳＭＥＳ《スメース》実験の前に作戦機としてのＸＦＶ－14の能力を知りたがった。兵装をほどこし、海上での実弾射撃を行う、と。

格納庫の中には、シンシアに向かい合うようにしてラインダースとホプキンスが簡易椅子に座っていた。シンシアは彼ら二人がここで話し込んでいるのを見つけ、話があると近づいたのだった。

「それで、話って何だ？」ラインダースが訊く。

「多分、SMESはクルーガーの脳に影響を与えていたと思うの」シンシアはぐったりとした様子だった。「SMESには恐ろしい欠陥があるわ。人間の攻撃本能を助長するだけでなく、忠実に現実化する。恐らくSMESが操縦を開始すれば、どんな腕のいいパイロットでもXFV‐14に追随するのは不可能でしょう」

シンシアはコンクリートの床に視線を落としたまま、言葉が途切れるのを恐れるようにまくしたてた。

「確かに」

ラインダースが苦い顔つきをした。積乱雲の中で正確に飛行を続けていたクルーガーの乗機の姿が脳裏を駆け抜ける。飛行機の性能を比較する限りにおいて、決して追いつけないほどではなかった。

だが、飛ばし方が決定的に違う、常人離れしていると感じた。

「私は──」シンシアは躊躇い、ラインダースとホプキンスの顔を交互に見る。二人ともまったく表情を消していた。やがて決心したように言葉を継いだ。「自分の手でSMESを破壊するつもりだった。それで、ある仕掛けをした」

「プログラムに時限爆弾を仕込んだのですね」

ホプキンスがいった。質問ではなかった。ラインダースが、目をすぼめたままホプキンスの横顔を盗み見る。

シンシアがうなずく。

「独立記念日が終わる時、つまり七月五日の午前零時になるとSMESのプログラムは一斉に自己崩壊するようにしてあるわ」

「嘘だろ」ラインダースがかすれた声でいう。

「十三日の金曜日にミケランジェロ」ホプキンスが歌うように節をつけていった。「ある日、ある時間が来るとコンピューターの中に仕込んであるウィルスが効果を発揮してプログラムそのものを破壊する。とりわけ難しい技術ではありません」

「本当なのか?」ラインダースはシンシアに訊いた。

「ドクのいう通りよ。でも、どうしてもウィルスを仕掛けることができなかったプログラムがあるの」

シンシアが顔を上げ、ラインダースとホプキンスは自分たちの背中の方へ目をやった。XFV—14Bがうずくまっている。

「飛行中のXFV—14のSMESが破壊されればどうなるか。私たちはよく知っているはずね」シンシアがいう。

「それで、こいつをどうするつもりだ」ラインダースがシンシアに向き直り、背後のXFV—14を右手で指した。

「ある男にSMESを潰して欲しい、XFV—14を破壊して欲しいとメッセージを送ったわ」シンシアはＸＦＶ－14から視線を外そうとはしなかった。「いずれこの電子脳システムが軍部の関心を集める。それは予想できたわ。だけど、ＳＭＥＳは武器ではない。絶対にそうさせたくなかった」

シンシアは、クルーガーが墜落死してからほとんど食事をとっていない。頬骨が醜く飛び出し、頬がこけていた。目の下が黒ずみ、瞳も血走っている。

「ある男って？」ホプキンスが訊いた。

シンシアはじっとラインダースを見つめながらいう。

「ジーク」

ラインダースは目をすぼめてシンシアを見た。深い皺が目尻に寄っている。突き出た顎にも、かつての向こう意気の強さはない。精彩を欠いた中年男の疲れた表情があるばかりだった。

「でも、彼は来ない」ラインダースは押し出すようにいった。

「来る」

三人が同時に開けっ放しになっていた格納庫の通用口を振り返った。バーンズが白いヘルメットをかぶったエア・フォース・ポリスを二人従えて立っていた。

「奴は死んだぜ」ラインダースがゆっくりと立ち上がった。

バーンズとラインダースが睨み合う。ホプキンスの目が二人の間を忙しく行き来した。

「生きている」バーンズがかすれた声で答えた。

シンシアが弾かれたように立ち上がる。バーンズに向かって振り向く時にストレートの髪が左右にゆっくりと広がった。

シンシアを美しいと思えるのが、バーンズには不思議だった。過去に女を愛したことはない。どうしてこの女がいとおしいのか——バーンズにはむしろ腹立たしかった。

バーンズは言葉を継いだ。

「つい先程、ワシントンから連絡があった。キョウトで行われた実験の模様をモニターすることに成功した。NSAの工作員が入手できたのは、プログラムが半分、そして、この写真だ」

バーンズは歩みより、シンシアに粒子の粗い電送写真を手渡した。二人の男がコンクリート製の門をくぐろうとしているところだった。一人は長髪、一人は骨太の男だった。だが、眼付きが鋭いことだけはわかった。

ラインダースが後ろからのぞき込み、思わずうめいた。

「ジーク」

シンシアはラインダースを振り返る。アーモンド形の目が精一杯、見開かれる。唇が震えるが、言葉にならない。

「スー博士、あなたを拘禁する」バーンズは冷たい声でいった。

「どういうことですか、将軍？」シンシアの手から写真が落ちた。

「機密漏洩の罪だ。自分が一番よくわかっていると思う」バーンズは辛抱強くいった。

「私は軍人ではありません。義務違反はないわ」

「契約書をよく読むことだ、博士」バーンズはそういうなり、二人のエア・フォース・ポリスに顎をしゃくる。

「私に指一本触れないで、将軍」シンシアが語気鋭くいう。「どこへでも行くわ。そしていつか、あなたの鼻をへし折ってやる。きっと後悔するわよ」

「後悔なら、もうしているよ」バーンズの言葉に力はなく、眼光にも鋭さはなかった。

シンシアは顎を上げ、エア・フォース・ポリスを従えた恰好で格納庫を出て行く。バーンズは泣きだしそうな顔つきでその後ろ姿を見ていた。

「フランキー」ラインダースの声はかすれていた。

「何だ？」バーンズは振り返ろうともしないで訊く。

「本当に後悔するぜ」

バーンズは何とも答えずに格納庫を横切り、シンシアが消えた扉に向かった。足音、そして金属製の重いドアが閉じられる音が格納庫に響く。遠くからジェットエンジンの排気音が聞こえてきた。

ラインダースは静かにいった。

「ドク、頼みがある。俺のイーグルに燃料を詰めて、機関砲弾と赤外線追尾式ミサイルを装備しておいてくれ」

「何をするつもりなんです？」ホプキンスが訊いた。

ジークを撃つつもりか、あるいは逆なのか。正直なところラインダースも理解しかねていた。だが、肝心な時に弾丸の装塡がされていないピストルを下げているような間抜けな真似をしたくなかった。

ラインダースは唇を結んだまま格納庫の扉を睨みつけていた。


那須野は肩を揺さぶられた。

眼を薄く開けただけで点けっ放しにした蛍光灯が目の前でカメラのフラッシュでもたいたみたいに眼の中で炸裂した。肩にかかっていた手をつかみ、体を入れかえて相手をベッドに押しつけた。

「目を覚まして下さいよ、那須野さん」

今度こそ眼を開いた。喉を押さえ、楠海が咳《せ》き込んでいるのを見下ろしていた。那須野は顔をしかめ、頭を二、三度振った。ようやく目が覚めた。

「何時だ？」那須野はぶっきらぼうに訊いた。まだ頭の中には白くて濃厚なスープが詰まっている。よろめく足を踏ん張って立っている。

「午前一時をちょっとまわったところですよ」楠海はまだ喉に手をあてていた。

「源さんは？」

「隣で食事の用意をしています」

那須野は再び唸った。胃袋にはゴムの塊が詰まっているみたいで、食欲はない。

簡易ベッドの上にしわくちゃのシーツ、枕は床に落ちている。立ち上がった時に落ちたのか、眠っている間に落ちたものかわからない。

那須野は、プレーンのTシャツ、モスグリーンのトランクスのまま隣の部屋に移った。源吉のベッドは、シーツをきちんと伸ばし、その上に折り畳んだ毛布が置いてあった。

源吉は目覚めるとまず寝床をきれいに直す。刑務所時代の名残だと笑っていた。

粗末な木製テーブルを囲んで、落合と源吉が見上げている。

「おはようございます、だんな」源吉が中腰になっていう。

那須野は曖昧にうなずきながらテーブルについた。

トースト、ベーコンエッグ、トマトとセロリ、ニンジンのサラダ、オレンジジュース、コーヒー。あと六時間も遅ければ標準的なアメリカ風の朝食だ。

那須野はトーストを一口とベーコンエッグを半分、オレンジジュースで流し込んだ。それ以上はフォークを伸ばす気にもなれなかった。皿を押しやり、コーヒーカップを手にする。

「死にそうですぜ、だんな」

源吉が那須野の顔を見ていう。那須野は何とも答えずにコーヒーをすすり、口許をゆがめた。

目を上げる。源吉は上下とも黒のジャージー姿だった。

「その恰好で行くつもりか?」那須野が訊いた。

「これでも空き巣で生きてきた男ですからね。どんな時にどんな恰好が必要か自分でわかっているつもりですよ」

「帰りはジェット戦闘機に乗る。俺が渡しておいたフライトスーツと耐Gスーツを身につけなければもたないぜ」

「そのことなんですがね、だんな」

源吉が切り出すとテーブルを沈黙が押し包んだ。咳払い。言葉を継いだ。

「何も絶海の孤島へ行くわけじゃない。帰りはオアフ島行きのシャトル船にでも潜り込もうと思っているんですよ」

那須野は眼をすぼめた。が、源吉はひるまずに続けた。

「そうさせて下さいよ、だんな。私も一人で何とかできる、自分にそう思わせたいんですよ。自分がゴキブリの源だってことを」

カウアイ島はXFV—14を盗み出した後では大騒ぎになるだろう。その混乱の中、源吉は自分が何者であるかを証明するために一人逃げだしてみるという。

まだ、老いちゃいない——その言葉は口にしなかった。

しばらく睨み合っていた。　先に視線をそらせたのは那須野だった。　立ち上がり、自分が寝ていた部屋に入るとベッドの下から黒いダッフルバッグを引っ張り出す。　一気にジッパーを開いた。　中身を一つひとつベッドの上に並べていく。

モスグリーンのフライトスーツ、耐Gスーツ、飛行ブーツ、サバイバルキットを付けたベスト、パラシュートと那須野自身を結びつけるコルセット。　いずれもホノルル郊外のジャンクショップで求めたものだ。

基地の街には、大抵、軍の放出品を大量に売っている店がある。　そしてハワイには太平洋地区最大の海軍基地がある。

那須野はフライトスーツに手を伸ばした。

十五分後、那須野はすっかり身支度を整え、階下の格納庫に下りた。　先に下りていた落合が、息を切らして戻ってきた。

「置いて来ました」落合が那須野の顔を見るなりいった。

「置いて来たって、何を?」

那須野の後からついて階段を下りかけた源吉が訊く。

「カンテラさ」答えたのは那須野だった。「滑走路の左側にね。離陸する時の目印にするんだ」

落合は両手を膝の上について、肩を大きく上下させたままうなずいた。

「この暗闇の中を離陸なさるんで？」源吉が顔をしかめる。

「なさるってほどのことじゃないがね。ある小説で読んだことがある。離陸する時にはカンテラは一個でいいって。今の場合だと、カンテラの右側を狙う限り滑走路から外れることはない。一度試してみたいと思っていた」

「本当ですか？」

楠海がそう訊きながら、格納庫に下りてきた。那須野に近づくと八ミリビデオカメラを差し出す。那須野は受け取り、フライトスーツの胸のあたりでストラップでカメラを固定した。

源吉が再び顔をしかめる。

「何を撮ろうっていうんですか？」

「撮影用に持っていくんじゃない。これは俺の脳なんだ」

「脳、だんなの？」源吉は思わず那須野の頭を見た。

那須野が横目で源吉を睨む。

「正確にいえば」楠海が親切な教師のように解説をはじめた。「那須野さんの脳特有のアルゴリズムを解析した高速ミニコンピューターのプログラムをチップに焼き込んで、SMESという機械用の基板に仕上げ――」

「俺を眠らせてくれるつもりなら努力は無駄だぜ。こうして立っていられるのが不思議なくらいなんだ」

那須野がいい、楠海が苦笑した。源吉は呆気にとられているだけだった。

「じゃ」

那須野の口許に染みいるような笑みが広がった。

楠海と落合は言葉を呑み込み、那須野を見ていた。楠海は握手でもするべきだろうかと思ったが、妙に別れの儀式めいてくるのを恐れて結局、手を出さなかった。

複葉機の後方で、源吉が掛け声をかけて黒いものをかつぎ上げた。重みにぐらりと身体が揺れる。落合があわてて駆け寄り、手を貸そうとした。

「結構、結構。ゴキブリの源、歳《とし》はとってもこれくらい軽いもんでさ」

言葉通り源吉はしっかりした足取りになり、機体の側《そば》まで黒い塊を運んで来た。

「何ですか、これ？」落合が源吉の後から歩きながら訊ねる。

「魚網だよ。万が一の保険ってやつかな」答えたのは那須野だった。

那須野はそういいながらも身振りで源吉を誘導し、翼の上を注意深く歩かせ、操縦席に座らせた。源吉はもの珍しそうに計器パネルをながめわたす。

「黄色いボタンがあるだろう？」那須野は計器パネルの右下にある小さなボタンを指さしていった。

源吉がうなずく。

「俺が押せといったら、そのボタンを押してくれ。力のいる仕事じゃないが、タイミングだけはしっかり頼む。俺の掛け声から間があいても、前でもダメだ。俺が押せといったらすぐに押す。いいな？」

源吉がもう一度うなずいた。生来の生真面目な表情を取り戻していた。

那須野は源吉の肩を二度叩く。それから操縦席に身体を乗り込ませ、スロットルレバーを中立の位置まで前進させた。

素早く翼の上を移動し、コンクリートの床に降りる。翼を回り込んで機首にたどり着く。

那須野はプロペラの前に立つと二翔プロペラの一方に両手をかけた。奥歯を噛みしめ、両腕に力をこめる。フライトスーツの中で腕がふくれ上がった。

「押せ」

那須野が怒鳴るのと同時に源吉は黄色いボタンを押した。

那須野はプロペラを思い切り右へ回した。

エンジンが震動する。が、プロペラは二、三度回りかけただけで空気の抜けるような音をたてて停止した。

那須野は、もう一度だと源吉に声をかけ、プロペラの前に立った。

「黄色いボタンだ。もう一度行く」那須野は息を吸い込んで怒鳴った。

「押せ」

両手で思いきり複葉機のプロペラを回す。

操縦席の源吉がボタンを押した。

プロペラが不規則に回転しはじめた。凄まじいバックファイア。落合と楠海は首をすくめ、源吉はエンジンが破裂したと思った。

エンジンは不機嫌そうに時々、咳き込む。那須野は両手を打ち合わせながら操縦席に回った。源吉を後部座席に座らせ、シートベルトをきちんと締めた後で膝の上に魚網を置いた。

暖気運転、十五分。島じゅうに響きわたりそうなエンジン音だった。那須野は楠海と落合を振り返ろうともしないで、操縦席に乗り込むと何度かスロットルレバーを動かしてエンジン音に聞き入っていた。満足したようにうなずくとサバイバルキットから旧式の飛行眼鏡を取り出して頭にかける。

複葉機は、エプロンを抜け、暗い滑走路に出た。那須野はカンテラが左側に揺れているのを確認すると一気にスロットルレバーを一番前に押し出した。

エンジンが悲鳴を上げる。

燃料を満載した複葉機が右に首を振ろうとするので、那須野は左のラダーペダルを踏んで方向を修正した。

機速二〇ノットで操縦桿を前へ突っ込む。機尾が持ち上がる。那須野はすぐに操縦桿を中立に戻し、速度計の指針が二五を超えているのを確認すると、じわりと引いた。

複葉機は軽快に地面を蹴った。


すぐ闇に呑み込まれた複葉機のエンジン音を聞きながら楠海が訊いた。

「やっぱり手を振るべきだったろうか？」

落合は肩をすくめて見せただけだった。

23

強襲揚陸型空母LHA－3ベローウッドの飛行甲板上では、二機のヘリコプターが勢いよくローターを回転させている。

午前二時五十八分。

艦首寄りに駐機しているのがUH－1Nヒューイ、その後方がカマンH－2シースプライトだった。

ヒューイの胴体には司令機を示す000の記号が書き込まれ、コールサインも〈デビルドッグ・スリーゼロ〉だった。

一方のシースプライトは、九〇年代に入って海軍に配備されはじめた軽空中多目的システムLAMPSを搭載する新鋭機である。

ヒューイには、ストールを含む四名のパイロットが乗り込み、チャップマン大尉が操縦桿を握っている。シースプライトには、ダグラス・チャップマン中尉と、副操縦士であるもう一人の中尉が乗り込んでいた。

「デビルドッグからウルフネスト」チャップマンがヘルメットから突き出たマイクロフォンに声を吹き込んだ。「発進準備、よし」

〝ウルフネスト、了解。デビルドッグ、ダッシュ２。離艦、クリア〟

チャップマンは操縦桿についている無線機のスイッチを二度鳴らし、シートの右側にあるピッチレバーを引き上げた。操縦桿は中立に保っている。ヒューイは垂直に上昇した。チャップマンは操縦桿をわずかに前に倒し、スロットルを開いてエンジン出力を上げた。ヒューイは闇夜の海上へ滑り出た。

続いてシースプライトがダブル・ターボファンエンジンの重々しい音を響かせながらヒューイの後に続く。兵員は乗せていないが、ストールたちパイロットに関するデータを満載していた。

チャップマンはほとんど高度をとらずに水平飛行に移った。機体の右横に張り出したミラーに母艦のライトが見える。

雨が降ってきた。丸みを帯びた風防が濡れるのを見ながら、まだ、大したことはないなとチャップマンは思った。

後部の乗員室に座っていたストールが立ち上がり、正副操縦士席の間に顔を出す。ストールはフライトスーツに、ヘリコプター乗員用のヘルメットをかぶっているだけの軽装だった。ストールは、ヘルメットの左側にぶら下がっているインターコム用のコードを手にすると近くのジャックに差し込んだ。エンジン音が充満する機内で喋ろうと思えば当然、必要なことだった。

「調子はどうだ、ハスラー?」ストールが声をかける。

「上々、公園の散歩さ。俺にまかせておけば、何も心配は要らない」チャップマンはそういって、副操縦士の少尉ににやりと笑って見せた。「カウアイ島上空まで三十分の旅をごゆるりとお楽しみ下さいってところさ」

「ひどい揺れだ」ストールは顔をしかめて、大声でいった。

「おいおい怒鳴るなよ。聞こえてるよ」チャップマンは笑った。

普段、口許をすっぽり覆う酸素マスクをつけた上で無線交信するジェットパイロットがヘリコプターパイロットが使っているようなオープン・エア方式のマイクロフォンを使用すると、ついつい大声を出さないと通じないような錯覚に陥る。

「申し訳ない」ストールは声を低くして詫びた。

ヒューイはひどく揺れ、計器パネルのグリーンや赤のランプが尾を引く。ストールはたくましい腕で操縦席をつかんで身体をささえながら、うっとりとコクピットをながめていた。

〝ダッシュ2からデビルドッグ、ダッシュ2からデビルドッグ。前方に赤外線反応あり〟

チャップマンは唇をゆがめ、ちらりとストールを見た。ストールは肩をすくめる。ストールのヘルメットにも雑音まじりの交信が聞こえる。

「どんな反応だ？」チャップマンが質問した。

〝ひどく微弱だ。相手は、我々の前方半マイル先を十一時から零時の方向に飛行している。低速、高度は我々とほぼ同じ三〇〇フィート〟

「チェックしろ」チャップマンは操縦桿を握っている右手の親指で送信機のスイッチを入れていった。

〝了解〟チャップマンの弟、ダグラスのきびきびした声がすぐに跳ね返ってくる。

チャップマンは無線機のスイッチが受信になっているのを確かめ、それから首だけめぐらせてストールを見た。

「何だと思う？」

「観光客か？」ストールは仕方なしに答えた。

「午前三時に？　こんな天候の夜に？　アマチュアは無理して飛ぶほど空が好きじゃないよ」チャップマンは前を向いた。

俺たちだって、嵐の夜に飛ぶほど飛行機が好きってわけでもなかろう――チャップマンの横顔はそういっていた。

作戦説明室で聞いた大佐の説明をストールは丹念に思い浮かべた。

未確認の情報ながら、ＮＳＡはＸＦＶ－14に関して他国が関心をもっていることを告げた。ソ連が崩壊してからというもの、他国は常に他国であって特定の国を指さないことが多くなった。

同高度、低速の飛行物体――偶然にしては出来すぎだが、用心に越したことはあるまい、ストールはそう思って、口を開きかけたが、チャップマンが一瞬早く無線で警告を送っていた。

「デビルドッグからダッシュ2、気をつけろ。厄介が待っているかも知れない」

返ってきたのは、無線機を二度鳴らすパイロット特有の返事だった。それから三十秒もしないうちに二番機が興奮して告げた。

〝ダッシュ2からデビルドッグ、目標を視認。目標を視認。とんでもない古臭い代物だぜ。一丁、驚かしてやるか〟

口笛が続く。

チャップマンは胸騒ぎをおぼえて顔をしかめた。

複葉機を駆る那須野には理由がわからなかったが、急に海面に向かって叩きつけられるように高度が下がった。高度計の指針が逆転し、計器パネルを照らしているランプが明滅する。

「何だ、何ですか、だんな？」源吉が後部座席で絶叫した。

「ヘリコプターだ。俺が一番厄介だと思っている相手とすれ違ったんだ」那須野は怒鳴り返しながら操縦桿を引き、スロットルレバーを一番前にたたき込んでいた。

切れ目なく腹の底を打つ音はターボファンエンジンに違いなかった。闇にフラッシュライトが浮かんでいる。那須野は思い切り操縦桿を引きつけ、ラダーペダルを踏み込んで複葉機の翼を垂直近くにまで立てて旋回を切った。嵐の中でなくとも、無茶な機動には違いなかったが、ヘリコプターが相手では無理も仕方なかった。

戦闘機は恐ろしくなかった。たとえ単発のターボプロップ機でも、那須野が操縦しているような複葉機に合わせて飛行すると、あまりの低速に失速する。垂直離着陸機ハリアーにしても、低空で空中停止をすれば恐ろしく燃料を食い、複葉機を追尾するにいたらない。厄介なのはヘリコプターだけだ。

闇を透かしてヘリコプターを見つめたが、形状ははっきりしない。だが、暗闇の中を飛ぶ複葉機を発見したところを見ると赤外線前方監視装置を搭載しているに違いなかった。

操縦桿が汗でぬるぬるする。那須野は左手に持ち替え、右手をズボンにこすりつけた。操縦桿を握り直し、左手も同じようにズボンにこすりつける。スロットルレバーに戻し、エンジンを絞った。推力が減少した複葉機は風に翻弄され、源吉がだらしなく悲鳴をあげた。

急激に高度を失い、那須野も腹の底が冷えるのを感じた。

その瞬間に聞こえた。

ターボファンエンジンの音は右、三時から四時の方向に向かっているようだ。那須野は再び操縦桿を思い切って右に倒した。スロットルレバーをわずかに前進させる。エンジンは不機嫌そうな音をたてるばかりだった。

相手に気づかれる前に真正面に向かい合うことが肝心なのだ。那須野は舌なめずりして闇を睨んでいた。


ダグラス・チャップマン中尉は操縦桿を握りしめながら歯ぎしりしていた。

時代遅れの複葉機を見つけた時には、勝負にならない相手だと思った。それがすれ違った後で一八〇度旋回を切り終えた時には敵機の姿はまるで見えなくなっていたのだ。

あの複葉機なら武装していても短機関銃どまり。いずれにしてもシースプライトに傷すらつけることはできそうにない。その思いが一瞬の油断になった。

ヘルメットのサンバイザーの位置にある暗視眼鏡を下ろし、ＦＬＩＲの感度を最高値まで高めて監視を続ける。副操縦士も同じように昆虫の目玉のような装置をつけて周囲を見渡しているはずだった。

位置を特定し、母艦に連絡すれば攻撃型ヘリコプター『シーコブラ』が十分ほどで駆けつける。ダグラスが駆っているシースプライトの武装は、マーク46もしくはマーク50対潜魚雷を搭載できるのみで、機関砲は含まれていない。ダグラスは、この時ほど機首の可動ターレットに載った機関砲を渇望したことはなかった。

再び一八〇度旋回を終え、カウアイ島を目指す針路を取った時に、ダグラスは自分の心臓がおかしな音をたてるのを聞いた。

十二時、真正面に相手がいた。

旧式のレシプロエンジンが放散する大量の熱が赤外線となって感知され、ディスプレイの中で黄色に輝いて見える。敵機はせり上がっていた。上昇している。

素早く高度計をチェックした。五〇〇フィートを超えている。降下して敵機をやり過ごすだけの余裕はある。だが、旋回は難しかった。はね上がったメインローターが複葉機を引き裂くかも知れない。相手がミンチになろうと知ったことではなかったが、シースプライトも巻き込まれて墜落しかねなかった。

選択の余地はなかった。

ダグラスは罵り声とともにピッチレバーを下げ、同時に操縦桿を前方へ叩き込んでいた。

チャンスは一度しかない。

那須野はヘリコプターとすれ違いざまに急旋回を切って姿を消した時にそう思った。相手が自機を見失っているのは十分に理解できたが、そのまま直線的に逃亡飛行をすれば再びFLIRに捕捉されるのはわかっていた。

勝機は、ヘリコプターに気づかれないうちに正対できるか否かにあった。闇の中で急旋回を切る。その度に高度が下がり、翼端が震えるのがわかる。ジェット戦闘機乗りにしてみれば空中で停止しているような速度だった。

高度五〇〇フィート。スロットルレバーを引き、ヘリコプターの爆音を確かめる。間違いなく旋回を切っている。一気にスロットルレバーを前方へ叩き込み、エンジンに最高出力を絞り出させる。操縦桿を引き、高度をとった。六五〇フィート。機体に震動が走る。

もう少しだ――那須野は口の中でつぶやいた。

ヘリコプターは旋回を終えかけている。那須野は操縦桿を前へ倒して急降下し、複葉機に速度をつけた。高度四五〇フィートで再び操縦桿を引き、上昇機動に入る。エンジンが絶叫した。

ヘリコプターは、闇の中、編隊灯まで点けていた。一度すれ違っただけでこちらがどの程度の脅威か見切ったに違いなかった。

「ヘリコプターとすれ違う瞬間、機体を横転させる」那須野は風に逆らって怒鳴った。

「源さんは、俺の合図で魚網を放り出してくれ」

那須野は計器パネルを一瞥《いちべつ》した。排気温、シリンダーの筒温ともに正常値を示していた。あと数分、エンジンには無理な出力を強いることになる。

素早く計算した。複葉機の速度はせいぜい七〇ノットだが、ターボファンエンジンを二基搭載したヘリコプターなら、旋回を終えた直後でも一〇〇ノットは出ているはずだ。正面から接近すれば速度は加算され、一七〇ノット。毎秒八七メートル強の割合で近づくことになる。

眼をすぼめる。ヘリコプターとの距離、約五〇〇メートル。もう一度すれ違うまでに五秒強。魚網を放り出すなら、相手が三〇〇メートルに接近した時だ。複葉機から放り出された魚網自体にも速度がついている。三秒でヘリコプターと衝突するはずだった。

シースプライトが真正面にある。那須野は操縦桿を中立にしたままフルスロットルで真っ直ぐに突っ込んだ。シースプライトの機首上部にあるスポットライトが一斉に点灯され、那須野の視界を閉ざそうとする。

那須野は操縦桿を引き、すぐに右に大きく倒した。わずかに右のラダーペダルを踏む。複葉機は機首を大きく上げ、右に横転を打った。

那須野は操縦席からシースプライトを見上げる恰好になった。首が痛む。メインローターが作りだす透明な円板がスポットライトを浴びて光る。シースプライトのライトが下を向いた。

操縦桿を引き、叫ぶ。

「今だ」

源吉が奇声を発して魚網を頭上に放り出した。

視界の隅で魚網が広がるのを見たような気がした。

シースプライトのメインローターが大気を巻き込み、下へ下へと叩きつけていた。複葉機とすれちがった直後、ふいに爆竹を鳴らすような音とともに、風防に細かい破片のようなものがぶち当たる。

何が爆発したんだ?

ダグラスは思わず頭上を見上げた。複葉機の機体をローターで引っかけたのだと思ったが、それにしては衝撃が小さい。ほどなくしてメインローターの回転が落ちはじめ、エンジンがスロットルに反応しなくなった。

機首が下がり、複葉機がＦＬＩＲに反応しなくなった。目標機を完全に失探した。

ダグラスは、メインローターのクラッチを切り、自然回転させながら、凄まじい目つきで海面を見た。不時着水。メイデイを発する時間すらないようだった。

「衝撃に備えろ、着水する」

副操縦士に向かって大声で警告するのが精一杯だった。ダグラスが警告するのと同時に弱っていたメインローターが破壊され、先端が吹き飛ぶ。後方に伸びるテイルビームが絶ち切られ、シースプライトは回復不能のフラットスピンに陥った。

「燃料を切れ」ダグラスが操縦桿とピッチレバーを操りながら、副操縦士に命じる。

オーバーヘッドパネルにある燃料供給スイッチに手を伸ばそうとする副操縦士のシルエットが白く激しい光に浮かび上がる。ローターの一部が燃料タンクを切り裂き、噴き出したジェット燃料が熱いエンジンに触れたのだった。

ダグラスの喉から恐怖の叫びがほとばしる。副操縦士は声もなく、操縦席にしがみついていた。

ダグラスは背中を熱いハンマーで殴られたように感じた。

視界が暗く閉ざされた。

シースプライトが底のない闇に向かって落ちていくのがわかった。

「ダグ」チャップマンは我を忘れて無線機に呼びかけた。

左側の操縦席では、副操縦士が母艦に二号機が墜落したことを報告している。すぐに救援機を、という副操縦士の金切り声を、チャップマンは悪い夢の中にいるように聞いていた。

何が起こったのかは、明白だった。どんな方法によってかは知る由もなかったが、弟のダグラスが駆るダッシュ2は、撃墜されたのだ。

操縦席の後ろで一部始終を見ていたストールが弾かれたように顔を上げる。作戦説明室、作戦指揮官の声、XFV－14への転換訓練、そしてXFV－14へのサボタージュが疑われていることが次々に脳裏に浮かぶ。この天候下で飛んでいる航空機について聞いた時、まず最初にそのサボタージュを疑ってみるべきだったのだ。

呆然として操縦桿を握りしめたままのチャップマンを尻目にストールは操縦席に乗り出すようにして計器パネルに手を伸ばすと無線機のスイッチを入れた。副操縦士が驚いて身を引く。

「スナイプからウルフネスト。第二一一攻撃飛行隊の発艦準備をしておけ。四機とも、だ」ストールが命じた。

ヘルメットに内蔵されたスピーカーが雑音をたてた。相手が命令の権限を確認している。ストールは腹の底がかっと火照るのを感じた。

「俺は、ストール大尉だ。攻撃飛行隊の隊長に伝えろ。俺たちは引き返す。いいか、俺たちは引き返す」

相手が否定しかけたが、一瞬早くストールは無線機のスイッチを切った。それからチャップマンの肩をつかみ、強引に自分の方を向かせた。副操縦士があわてて操縦桿を握り、ラダーペダルに足をのせる。

「ビル、母艦へ帰る。AV８Bに乗り換えて、お前の弟を殺《や》った奴を血祭りに上げる。いいか、ビル。よく聞け。このヘリコプターじゃだめだ。武装した、俺たちの飛行機で、あのクソいまいましい野郎を仕留めるんだ、わかったな？」

ストールの語気は鋭かった。状況を敏感に察知した副操縦士は命じられる前にフットバアを蹴り、操縦桿を倒していた。ヒューイの床が斜めになる。ストールは操縦席をつかんでいる腕に力をこめた。チャップマンは焦点の定まらない目で、まるで初めて会う人間を見るようにストールを見つめていた。

ストールは右手を握り、拳骨《げんこつ》でチャップマンのヘルメットを続けざまに殴りつけた。

「目を覚ませ、ビル。しっかりしろ。ダグラスの仇《かたき》を討つんだ」

チャップマンはようやく我に返った。

「スナイプ？」

「いいか、落ちつけ、俺たちは母艦へ帰る。わかったな？」

チャップマンはしっかりとうなずいた。

カウアイ島。

シンシアが拘禁されている彼女のオフィスの前には、黒人のエア・フォース・ポリスが腰に手をあてて立っていた。生真面目な表情で、任務を遂行している。

ラインダースは男のそばに音もなく忍びよると、大きく息を吸って、一気に吐き出した。

「気をつけ」

ラインダースの怒鳴り声を耳元で聞いた黒人のエア・フォース・ポリスは、弾かれたように背筋を伸ばした。ラインダースは間髪を入れずにまくしたてる。

「バーンズ将軍の命令で、ドクター・シンシア・スーを引き取りにきた。彼女を連れて来い」

黒人がけげんそうな顔でラインダースを見上げる。ラインダースの方が四インチほど背が高い。

「俺が気の短い男だってことを知っているか？」ラインダースは二日酔いのブルドッグよりも凶暴な顔つきをしていた。そして怒鳴る。「命令だ。貴様、命令を受けた時の士官への礼も知らんのか？」

「イエス・サー」

黒人は敬礼をして怒鳴り返した。

24

指にまとわりつきそうなほど、ねっとりした悪臭に那須野は、腹の底で毒づいた。涙があふれ、目眩《めまい》がしてくる。ハンカチで鼻と口を覆い、頭の後ろできつく縛ってあったが、気やすめにもならなかった。時折、ハンカチを持ち上げ、口の中にたまった唾を吐き捨てる。喉元を嘔吐感が突き上げて来る。

複葉機で、カウアイ・ミサイル射場の北西部に広がる海岸地帯に着陸した。基地の塀まで二キロほどの地点だった。当初の計画では、水深三メートルほどの海に着水して、機体を沈める予定だったが、明かり一つない海の上に着水することは不可能だった。

那須野は海岸線沿いに一度飛び、ほぼ直線になっている場所を探しあてると浜辺に向かって発煙弾を二発撃ちこんだ。地面にめり込んだ弾丸がオレンジ色の光を発して燃える。周囲にいる人間、とくにミサイル射場の兵士たちに発見されるおそれはあったが、暗闇で着陸するためには地面までの高度を知ることが欠かせない。

発煙弾の明かりを目印に、那須野は最終旋回を行い、海と平行に着地した。理想的な三点着陸というにはあまりにお粗末な着陸だったが、那須野も源吉も怪我《けが》をすることなく、地面に降り立つことができた。

源吉は、自らの手にかけたヘリコプターパイロットのことを思って、呆然としていた。基地の塀沿いに身を潜めるまで、那須野が源吉の腕を強引にひかなければならなかった。火口部を手でかこって、煙草を二本吸うと源吉は落ちつきを取り戻し、那須野に詫びた。那須野は肩をすくめて見せただけだった。

今度は逆に源吉が那須野を引っ張り、古い下水処理施設の建物のある場所まで連れていった。何年もその場所を行き来しているような気楽さで、一瞬も躊躇することなく、その場所に着くと源吉は簡単にいった。中に入れ、と。那須野はそばに寄るだけで猛烈な臭気が襲ってくる下水処理施設を見て、それから救いを求めるように源吉を見たが、にやりと笑い返されただけだった。

『マンホールに入ったら、真っ直ぐに七百歩歩いて下さい』と源吉はいった。『そこで右に折れ、今度は四百歩。そこで左に曲がったところ、そう二十歩ほどのところに鉄製の柵があります』

柵のそばで待っていて下さい、と最後にいうと源吉は金網を張ったフェンスに手をかけ、あっという間に一番上まで昇ってしまった。フェンスの高さは三メートルほどで、基地の中はあまり手入れをされていない草地だった。

フェンスの柱から源吉が飛び降りるのを見た、と那須野は思ったが、自信は持てなかった。黒い影となった源吉は空中で身をひるがえし、着地した時も、草地に身を沈めた時にもまったく音を立てなかった。草はあくまで風に揺れるばかりで、源吉がどこにいるのか皆目見当がつかなくなった。

那須野は意を決して、下水処理施設の前にあったマンホールの蓋を開いた。悪臭は、那須野の想像をあっさりと上回る。

サバイバルキットの中からペンシル型の懐中電灯を取り出して、中を素早くチェックする。鉄製の手すりはぬるぬるする液体で濡れていて、しっかり握り締めていないと身体が滑り落ちそうになる。

三メートルほど降りると平たいコンクリートの床になっている。那須野は下水道の両脇、乾いたところを選んで歩きはじめた。下水は淀《よど》み、腐っていた。ところどころに小さな山のように腐敗物が盛り上がっている。ペンシルライトの光をあちこちに投げかけながら、注意深く進む。

何度も唾を吐いた。一度、視界の隅を走った大きなネズミに気をとられ、腐敗土の中に足を突っ込んでしまった。足首から猛烈な臭気が塊となって襲いかかり、那須野はこらえ切れずに嘔吐した。それに懲りた那須野はポケットからハンカチを取り出して、鼻と口を覆った。だが、臭いは容赦なく攻めたててきた。ブーツの中が冷たく濡れているのを気味悪く思いながらも、那須野はひたすら歩数を数え、歩き続けた。

真っ直ぐに七百歩。途中、二度ほど右へ分かれるトンネルがあり、一度、左への分岐点があった。その度に心臓が不規則に鼓動した。

那須野は弱々しいライトを頼りに歩き続けた。七百歩目を数えた時、那須野は薄暗がりの中で前後を注意深くながめ、目の前にあるトンネル以外に右に曲がる方法がないことを確かめた。

四百歩で左に折れた。今度は迷わなかった。眼を上げると鉄製の柵があった。ここに間違いない。

左手首のクロノグラフにちらりと視線を走らせる。腹をくくって待ちはじめたものの一秒一秒が間延びしているように感じられる。源吉は、どのくらいの時間待っているようにとはいわなかった。

張り詰めた神経が紙やすりでこすられるように軋《きし》んで音をたてる。眼と眼の間を揉んだ。

物音がした。心臓がまた、不規則に鳴った。

受話器を取り上げて、耳にあてたバーンズが深みのある声で応えた。

「はい、フランクリン・バーンズ」

　バーンズは革張りの椅子に背をあずけ、両足をデスクの上に投げ出していた。背後に窓。動かない左手で窓を覆っているブラインドをわずかに持ち上げ、基地を見た。

　滑走路灯は消してあったが、ところどころに立っている水銀灯が光を投げかけ、間断なく降り続ける雨が銀色に輝いていた。滑走路をはさんで、向かい側に格納庫。闇に沈んでいる。

　風。

　水銀灯の光の中で雨が舞う。

　電話は地元の警察からだった。基地の北側にある海岸で、不時着機を発見したが、軍が関係しているのではないか、という問い合わせだった。

「いや」バーンズはブラインドから手を下ろして、きっぱりといった。

「我々とは無関係だと思うが、一応チェックはしてみよう。わざわざ知らせてくれて、ありがとう」

　電話を切り、ついでにインターコムのスイッチを押して隣室に詰めているはずの副官を呼んだ。足をデスクの上から下ろす。すぐに小太りの背の低い中尉が飛び込んでくる。いつでも額に汗を浮かべている男。愚直で、真面目だけが取り柄だった。

「お呼びですか?」中尉がいった。

「ああ。直ちに第二種警戒態勢を全基地に下命してくれ。パトロールの人員を三倍に増やすように。朝になれば、交替要員が不足するだろうから、オアフの海兵隊に連絡をして増援を要請するんだ」

中尉は腋の下にはさんだ、メモボードを胸の前にもってくるとボールペンで走り書きをした。制服の腋の下のあたりが、汗で濡れている。バーンズはメモボードに同情した。

「それから」バーンズは椅子に背をあずけ、顎を突き出して中尉を見ていた。「海岸に旧式の複葉機が不時着しているそうだ。警察は軍の関係者ではないかといっているが、真偽のほどは不明だ。誰か行かせてチェックさせるように」

「イエス・サー」中尉は身体つきに似合わず、きびきびと答えた。

バーンズは唇を閉じ、しばらくデスクの表面を見ていたが、やがて、付け加えた。

「ドクター・スーを私のところへ連れて来るように命じてくれ。エア・フォース・ポリスが彼女についているはずだ」

中尉はボードから目を上げて、ぽかんとした表情でバーンズを見た。バーンズは胸騒ぎをおぼえて訊いた。

「どうした？　何かあったのか？」バーンズの黒い眉が寄る。

「さっきです」中尉は口ごもりながらいう。「ついさっき、ドクター・スーを連れだすためにラインダース大佐が来たとエア・フォース・ポリスが連絡してきました」

　バーンズのこめかみに血管が浮かび上がった。中尉の口調が余計にしどろもどろになる。

「ラインダース大佐は、閣下の命令だといわれて、強い命令口調で、つまり、その」

「で、許可したってわけか？」

　バーンズの言葉に中尉はあわててうなずいた。

「許可も何も、大佐は将軍の命令だといわれて、最後には軍法会議までチラつかせて脅しをかけられたそうです。その、ぐずぐずしていると閣下が大変ご立腹になる、と」中尉が上目づかいでバーンズを見た。

「パトロールを四倍にしろ。それから基地警護隊を一個中隊、完全武装させて2号格納庫へ急行させせろ」バーンズは立ち上がった。「私も2号格納庫に行く」


　カウアイ島ミサイル射場警護隊隊舎には、不満と怒号が満ちあふれていた。午前三時四十五分だというのに、入口で蛍光灯を背にして立っている痩身の黒人特務軍曹は、プレスのきいた制服をきっちりと着て、四十のベッドから一斉に起き上がった部下たちを叱り飛ばしていた。

「急げ、急げ、急げ。デンズモア、敵襲だ。そんなにもたもたしていると尻を吹っ飛ばされるぞ。マンザレク、目を覚ませ、お前がつかんでいるのはクリーガーのズボンだ。モリソン、毛布を畳んでいる暇なんかないぞ。おい、お嬢さん方、これは訓練じゃないんだ。気合を入れろ」

軍曹の髪は、すでにグレーになりかかっていた。彼の父親も同じような髪をしていたはずだが、半世紀も前に太平洋で日本軍に殺された父親についての記憶は曖昧だった。

「軍曹、訓練じゃないって、こんな天国みたいなところを一体誰が襲うっていうんですか？」一人の兵士が訊ねた。

特務軍曹は会心の笑みを浮かべた。アメリカ合衆国海軍に奉職して三十年。この一言がいいたくて、海軍にしがみついていたのだ。

「ジャップだ」

地下下水道の中、鉄柵をはさんで那須野は源吉と向かい合っていた。

「最初に声をかけるとか、やり方があるんじゃないか？」那須野の口調は自然と不満げになる。

「アメリカ兵ってのは熱心ですね」源吉は那須野の厭味《いやみ》に取り合わず、柵の内側に設けられた鍵を針金一本で器用に開いた。「隊舎の固まっているあたりで、入り乱れて走り回ってますよ。ちょっと遅い時間のような気もするけど、抜き打ちの演習ですかね」

那須野は身体を横にして、鉄柵の中に入る。

「本当か?」

「何が、です?」

「今、兵士たちが走り回っているといったのは」

「本当ですとも。私は講釈師じゃありませんから、見て来たことをいうだけで」源吉は唇を尖らせた。

サディスティックな司令官のいる部隊では、確かに源吉のいう通り深夜の抜き打ち演習は珍しくない。だが、隊舎から隊舎へ走り回るということは基地全体の規模に及んでいることになる。那須野はバーンズを知っている。昼間の訓練で疲れている部下を走らせるにしても、ここまで常軌を逸したやり方はしないはずだった。

悟られたか?

疑問が胸の底を締めつける。尻をガスバーナーで炙《あぶ》られているような気分だった。

「源さん、例の格納庫と隊舎は滑走路をはさんでいるんだったな」

「そうですよ。そのためにだんなはあんな場所に着陸したんでしょう?」

源吉のいう通りだった。

カウアイ島ミサイル射場の滑走路は二本あり、X字型に交差していた。A滑走路は西南西から東北東へ、B滑走路は南南東から北北西へと延びている。士官、下士官が詰めている隊舎群は、滑走路の南側にある。北側は格納庫が三棟あり、そのうち二棟は西に固まっており、那須野が目指す2号格納庫は東に孤立していた。

川崎がアメリカ大使館にいる友人から入手した情報によれば、2号格納庫には午前と午後の二回、パトロールが回って来るだけで、普段は非武装の整備隊員が数人いるだけだった。そのため、潜入するのに那須野もあえて武器を手に入れようとはしなかった。

那須野が歩いて来た古い下水道を発見したのは源吉だった。京都で初めて基地の見取り図を目にした時、食い入るように見ていたのは、かつての下水道の跡を示す記号がそこにあったためだ。

『金をかけてまで、古い下水に土を入れて埋めるような無駄はしませんよ。大抵はマンホールの蓋に重しでものっけて、終わりですね。まして、ここは軍事基地、人の出入りは極端に制限されているわけでしょう』

那須野はあらためて、前を歩く小さな男の揺れる肩を見た。

源吉は三〇メートルほど歩くと垂直に昇っていくためのハシゴに手をかけた。手すりはまたしてもぬるぬるとして不快だったが、那須野は喉が鳴るのを強引にのみこんだ。吐き気がぶり返す。源吉は身軽に昇っていく。下から見上げているうちに、源吉は開きっ放しになっているマンホールから顔を出した。

那須野が続く。

空気そのものがねばついているような臭気から逃れるためなら、一刻も早くここを飛び出したかったが、顔を出した源吉が那須野に、手で待てと合図を送ってきた。周囲を見渡している。

これだけ用心深い男が何度も警察に捕まっていることが、那須野には不思議だった。まして、相手はギャンブラーであり続けるために警官をしている長池だ。

先に外に出た源吉が那須野を手招きする。

那須野はマンホールのへりに両肘をかけ、身体をひっぱり上げた。汚泥に突っ込んだ右足の泥が乾いて白くなっている。臭った。だが、下水道の中に三十分以上もいた那須野にしてみれば、その程度の臭いは大して気にならない。短い芝生の上に横になると甘美な空気をむさぼった。

地面に寝ころんだままの那須野を尻目に、源吉はマンホールの蓋をきちんと元に戻し、重しに使っていたコンクリート塊をその上に置いた。

「さて」

源吉が声をかけ、那須野が身を起こす。

「動くな」

暗がりから声がかかる。那須野は転がり、源吉は腰を落として逃げを打とうとしたが、二人の動きはそこで凍りついた。

水銀灯の明かりの中で、コルト45自動拳銃の撃鉄を起こす乾いた音が周囲に響いた。
二人にとっては、雷鳴に等しかった。

25

カウアイ島ミサイル射場。

2号格納庫の前でホプキンスは、迷彩戦闘服を着て鉄製のヘルメットをかぶったラテン系の兵士と向かい合っていた。兵士は、肩からストラップを吊り、胸のあたりに二発の手榴弾《てりゅうだん》をぶら下げている。手にしているM16自動小銃には、擲弾筒《てきだんとう》を装着している。腰のベルトにつけた大きな袋の中に擲弾を入れているに違いない。兵士が身体を揺するたびに金属がこすれる乾いた音がする。カウアイ島警護隊の完全武装だった。

「ここには誰も来てないぜ」ホプキンスは腕組みしたまま答えた。「一体、何があったんだ?」

「我々にはわかりませんよ」兵士はラテン系特有の哀しそうな表情をして見せた。

格納庫の前、駐機場にはハーフトラックが斜めに停まっている。荷台から降りた八人の兵士たちが強力な懐中電灯を手にして、格納庫の周囲をうろうろしている。

ラテン系の兵士は腰のベルトに差したトランシーバーを引き抜くと、トークボタンを押した。二、三言数字ばかり並べた符牒《ふちょう》で交信する。最後にいった言葉は、ホプキンスにも理解することができた。

「了解」兵士はトランシーバーのスイッチを切り、腰に戻してホプキンスに訊いた。「ここは、ドクお一人ですか？」

「今の若い連中は残業が嫌いでね。この時間になると、飛行機のお守《も》りをしているのは、大抵僕ひとりさ」ホプキンスはそういって、欠伸《あくび》をする。目尻に涙がにじんだ。「失礼、このところ睡眠不足でね」

「わかりますよ、親父はきつい将軍ですからね」ラテン系の兵士はにやりと笑った。「では、我々はこの周囲をチェックして一度西側にある格納庫も見て回ることにします。あと十五分ほどでバーンズ将軍もいらっしゃるでしょうから、それまでには戻って来ますよ」

「将軍がここへ来るのか？」

「ええ」兵士はホプキンスに興味を失ったように視線をそらせた。「何か異変があった場合には、変な好奇心を起こそうとせず、草むらにでも隠れて下さい。戦闘は我々の仕事です」

「わかった。無理はしないよ」

「馬鹿馬鹿しい話ですよね。こんな天国みたいな島に飛行機を盗みに来るなんて野郎がいるはずがありません。ここには誰でもマイクロビキニの可愛《かわ》い子ちゃんを追いかけるために来るんですよ」

「君達は何も知らないんじゃなかったのか？」ホプキンスが意地の悪い笑みを浮かべて訊く。

「そう、知っているのは、上だけ、神様と司令官だけです。いつでも、どこでも我々は何も知りません」ラテン系の兵士は可笑《おか》しそうに声をたてて笑った。「じゃ」

兵士は周囲に散らばっている兵士たちに声をかけて集め、ハーフトラックに乗り込んだ。ホプキンスは格納庫の前に立ったまま、ハーフトラックが見えなくなるまで見ていた。やがて、周囲に人の気配が無くなったのを確かめると身をひるがえして格納庫のドアに手をかけた。腰骨の後ろ、ベルトにはさんだコルト45自動拳銃が鈍い光を放つ。

小さなドアをくぐって、後ろ手にドアを閉じる。格納庫の中では、複座のＸＦＶ－14B型が水銀灯の明かりを受けて、黒々と横たわっていた。

「連中は行った。でも十五分で戻って来るそうだ。将軍も一緒にね」

ＸＦＶ－14に向かって、ホプキンスが声をかける。黒い機体の背後から二つの影が出て来た。那須野と源吉だった。

ラインダースに頼まれて、2号格納庫で張っていたのだ。今夜、目付きの悪い東洋人がやって来る。警備隊員に見つからないように格納庫の中に招じ入れてくれ、といわれた。ラインダースの頼みごとのうち、これは簡単な方だった。

もう一つが厄介だったな――ホプキンスの思いは、目の前に立っている男が口を開いたので、断ち切られた。

「バーンズが？」その男がぽつりといった。

「知っているのか？」ホプキンスが驚いて、飛行服姿の男を見た。

「シングル・ウイングド・イーグル。生きている伝説」男はまるで歌うようにいった。

「確かに毀誉褒貶《きよほうへん》が極端な男ではあるな」

「僕もある程度は聞いている。中東戦争に参加したこと、北朝鮮で行われた秘密作戦で片腕を失ったこと。色々とね」

ふいに格納庫のドアが開いた。三人は凍りついたように動かなくなった。ホプキンスは腰の後ろに差してあったコルト45自動拳銃を抜く。ホプキンスは鼻を動かした。那須野のフライトスーツが発する強烈な臭気があたりにたちこめている。格納庫の中に踏み込まれたら、誰もが気がつくほどの臭いだった。

足音が近づいてくる。ホプキンスは喉を鳴らした。

ラインダースとシンシアだった。彼女は身体のサイズに全く合わない不恰好なフライトスーツ姿だった。

「あなたでしたか」

ホプキンスは自動拳銃を上に向けた。元々、脅かすつもりでしか持っていない。銃弾も装塡されていなかった。

「なぜフランクがシングル・ウイングド・イーグルと呼ばれるようになったか、知っているか、ドク？」ラインダースが訊いた。

ホプキンスが眉を上げる。ラインダースはにやりと笑っていった。

「奴が撃ったからさ。出て来いよ、ジーク」

ホプキンスは身体を反転させて、ＸＦＶ－14の方を見た。

「あんたがジークなのか？」

「俺が誰かわかっていて、それで匿《かくま》ってくれたのかと思ってたぜ」那須野は涼しい顔をしていった。

一人英語のわからない源吉が目を左右に動かしている。

ラインダースが真顔になって那須野を見た。それからシンシアの肩に手をかけ、那須野に向かって押しやった。

「彼女を連れていってくれ、ジーク」

わずかの間、那須野はラインダースを見ていたが、やがてうなずいた。

「それであんたは自分用のＳＭＥＳ《スメース》基板を持ってきたのかい？」ホプキンスが二人の間に割り込んだ。

那須野は胸の前で固定してあった八ミリビデオカメラをストラップから外すと、テープを挿入する部分の蓋を開いた。中に指を入れ、一枚の基板を取り出す。ホプキンスは基板を受け取りながらつぶやいた。

「おいおい、日本人ってのは無駄なことをするな。このカメラは新品で千ドル以上する新型だぜ」

「今、秋葉原《あきはばら》じゃそれしか売ってないんだ。一台五百ドルでね」

「だから日本人は嫌われるんだ。僕たちばかりに高いものを売りつける」ホプキンスは首を振りながらXFV－14の機首に近づいた。

滑走路の南端で二台の車がすれ違う。ジープの助手席に座っていたバーンズは運転手に対向してくるハーフトラックを停めるように命じた。運転手はライトをパッシングさせ、クラクションをわめかせ、タイヤを軋ませてハーフトラックの前にジープを突っ込んだ。ハーフトラックが前部を沈ませながら、急ブレーキをかける。

バーンズは助手席で深く息を吐いた。

「正気か？　事故でも起こしたら、どうするつもりだ」ラテン系の兵士が荷台の上に立ち上がり、ジープに向かって吼えた。

「バーンズ将軍だ」運転手が負けずに怒鳴り返す。

ラテン系の兵士は、直立不動の姿勢になると素早く敬礼した。バーンズはゆっくりと立ち上がり、答礼する。右手でフロントウィンドウの窓枠をつかむ。

「どうしてここにいるんだ、伍長?」バーンズが訊いた。「2号格納庫の捜索を命じられたのではないのか?」

「イエス・サー」ラテン系の兵士は明らかに不満そうな表情になった。

「捜索は行いましたが、不審な人間は見当たらなかったので、もう一つの格納庫を見に行くところだったのであります」

「不審者はいない? 誰も見当たらなかったのか?」バーンズの口調はおだやかだった。

「ノー・サー」ラテン系の兵士ははじめて不安そうな顔つきになった。自分の目で格納庫の中をチェックしたわけではない。「ホプキンス曹長が一人でおられて誰も来なかったといわれたものですから」

バーンズの脳裏に、昨日の午後、2号格納庫の中で見たシーンがありありと浮かんだ。ラインダース、ホプキンス、そしてシンシアが座って話をしていた。ラインダースとシンシアは所在が不明で、ホプキンスは2号格納庫に誰も来ないと答えた。

「急げ」バーンズは怒鳴り、シートに腰を落とした。「急いで2号格納庫に引き返せ」

ジープとハーフトラックは2号格納庫に車首を向けると轟然《ごうぜん》とエンジン音を響かせ、急発進した。

滑走路を半分も行かないうちにミサイル射場じゅうにジェットノイズが響きわたる。2号格納庫のあたりから聞こえてくる。

バーンズは唇の裏側を嚙んだ。口の中が切れ、舌の上に血の味が広がる。

「駐機場に車を停めれば、相手を足止めすることができますよ」ジープの運転手は気楽な口調でいった。

バーンズは絶望的な思いに沈む。XFV－14は垂直離着陸機なのだ。


XFV－14、操縦席。

ドレッドヘアのように見える何本もの導線が伸びたヘルメットを、那須野がかぶっていた。ホプキンスを見上げる。導線がフライトスーツにこすれて小さな音をたてる。ホプキンスはブラシのようになった髭の間から白い歯を見せた。

「じゃ、これでSMESの準備は完了ってことだ」ホプキンスはそういって、那須野のヘルメットを軽く二度叩いた。「補助動力装置の操作方法はわかるかね？」ホプキンスが訊いた。

那須野はシミュレーター訓練を思い出しながらうなずく。操縦席の左側にある電気系統の管制パネルに手をやり、主電源を入れる。四面のCRTディスプレイが灯り、右にエンジン制御系表示、左に兵装の状況が表示された。燃料は満載されている。

那須野は、計器チェックをはじめた。やがて、右手を挙げてホプキンスを追い払うような仕種をする。ホプキンスは苦笑いをして操縦席から延びているタラップを降りた。

後部座席には、シンシアがヘルメットと酸素マスクの間から不安そうな瞳をのぞかせていた。

源吉はコンクリートの床に立って那須野を見上げている。那須野はふと手を止め、源吉をみやった。

「本当にここから出て行って、オアフ島行きの船に潜りこめるのか？」操縦席から怒鳴った。

小柄なノビ師が笑って、黒いジャージーのジッパーを下げた。中には米空軍整備隊員と同じブルーの制服を着ている。ホプキンスが天を仰いだ。那須野は笑って、計器チェックに戻った。

「ジーク」ラインダースが近づいてくる。「ハワイ島へ行け。一度着陸してシンシアを降ろした後で、火山の中へＸＦＶ－14を突っ込ませろ」

「海に沈めるだけじゃ、だめなのか？」那須野が訊きかえす。

「海軍のサルベージ能力をなめてるのか？　奴ら、ＸＦＶ－14の部品まですべて回収するさ。破壊して、溶かしてしまうことだ。それにハワイ島には、俺のコテージがある。食糧はたっぷりとあるはずだ。二、三日したら迎えに行く」

「火山に飛び込ませるのは、至難だぜ」那須野は顔も上げずにいった。

「知ったことじゃない」

シンシアが無事に地面に降り立ったら、お前が疫病神みたいな飛行機と一緒に火山に飛び込んでくれれば言うことなし、だ——という台詞は呑み込んだ。

「だんな、急いで」

源吉の心配そうな声が那須野をうながす。

チェックを終えた那須野は、床に降り立ったホプキンスに向かって親指を立てて見せた。

電気パネルの前にある燃料系統の制御パネルのスイッチを弾き、補助動力装置のスイッチをオンにする。それからスロットルレバーをわずかに前進させた。モーターの唸るような音が響き、続いてエンジンの二重反転ブレードがゆっくりと回転しはじめるのがわかった。

計器パネルに目をあてる。

左手はスロットルレバーを握り、レバー上部についているエンジンの点火スイッチに親指をのせている。ジェット燃料が刻々と燃焼室に送り込まれている。エンジンの回転数が一二パーセントを超えたところで、点火スイッチを押し込んだ。

エンジンに火が入る。

低速回転計の指針は一気にはね上がり、続けて高速回転計の針もゆっくりと追随する。排気温度計が反応した。出力三七パーセントまで、エンジンの回転はスムーズに上昇した。点火スイッチを切る。

右膝のすぐ前あたりにある航法管制パネルに手を触れる。ジャイロコンパスが安定し、XFV－14のメイン・コンピューターに現在機位を入力した。XFV－14の機首に搭載されている三台の慣性航法誘導システムが作動する。このシステムが働いている限りは、軍事定点衛星からの無線援助がない状態に置かれても機体にかかる加速度だけで連続的に機位を割り出していく。

通信機の周波数はとりあえず243・0にセットした。国際緊急周波数。少なくとも遭難機と間違えて語りかけてくる連中の通信は聞くことができる。米軍が使用している周波数を知らない以上、これで我慢するよりなかった。

エンジン回転計にもう一度眼をやった。アイドリング状態で、安定している。

スロットルレバーを素早く前進させ、すぐに戻す。燃料流量計、エンジン回転計が反応した。風防から手を出し、扉の前に立っているホプキンスに向かって、親指を突き立てて見せた。

ホプキンスが格納庫の扉を左右に開くスイッチを押し込んだ。

鉄製の扉が地鳴りのような音を立てて割れ、その隙間から強烈なスポットライトが差し込んできた。格納庫の前、駐機場にスポットライトを運転席の天井に取り付けたハーフトラックとオープンのジープが停めてあった。

視界の隅に源吉、ラインダース、ホプキンスがXFV－14の両脇を通り抜けて、格納庫の裏側へ向かって走るのがちらりと見える。

那須野は眼をすぼめ、酸素マスクをヘルメットに固定した。スロットルレバーに左手を戻し、前へ押した。

XFV－14の黒い機体は、前輪をわずかに沈ませた後、ゆるやかに前進しはじめた。

警告はなかった。

いきなり暗闇に銃火がひらめき、コクピットの周囲に火花が走る。那須野は舌打ちして風防の開閉スイッチを入れた。小銃弾とはいえ、機体の各部から突き出している繊細なアンテナを直撃すると面倒なことになる。

那須野はシンシアに声をかけた。

「大丈夫か、シンシア・スー？」

シンシアはXFV－14の後部座席に乗せられてからも動悸が激しいあまり、心臓に痛みをおぼえた。

苦しい。

機体のすぐそばに立っているラインダースがハワイ島に行けといっているのをぼんやりと聞いていた。ジークが何か返事をしている。シンシアは目を細めて那須野の背中を見ていた。

ジークはやはり私を迎えに来てくれた——その思いが胸をふさぐ。

やがてエンジンが音を立てて回転しはじめ、段々とハイピッチな音に変化していくのに耳を傾けていた。ふいに空洞を強い風が吹き抜けるような音が混じる。操縦席の温度が上がったような気がした。汗が後から後から噴き出してくる。

排気音はかん高くなり、ヘルメットを簡単に貫いて、がらんどうの頭の中でこだまするような気がしてきた。

機体のすぐそばを通り過ぎる時、ラインダースは立ち止まり何かいったが、唇が動くのが見えただけで、言葉は聞き取れなかった。

格納庫の扉が開く。強烈な光に顔をしかめる。光源は那須野の陰になって見えない。

爆発音に襲われる。シンシアはきつく目を閉じた。何かが高速で身体のすぐそばを通り抜けていくのを肌で感じた。那須野の声がヘルメットの中に響いた。

「大丈夫か、シンシア・スー?」

「OK。何も心配は要らないわ」

酸素マスクの中のマイクロフォンはすでに稼働状態にあり、前部座席で那須野がかすかにうなずくのが見えた。

「SMESのシミュレーターで、あんたを見た時にいい女だと思ったが、実物の方がはるかにいいな」

「ありがとう」シンシアはうっすらと笑みを浮かべた。案外、女をリラックスさせる方法を知っている男だと思った。

「あんた」那須野は言葉を切った。微かな息づかいがヘルメットに内蔵されたスピーカーを伝わる。「いい匂いがする」

シンシアはシャネルの十九番よ、と応えようとした。が、果たせなかった。

閉じかけた風防の基部にライフル弾が命中、飛散した。破片が一つ、シンシアの首筋に突き刺さる。生温かい血が大量に噴き出したのだ。

痛みは感じなかった。首の横を熱い手で圧迫されているような感じがするばかりだった。

「私、疲れたみたい」何とか声を震わせないように気をつけた。

「眠っていればいい。ハワイ島に到着したらモーニングコールしてやるよ」那須野の声は笑いを含んでいる。

「ありがとう。お願いするわ」

シンシアは目を閉じた。

直後に風防がロックされ、エンジン音が一気に高まった。

扉が左右に開き、XFV－14のエンジン音が凄まじくなった。音に怯《おび》えた兵士が自動小銃を乱射する。制止する間もなく、五、六挺の銃が一斉に火を噴き、黒い機体にオレンジ色の火花が散る。

バーンズは目を見張った。

閉じかかる風防の隙間からコクピットが見える。

XFV－14B型、複座機。

後部座席に人影。ヘルメットと酸素マスクの間からのぞくアーモンド形の目は？　バーンズは自分の心臓が食道をせり上がって来るように感じた。

シンシア？

「射ち方、やめ。射ち方、やめ」

バーンズが怒鳴り、すぐに下士官たちが続けて興奮した兵士たちに命令する。

銃声が途絶え、硝煙が漂った。その中でXFV－14のエンジンがかん高く吼えている。

「貸せ」

バーンズはすぐ隣にいた兵士の手からM16自動小銃を奪い取った。前部銃床の下に直径五センチほどの円筒、グレネードランチャーを装着してある。バーンズは素早くグレネードランチャーが装塡されていることをチェックし、銃床を肩づけした。グレネードランチャーの引き金に右手をかける。

照門と照星が重なり、その向こうでXFV－14の姿がかげろうのように揺れて見えた。

引き金を絞り落とす。

発射。

グレネードランチャーから擲弾が飛び出し、XFV－14の真下に向かって飛ぶ。


兵士たちの銃が沈黙した。

那須野はヘッドアップ・ディスプレイ越しに大男が立ち上がるのを見た。

バーンズだった。

眼をすぼめる。バーンズは隣の兵士からライフルを受け取った。黒い右手がグレネードランチャーの引き金にかかる。那須野は迷わずスロットルレバーを防火壁につくほど前に叩きこみ、エンジンを全開した。

XFV－14が蹴飛ばされたように飛び出す。

バーンズは呆気にとられていた。パイロットが地上滑走前にフルスロットルに入れることはない。だが、目の前のXFV－14は、エンジンを全開にしていた。バーンズはライフルを放り出すと声の限りに叫んだ。

「伏せろ、伏せろ。奴が突っ込んで来るぞ」

XFV－14がまき散らすエンジン音が変化した。

バーンズは地面に伏せ、頭を両手で保護したまま、那須野が排気管を下向きに切り換えたのを知った。

擲弾はXFV－14の真下にさしかかったところで、下向きのジェット噴射に捉えられる。コンクリートに叩きつけられて、炸裂する。だが、爆風はジェット排気に押し潰されるような恰好で、水平に広がっただけでXFV－14に傷ひとつつけられなかった。

XFV－14の機体は、すでに五〇センチほど浮揚していた。そのまま前進を続け、バーンズたちが伏せている真上を徐々に高度をとりながら通過する。バーンズは熱い空気の奔流に目も口も開けられなかった。

ハーフトラックが引っ繰り返り、荷台で小銃を構えていた兵士たちが放り出され、地面で膝をつく恰好のままぽかんとXFV－14を見ていた兵士を吹っ飛ばした。

音が過ぎ去り、バーンズはあわてて立ち上がる。

兵士たちは倒れたまま、うめき声をあげていた。バーンズの両目が忙しく辺りを見渡す。ジープはそのままだった。

バーンズは駆け寄ると運転席に飛び乗った。幸いエンジンもかかっている。

あきらめるのは、まだ早いぞ、フランク。

自分自身に声をかける。ラインダースが乗って来たイーグルが西側の格納庫にある。赤外線追尾式ミサイルなら、すぐに装着できるだろう。全速力で追いかければ、XFV－14に手が届く。

バーンズはアクセルを踏み込んだ。


呼吸をするたびに源吉の口から大量の血があふれた。

ジェットノイズにまぎれて、爆発音が聞こえた時、背中を突き飛ばされた。背骨が意気地なく折れる音が脳天に突き抜けた。

それきり力が入らなくなった。

擲弾の破片が源吉の背中に命中し、背骨と両方の肺を目茶苦茶に破壊して首筋から外へ飛び出していた。

擲弾が炸裂したのは、格納庫の裏手へ通じる壁の小さな窓にホプキンスが飛び乗った時だった。まだ格納庫の中にいた源吉は、爆発音と同時にホプキンスを思い切り突き飛ばした。

源吉には、その後のことはわけがわからない。

2号格納庫の裏側、短い芝生が敷かれている場所に横たわっていた。針のような芝が源吉の首筋を刺していたが、すでに知覚の大半を奪われていた源吉には何も感じられなかった。

「大丈夫か?」髭を生やした男がのぞきこむ。「あんたが突き飛ばしてくれなかったら、死んでいたのは僕の方だったよ」

ホプキンスは源吉のそばに膝をついて、話しかけた。皺だらけの小さな手を取る。

「ソーリー、アイ・ドント・スピーク・イングリッシュ」

源吉が空港ロビーで買ったトラベル英会話ハンドブックで、唯一覚えた英語だった。

その口から血の塊が飛び出し、それきり呼吸が止まる。

ホプキンスはいつまでも源吉の手をさすり続けていた。

26

アメリカ合衆国海兵隊・強襲揚陸型空母ベローウッド甲板。

ハリアーIIプラスは、機首デザインを変更し、AN／APG－65レーダーを搭載した全天候型攻撃機だった。だが、ストールはレーダーホーミングミサイルの準備に時間がかかるため赤外線追尾式ミサイルAIM9Lサイドワインダーを二発ずつ翼の下に吊り下げ、GAU－12／U機関砲に四〇〇発の実弾を装塡しているだけの装備で出発することにした。

ストールは左の太股にくくりつけたメモボードで、今回の任務で彼に与えられたコールサイン〈コブラ〉を確認した。

〝ウルフネストからコブラ・リード〟ベローウッドの管制官がストールを呼んだ。

「コブラ・リード」ストールが無線機に短く答える。

〝開発中の新型機が奪取され、カウアイ島から離陸した。繰り返す。新型機が奪取され、カウアイ島から離陸した。チーム・コブラは、同機を捕捉、これを撃墜せよ〟

「コブラ・リード、了解」

ストールは無線機のスイッチを一度切り、つややかなポリカーボネイト製の風防を見上げた。計器パネルの光を浴びた自分の姿が歪んで映っている。

新型機？

腹の底でつぶやいた。彼は複葉機を捜索するのだとばかり思っていたのだ。小さな、低速の相手を機関砲で引き裂こうと思っていたのだった。


ストールは武装を整えたハリアーIIプラスの操縦席で短く息を吐いて気持ちを落ちつけた。

カウアイ島の新型機を撃墜せよ——空母管制塔からの指示をもう一度胸のうちで繰り返す。

カウアイ島の新型機といえば、ストールの所属する第二一一攻撃飛行隊が試験飛行する予定だったXFV－14に違いなかった。

空母の中で性能評価報告書には目を通してあった。ハリアーIIプラスと同じ全天候型の戦闘機。空戦能力では相手機の方が上だった。

ストールは無線機のスイッチを入れ、編隊各機の準備が整っているかを確認するため酸素マスクについているマイクロフォンに声を吹き込んだ。

「コブラ・リード、チェック・イン」

〝2〟

〝3〟

〝4〟

きびきびした声がヘルメットの中にすぐ返ってきた。

ストールがベローウッドに戻り、準備の整ったハリアーⅡプラスに飛び乗るまでが五分、四機の『コブラ』編隊が離艦するまでに要した時間はせいぜい十五分だった。

ハリアーⅡプラスは甲板員の合図に従って、次々にベローウッドの飛行甲板を疾走した。暗闇の中、青白い排気炎が飛び去り、戦闘機は甲板を蹴った。

低空で編隊を組むとエンジンを全開にして急上昇に移る。

四機は、一番機のストールと二番機が第一分隊、三番機と四番機が第二分隊を形成する。第二分隊長機にチャップマンが乗っている。

間もなくカウアイ島上空。

レーダーを長距離モードにセットして飛行している三番機か四番機がそろそろ目標機を捕捉してもよいころだった。

〝ジュディ〟

チャップマンのコールがストールのヘルメットに聞こえた。レーダーで目的を捉えたという意味だった。チャップマンの声が続く。

〝敵機《ボギー》、方位二二〇、針路三二〇、直線飛行中。彼我の距離二〇マイル。針路交差角四〇度〟

目標となる敵味方識別不明機は、ストールたちコブラ編隊から見て二二〇度の方向にいた。目標機の機首は三二〇度――北北西を向いており、二〇マイル先で、コブラ編隊と目標機との針路が交差する角度は四〇度だった。

「リード、了解。左旋回、用意」ストールは酸素マスクの中で唇をなめた。「ナウ」

ストールはコールをかけるのと同時に操縦桿を左へ倒し、ラダーペダルを踏み込んだ。

四機のハリアーIIプラスは、そろって機首をめぐらし、降下旋回に入った。

「リードから三番機」ストールが声をかける。「オペレーション・シャドー・エコー。ブルズアイから二四〇度、一五マイル」

沈黙。

三番機のチャップマンはすぐに返事をしてこなかった。ストールが顔をしかめているとようやく無線機のスイッチを二度鳴らす合図、ジッパー・コマンドが返ってきた。

「リードから四番機、三番機の位置につけ」

今度のジッパー・コマンドは、すぐに返ってきた。

チャップマンの脳裏には、ストールの声がまだこだましていた。オペレーション・シャドー・エコーとは、海面近く、低高度で空中停止し、敵機が接近してくるのを待つ戦法。油断している敵に対して急上昇し、効果的な一撃をくわえることができるが、こちらも戦闘機の死命を左右する速度を犠牲にするので利用する時には慎重を要した。

一九九〇年代に実用化されている各国の新鋭機は、大体パルス・ドップラー・レーダーを搭載している。これは自機よりも低空を飛ぶ航空機を発見するために欠かせない電子機器だった。

古い機種のレーダーでは自機より低高度にいる航空機を識別することができなかった。海面や地表で反射するレーダー波がクラッターとなり、レーダースコープ全体を白濁させてしまうためだ。

だが、パルス・ドップラー・レーダーでは、ドップラー効果を利用して高速で移動する物体に反射したレーダー波だけを選択してスコープ上に表示することができる。海や地表などまったく動きのない対象物はスコープには映らない。

だが、ハリアーIIプラスのような垂直離着陸機の場合、空中停止が可能であり、海面近くで停止している限りにおいては、パルス・ドップラー・レーダーでも発見できなくなるのだ。

オペレーション・シャドー・エコーは、この特性を利用していた。別名、ひばりの巣作戦。ひばりは外敵に巣の在《あ》り処《か》を教えないために、巣とは遠く離れたところに下り、雑草の中を歩いて移動する。

シャドー・エコーは、その逆を行うことだった。

チャップマンはストールに了解した旨を告げるために、無線機のスイッチを二度鳴らした。それからフルイド・フォーと呼ばれる戦闘隊形を離脱、ただ一機で横転し、右に針路を取った。

垂直降下に入る。

暗い海面に向かって高速で降下を続けていると、悪夢を思い出す。自分が高いところから落ちる悪夢を――。

四番機にチャップマンの後を埋めるように指示するストールの声を聞いた。

高度一〇〇〇フィートでチャップマンはわずかに操縦桿を引き、機首を引き起こした。降下率を緩める。ほぼ水平飛行になったところで、計器パネルの左上にあるCRTディスプレイの制御スイッチを操作し、作戦空域を表示させた。

ブルズアイ――金的と呼ばれるのは海兵隊の航空隊参謀が決定する作戦空域における任意の一点のことで、空中にいるパイロット同士、あるいは母艦の管制官との間で位置を指示することに使用される。

万が一、無線が傍受されていても敵にブルズアイの位置がわからなければ海兵隊機がどこにいるか、どこへ向かって飛んでいるかを把握することは不可能だった。ブルズアイは、作戦参謀の手で毎日変更される。戦術ディスプレイ上には、本日のブルズアイが赤い点で表示されている。

チャップマンは、戦術ディスプレイ下部に設けられているテン・キイを叩き、ストールの指示通り、二四〇度、一五マイルの地点をディスプレイ上に映した。カウアイ島から西へ二〇マイル離れた場所だった。

シャドー・エコー開始。

特別の指示がなければ空中停止する高度は、海面から四〇〇から五〇〇フィートのところだった。チャップマンは指定ポイントに到着すると機首上げを行い、排気口を下向きに切り換えた。ジェット噴射は、進行方向に対して逆向きとなる。機体に急ブレーキがかかった。

機速、ゼロ。

ペガサスエンジンの波動音だけがチャップマンを包んでいた。ヘルメットのゴグルを上げ、空を見上げる。雨が上がり、雲は切れ、夜明け前のブルーに大気が染まっていた。

「怖がらないで、ジーク」

シンシアの声がヘルメットの内部に優しく聞こえる。だが、その声には力がなく、苦しそうだった。

「何を？」那須野が訊き返す。

「SMESを使うのよ。お願い、ジーク。XFV―14の全方位レーダーを作動させて、誰も追って来ないか、確認するだけでいいの。SMESを使えば、XFV―14とあなたは一つになることができる」

死なせたくない。その言葉をシンシアは呑み込んだ。

「わかった」

那須野は何の感情もこめずに答えたが、飛んでいる飛行機の中で例の装置を使用するのはさすがにためらわれた。胃袋が引っ繰り返り、オアフを出る前に食べたベーコンエッグが逆流してきそうだった。

計器に視線を飛ばした。

高度三〇〇〇フィート、機速三〇〇ノット。

万が一、SMESがうまく作動しなくても、これだけの高度と速度があれば、何か手を打つことはできる。声を吹き込んだ。

「アクティベート」

電撃。声が漏れる。視野が狭窄し、続いてバイザーが下りて、真っ暗になる。胃袋の周囲が固くなった。視野の狭窄感が消えるとすぐに那須野はＳＭＥＳに全方囲レーダー作動を命じた。

その瞬間に見えた。

六時、真後ろに三機。ＸＦＶ－14より一万フィートも高い位置から、降下してくる。敵機のレーダーに捉えられているのは、明白だった。

三機？

戦闘機の編隊は二機のフライトを最小単位としている。那須野はレーダーの捜索範囲を最大レンジまで広げ、索敵したが、四機目を発見することはできなかった。

那須野は素早く考えを巡らせた。

何かの理由で三機しか離艦できなかったか、あるいは垂直離着陸機の特徴を生かして、低高度でホヴァリングしながら那須野機を待ち受けているか。

少なくとも受動型の赤外線監視システムには、何の反応もない。

どこかに罠がある、と那須野は判断した。三機の敵機は、無理をして那須野を攻撃する必要がない。自分たちにとって都合のよいポジションから攻撃突進をかけ、ＸＦＶ－14が射程内に飛び込んでくれば、ミサイルを発射するなり、機関砲を撃ち込むなりすればいい。ＸＦＶ－14がうまくかわし続けても、段々と罠の待っている空域に追い込んでいくだけで結果的に勝利を手にすることができるのだ。

レーダーであれ、肉眼であれ、敵機を発見した時の戦闘機パイロットは、迷わない。消極的な防御方法を学ばないからだ。自分を守るためには、攻撃あるのみだった。

那須野はSMESに兵装の安全装置解除を命じた。真後ろから接近してくる敵機のデータが火器管制システムに送られる。

「ちょっとばかり荒っぽいことになる。座席の前についているバーにしっかりつかまっていてくれ」那須野はシンシアに話しかけた。

シンシアはほとんど聞き取れないくぐもった返事をした。が、那須野にはシンシアの状態を思う時間はなかった。

攻撃開始。

XFV－14が反転、三機の敵機に正対した。


ストールは目標機が反転するのをヘッドアップ・ディスプレイの表示から読み取った。目標機は三機編隊に対して、真っ直ぐに突っ込んでくる。

ストール機が搭載しているLタイプのサイドワインダーは赤外線追尾式ミサイルとしては最新鋭だった。Lタイプ以前の赤外線追尾式ミサイルは敵機が発する赤外線を弾頭シーカーに感知させるために目標となる機の真後ろから発射しなければならなかったが、

Lタイプは真正面からでも敵の赤外線を捉えてロック・オンをかけることができる。しかし、正面を見せている戦闘機は、シルエットが一番小さく、しかも接近速度があまりにも大きすぎるために命中率は落ちる。

ヘッド・オンですれ違いざまに、推力ベクトル変換をかけて旋回し、いち早く後方に回りこんでミサイルを発射するのが通常の戦法だ。

ただストールが気をつけなければならないのは、敵機もまた垂直離着陸機であるという点にあった。どれだけ小さく旋回を切れるか、パイロットの腕にかかっている。より小さく、急激に旋回できた方が相手の後方に占位することができる。

ストールにとって不利だったのはＳＭＥＳの威力を十分に理解していないことだった。

降下する三機のハリアーⅡプラスと上昇するＸＦＶ－14が空中で交差する。

三機のハリアーⅡプラスは、三方へときれいに分かれて急旋回を切った。水平に左右に分かれたのが二番機と四番機、ストールが駆る一番機は下方へ急降下した。

ほとんど同時にＸＦＶ－14の旋回がはじまる。

那須野は自らが操縦するＸＦＶ－14の動きと三機のハリアーⅡプラスの急旋回を頭の中に思い描いた。ＳＭＥＳがフル稼働し、三機のハリアーⅡプラスの動きを同時にシミュレートする。

実機で見ると完全自動モードで動くＸＦＶ－14の推力ベクトル変換の方が手動操作に頼るハリアーⅡプラスより一瞬早く作動する。水平に機動している二機の旋回半径の内側に潜りこむことは不可能ではない。問題は、三機目のハリアーⅡプラスだった。

ＸＦＶ－14、急旋回。

射出座席に背中が押さえつけられ、９Ｇもの重力がかかる。顔がゆがみ、意識が遠のいた。だが、ＸＦＶ－14はパイロットの状態に構わず機首をめぐらし、水平方向に分かれたハリアーⅡプラスにロック・オンする。

那須野はＳＭＥＳに命じた。ミサイル、発射。

ＸＦＶ－14の翼下から二発が同時に発射され、ロケットモーターの白い航跡を曳《ひ》きながら飛翔した。どちらもハリアーⅡプラスを一機ずつ捕捉している。

一発目は、右に旋回した二番機の胴体中央部に命中、二発目は左に旋回した四番機の尾翼を破壊した。

四番機のパイロットは、機体が回復不能のスピンに陥る前に射出座席で脱出する。二番機からは誰も飛び出さなかった。

那須野はＳＭＥＳを通じて二機撃墜をモニターしていた。二機のハリアーⅡプラスが火を噴いた時には、ＸＦＶ－14は空中で身をくねらせ、機首を下げていた。

ストールは操縦桿を引き、宙返りの底辺で機首を上げ、上昇に転じようとしていた。

ヘッドアップ・ディスプレイ越しに上空を見て、喉を鳴らす。XFV－14は二機をほふり、早くも機首をストール機に向けているのだ。

XFV－14の一連の機動に切れ目はない。まるでXFV－14そのものが意思を持っているかのように瞬間的な空戦機動をこなしている。

ハリアーⅡプラス一番機は、真正面から向かってくるXFV－14にミサイルを発射した。命中させることより、XFV－14をひるませることを狙って発射したのだった。

XFV－14が降下、加速しながら、ロールを打ち、同時にマグネシウムを燃やしながら赤外線を大量に発生する熱線デコイを発射した。

ストールの放ったミサイルは、わずかな距離をおいてXFV－14から外れ、熱線デコイに命中する。だが、那須野が思っていたほどXFV－14とミサイルの間に距離はなかった。ミサイル弾頭部に仕込まれたワイヤ状の破砕弾がXFV－14の機体下部を撃ち抜く。

SMESが作動を停止した。

ミサイルの破片がXFV－14のアビオニクスに重大な損害を与えたのだった。

那須野は自らの眼で敵機を見、自らの手足で再びXFV－14を操縦することになった。

那須野の口許にふてぶてしい笑みが宿る。

XFV－14の戦闘力は落ちたかも知れないが、機械に操られているという心の底に残っていた不安が解消されるのだ。

来いよ、海兵隊——酸素マスクの内側で舌なめずりする。

わずかの間、後部座席に座っているシンシアを思い浮かべる。長い空戦機動は、素人には過大の負担を強いる。急旋回の途上で、すでにシンシアが失神していることは間違いない。あと数十秒の辛抱だ。那須野は胸のうちでつぶやき、シンシアを頭の中から追い払った。

那須野のＸＦＶ－14とストールのハリアーⅡプラス。

敵対する二人のパイロットは緊密な時間の流れに身をゆだねた。二機の戦闘機は、翼でゼリーのように均質で透明なブルーの大気を切り裂くように正面からすれ違った。

27

カウアイ島ミサイル射場管制塔。

バーンズは管制レーダーに捕捉されている二機の戦闘機がからみあう姿をスクリーンで見つめていた。

2号格納庫で那須野を取り逃がした直後、バーンズはラインダースのＦ－15イーグルを求めて別の格納庫へ向かったが、誰かが機体を引き出しており、目指す戦闘機はなかった。バーンズは管制塔へ引き返した。

管制塔では逃げだしたＸＦＶ－14と海兵隊のハリアー編隊との空中戦をレーダースクリーンでモニターしている隊員たちが大騒ぎをしていた。カウアイ島ミサイル射場の管制塔にはＳＭＥＳ《スメース》をモニターするための電子機器も据えられている。トラッパーの事故をリアルタイムで監視していたのもここの施設だった。

バーンズは主レーダースクリーンの前にいた若い中尉を押し退《の》け、大きな身体でスクリーンを覆うように立ち尽くしていた。

ＳＭＥＳの作動状況をモニターしていたスキップⅡのコンピューター技師が喚声を上げる。バーンズは微動だにしなかった。

コンピューター技師は喜色を満面に浮かべてバーンズに歩み寄ると得意げに報告した。

「将軍、盗まれたＸＦＶ－14ＢのＳＭＥＳが活動を停止しました」

「あのろくでもない電子機器一つと引き換えにハリアーが二機撃墜されたんだ」バーンズは押し殺した声でいった。

「何とおっしゃいました？」コンピューター技師はボストン眼鏡を右手の指でずり上げて訊いた。

「その口を閉じてろ」バーンズが怒鳴りつける。「あんなガラクタが新兵器だなどと夢を見ているのは女科学者ひとりで沢山だ」

コンピューター技師は目をしばたたいて大柄な将軍を見上げていた。

なぜなの？

シンシアは揺れるＸＦＶ－14の後部座席で途切れがちになる意識の底で思った。すでにＳＭＥＳが作動を停止していることは後席のモニターで確認している。

だが、ＸＦＶ－14は一瞬たりとも絶えることなく連続機動を続けている。操縦桿を握るジークには、まるで追いかけてくる敵機が見えているようだった。

ＸＦＶ－14の電子機器は、ＳＭＥＳの破壊とともに大半が機能を停止しているか、損なわれている。ジークはレーダーもなしに相手機を捕捉しなければならないのだ。

なぜなの？

シンシアの胸にもう一度同じ疑問がわき上がった。

黒い機体が側方を通り抜けた瞬間にストールは操縦桿を倒し、フットバアを蹴ると同時に排気ノズルの方向変換レバーを切り換えていた。

ハリアーⅡプラスの両翼から水蒸気の帯が流れる。機体の耐Ｇ性能をはるかに上回る旋回。ストールは右の目が飛び出しそうになり、身体がねじり曲げられるような重力がかかるのを感じた。

そのお蔭でハリアーⅡプラスが旋回を終えた時、ＸＦＶ－14はまだ旋回しきれておらず、胴体の側面を見せていた。

チャンス。

ストールの心臓が奇妙な音をたてる。急いでミサイルのロック・オンをかけようとしたが、彼我の距離があまりに短く、最低射程を割り込んでいた。

ストールは一瞬のうちに短射程攻撃モードを近接戦闘モードに切り換えると、エンジン出力を最大に保ってＸＦＶ－14の斜め後方から真っ直ぐに突っ込んだ。

ヘッドアップ・ディスプレイの中で黒い敵機が大きくなる。

XFV－14は明らかに逃げを打っていた。

それに――ストールはにやりと笑った――奴はウィリアム・〈ハスラー〉・チャップマンの待っている場所に近づいている。

ストールは空戦開始直後からXFV－14をシャドー・エコーの罠が待ち受ける空域に誘い込むことにのみ腐心していた。

ヘリコプターに乗っていて撃墜されたダグラス・チャップマンと副操縦士、二番機と四番機を飛ばしていた同僚のパイロット――少なくとも三人が殺され、一人が生死不明だ。いずれにせよ陽気でビール好きの連中だった。

そして海兵隊員らしく、誰もが自分を殺し屋だと信じて疑わなかった。俺も同じさ、とストールは胸の内にいう。

同僚を殺されようと、ストールの殺し屋としての冷静な判断がかすかにも曇ることはなかった。

黒い戦闘機を駆る敵を殺す。

殺意が強くなればなるほど、ストールの脳裏は凍りついたように冷え切り、冴えていくのだった。

バーンズは失われた左手がうずくのを感じた。レーダースクリーンを見つめているうちに、知らず知らずにスロットルレバーを探るような仕種をしているのだ。

空中戦機動中、パイロットの五感はレーダーを凌駕《りょうが》する。一秒の何千分の一の間に生と死の分水嶺《ぶんすいれい》を飛び越えるために、操縦桿を引き、ラダーペダルを蹴る。

戦闘機乗りだけが身につけられる猛獣の本能が髪の毛ほどの生を嗅ぎつけるのだ。

ジーク、お前はＳＭＥＳが失われたことで勝機を得たな——バーンズはレーダースクリーンに映っているＸＦＶ－14の機影に向かってつぶやいていた。

戦闘機乗りにＳＭＥＳは不要だという発見がシンシアを打った。大量に血液を失い、薄れゆく意識の中でシンシアは歓喜に身体が震えるのを感じた。

目を閉じた。

暗くなった視界の中に立っている男の姿がぼんやりと見える。

ジーク。

彼女の声を聞き、彼女を救うためにやって来た男が、ＳＭＥＳの本当の姿を教えてくれた。シンシアは手を伸ばした。が、ジークの影は遠ざかり、輪郭が滲み、小さくなった。シンシアは夢の中にいるように声を上げて泣いた。

小さくなったジークの姿が収束して、別の像が浮かぶ。シンシアは閉じた両目から涙があふれ、酸素マスクの内側、頬を温かく濡らすのを感じた。

息子が立っていた。微笑んでいた。今度こそ息子に胸を張っていえる、ＳＭＥＳは武器ではなく、あなたの目なんだ、と。

息子が口を開くのが見える。声が聞こえた。

「ママ――」


ストールは武装の安全装置を解除した。二機の僚機を失ったのは、一瞬だったが、今度は完璧に相手を仕留めることができる。

ヘッドアップ・ディスプレイに敵機との距離が表示される。七〇〇〇フィート。六〇〇〇フィート、五〇〇〇フィート。確実に接近していた。

ヘッドアップ・ディスプレイの中で標的はますます大きくなる。四〇〇〇フィートを割れば、機関砲を発射して相手を引き裂くだけのことだ。

四〇〇〇フィート。

ヘッドアップ・ディスプレイの表示が三〇〇〇を示した時、ハリアーⅡプラスの機関砲が吼えた。

その直後、ストールは叫び声を上げた。

ＸＦＶ－14がふいに機首を起こし、空中で停止するような機動をとったのだ。ハリアーⅡプラスがＸＦＶ－14の胴体上面に突っ込みそうになる。

ストールは操縦桿を叩きこんで、機首を下げた。

那須野は操縦桿とスロットルレバーに両手を置いたまま、歯を食いしばっていた。後部レーダー警戒装置がロック・オンにさらされていることを告げている。わざと旋回を遅らせ、ハリアーⅡプラスに追尾させるような恰好にした。これ以上、空戦を長引かせないための危険な賭だった。

ハリアーⅡプラスが追ってくる。機関砲の有効射程である四〇〇〇フィートぎりぎりの線からへっぴり腰で射撃を開始されたのでは、那須野の目論見《もくろみ》は崩れることになる。相手が度胸の据わったパイロットで、より完全に那須野機の撃墜を求めてくれれば、勝機はあった。

ハリアーⅡプラスの機関砲から銃火が閃《ひらめ》くのが、バックミラーに映るのを見た。三〇〇〇フィート近くにまで接近している。

勝機。

那須野は操縦桿を急激に引いてＸＦＶ－14の機首を立てると推力ベクトル変換を行った。ＸＦＶ－14は空中で棒立ちになり、機速が著しく失われる。すぐに操縦桿を叩きこんで、機首を下げた。

衝突を避けたハリアーⅡプラスがＸＦＶ－14の下を潜り抜けているはずだった。ヘッドアップ・ディスプレイ越しに加速して離脱を図るハリアーⅡプラスが見える。ためらわず機関砲のトリッガーを引いた。

二〇ミリ弾は、ハリアーⅡプラスのコクピットに吸い込まれ、透明な破片が飛び散るのが見えた。


ストールは呆然とした。数発の二〇ミリ弾が操縦席で弾けた。視線をゆっくりと下ろす。自分の胸から内臓と一緒に大量の血が噴き上げている。切り落とされた右手首が操縦桿を握っている。

すでに何も感じなかった。


夜はすっかり明けている。

那須野は酸素マスクを外し、溜めていた息を吐き出した。天を仰ぐ。空戦に耐える体力はすっかり使い果たしていた。

その時、後部レーダー警戒装置が再び警報を発した。真後ろから戦闘機が追って来る。

やはり罠だったのか。

那須野はスロットルレバーを握りしめたが、逃れる術《すべ》がないことは明白だった。

チャップマンは、レーダーを作動させた。ストールのハリアーIIプラスが降下しながらXFV－14の機関砲に破壊されるのが見えた。

焦りを感じた。が、レーダーがXFV－14をロック・オンしたのは、ストールが撃墜された直後だった。武装セレクターを赤外線ミサイルに入れる。敵機を完全に捕捉していることを告げるオーラルトーンがヘルメットに聞こえる。

その時、チャップマンはバックミラーに信じられないものを見た。白いラセン状の煙を引いて接近してくるミサイルだった。

なぜ？　と問う間もなく、彼のハリアーIIプラスは引き裂かれ、小さな破片となって太平洋上に飛び散った。

五分後、傷ついたXFV－14は、グレーに塗られたアメリカ空軍機F－15イーグルと並んで飛行していた。イーグルの操縦席では、ラインダースが見ている。

那須野は荒い呼吸を整えながら、しばらくラインダースを見ていた。イーグルの大きな風防の中で、ラインダースが前を指さす。ハワイ島に行け、といっているのだ。那須野は親指を立てて合図を送った。イーグルが機体の腹を見せて旋回し、カウアイ島の方角へ帰っていく。

あと、もう少しだ。

疲労が彼を打ちのめしていた。ハワイ島に行くつもりはない。XFV—14を買いたいという連中が二〇〇マイル先に貨物船で待っているはずだった。

那須野は首を振り、操縦桿を握りしめた。

今回のフライトもようやく終わりを告げようとしていた。

カウアイ島ミサイル射場。

ホプキンスは、名も知らない老人の死体を収容していった基地の救急車に同乗するようにいわれたのを断り、本部舎まで歩いていくことにした。夜が明けつつある。ホプキンスの思いとは関わりなく、ハワイの清々しい朝だった。

何気なく目をやると、基地の中で何度か見かけたことのある男が公衆電話に向かって話しかけていた。基地の中で、唯一国際電話がかけられる公衆電話だった。男の喋っているのが英語ではなかったので、内容は理解できなかった。ちょうどホプキンスが後ろを通りかかった時に男が受話器を置いた。東洋人。確かシンシアがカリフォルニアから連れてきた男だった。

「やあ」ホプキンスは声をかけた。

「おはようございます、ドク」男は礼儀正しくいった。

シンシアが着任したばかりの頃、一度紹介されたのを覚えている。日系人だといっていた。ホプキンスはなかなか男の名前を思い出せないことに苛立った。

「大変な騒ぎですね」男は涼しい顔でいった。

周囲の大騒動を気にしている様子ではない。その男のボスは、今頃、ハワイ島に向かっているXFV－14の中だ。ホプキンスは急にその男が哀れになった。シンシアの一連の行動をどこまで説明すべきか、ホプキンスにはわからなかった。

「確か、君は――」ホプキンスはばつが悪そうに顔をしかめる。

「ドクター・スーのスタッフです」男が答える。

「君の名前は？　失礼、どうしても日本語の名前は覚えにくくてね」ホプキンスは微笑んだ。

相手の男は気を悪くしたようには見えなかった。

「オチアイです。オ・チ・ア・イ」男が答えた。

「そう、ミスタ・オチアイ」ホプキンスの笑みが強張った。「今日は大変な一日になると思うけど、スー博士は素晴らしい科学者であり、女性だった。それを忘れないでくれ」

「いやだな、まるで彼女が死んでしまったような口ぶりじゃないですか」オチアイが笑った。「彼女なら、今頃宿舎でぐっすり眠ってますよ」
オチアイが笑い、ホプキンスは泣き笑いのような表情を浮かべて立ち尽くしていた。

エピローグ

雨が降っていた。

ワイシャツのえりが汗と雨で冷たく、重い。東京・蒲田。車が一台通れるだけの狭い通り。楠海はのろのろとした足取りで歩いていた。

傘はない。雨は力無く、今年の梅雨は細く長く続きそうだった。

数日前、川崎の葬儀に行った。市ケ谷《いちがや》にある防衛庁の共済施設でこぢんまりと行われた。川崎がまだ現役の空将補だった頃、副官をしていたという年配の二等空佐が受付から案内、会計まできぱきとこなしていた。弔問客は少なかった。

制服を着た男たちばかりが目立つ中、ちらほらと背広姿が見えた。

背広組の中にかつて航空宇宙技術研究所でネオ・ゼロと呼ばれた戦闘機を一緒に組み立てた仲間がいた。三年ぶりの再会。だが、時間の溝は思ったより深く、互いに会釈を交わしただけだった。

楠海は狭い通りの曲がり角で立ち止まり、道を確かめてから右に折れた。コケの生えたコンクリートの塀沿いに歩く。

病院を訪ねるのは三度目だった。古びた門構えの中で看板だけ新しくかわり奇妙に白い。まるで義歯のように不自然で、楠海を不快にさせた。

門をくぐり、くもりガラスのはまった木製のドアを開ける。すぐ右手の受付には中年の目の細い女が座っている。

「私、楠海といいますが、中藤さんをお訪ねしました」

「院長に御用ですか?」女は上目づかいに見る。

「いえ」楠海は口ごもった。

昨日、中藤の兄である院長に弟への面会許可は得ていた。

中藤は京都から戻って倒れて以来、こんこんと眠り続け、三日前に目覚めたという。楠海が会いたいというと、院長は言葉を濁し、沈黙した。しつこく食い下がるとようやく認めた。文字通り、しぶしぶという感じだった。

「院長に御用ですか?」女の目がわずかにつり上がり、たたみかけるように訊く。

「いえ、中藤さん、つまり院長の弟さんに面会に来たんです。昨日、お電話で院長の許可はいただいているのですが――」

女は黙したまま目の前の電話に手を伸ばす。受話器を持ち上げ、三回ボタンを押した。

「正面受付です。弟さんに面会の方がいらっしゃっています」

　女は分厚い唇をなめた。妙に艶《なま》めかしいピンク色の舌先だった。

「そうです」女はうなずいた。「そうおっしゃってます。わかりました。源田《げんだ》さんに案内してもらえばよろしいんですね。わかりました」

　女は電話機のフックを指で叩き、再び三回ボタンを押した。

「源田さん？　正面受付まで来て下さい。弟さんにお客様です」

　受話器を置く。楠海に向かって澄ました顔をして案内の者が来ますと告げた。

　それから二、三分待たされた。

　以前に訪ねた時と違い、小柄な老人が出て来た。白衣を着ている点は前回の大男と同じだった。源田という名前を聞いて、楠海は源吉を連想した。

　楠海の口許に笑みが浮かぶ。警察官に妙に好かれる不思議な泥棒だった。

「こちらへ」案内の男は小さな目をしょぼしょぼさせていた。

　楠海は黙って後に従った。案内されたのは、以前と同じ長い廊下の突き当たりにある部屋だった。

「どうぞ」

　男はドアを開け、楠海を中へ通した。部屋は前と変わらず整然としている。

　中藤は机の前に座っていた。丸い眼鏡は変わらないが、顔つきは恐ろしいほど変化していた。

げっそりとやつれ、顔は暗い黄色、唇は乾いてひび割れている。

部屋の中にコンピューター・ディスプレイが一台も見当たらなかった。机の上には、赤や黄色の積木が置いてあるだけだった。

「やあ、久しぶり」楠海はできるだけ明るい声でいった。

中藤は積木を触っていた手をとめ、顔を上げる。目がどんよりと曇っていた。しばらく楠海を見ていたが、再び積木に視線を戻した。

「何も覚えていないんだよ」

楠海は後ろから声をかけられ、振り向いた。

開け放したドアの前に、白衣を着た男が立っている。中藤とよく似た丸い顔。院長だった。

「先だってはお世話になりました」楠海はていねいにお辞儀をした。

「逆行性健忘症ってやつだよ」院長は楠海の挨拶を完全に無視して弟を見つめた。「私のことすら覚えていない」

院長の言葉はほろ苦く、宙に漂って消えた。

　貨物船のデッキ。

　舷側《げんそく》を流れる風は、かすかな潮の香りと濃厚なディーゼルオイルの臭いを含んでいた。那須野とチャンが立っている。チャンは手すりに背をあずけ、煙草を吸っていた。

「顔色は悪くないな」那須野がぼそりといった。

「組織は俺にとって故郷のようなものだ。居心地は悪くない。それに俺は組織を裏切ったわけじゃなく、いわばフカコーリョクのようなものだ」

　那須野が顔をしかめる。不可抗力の部分だけ日本語だった。

「お前がそこまで大胆だったとは思わなかったぜ」チャンは海に目をやった。

「何が？」

「アメリカから開発中の戦闘機を盗み出して日本のメーカーに売りつける。俺でもそこまでの商売はできないな」チャンは首を振った。「なかなかできることじゃない」

「盗んだわけじゃないさ。あの戦闘機は、ネオ・ゼロといって元々日本製なんだ。返してもらったといった方がいい」那須野は海を見て眼を細めた。

「でも電子装置は違う」

　チャンの言葉が風に舞う。

　那須野は笑って、シャツのポケットから煙草の箱ほどの大きさがあるプラスチックの板を取り出した。ＬＳＩがびっしりと並んでいる。那須野は板を器用に指先で回転させた。

「それが例のＳＭＥＳ《スメース》とやらの基板かね？」チャンが訊く。

「俺の脳さ」那須野はうなずいた。

　それからＳＭＥＳの基板を右手に握り、力をこめる。ボードが折れ、ＬＳＩがひとつ落ちた。バラバラになった基板を海に捨てる。

「アメリカ製だろう。かなり高価なものだ」チャンはきらきら輝きながら海面に向かって落ちていく基板を見つめながらつぶやいた。

「いや」那須野が断ち切るように答える。「ＳＭＥＳは、シンシア・スーのものさ。自分の息子に与えた目に過ぎないんだよ」

「いずれ同じようなシステムが開発されるだろうな」チャンはかすかに眉をしかめ、沈んだ声でいった。

　那須野は眼を上げ、チャンの横顔を見る。チャンが白い歯を見せ、短くなった煙草を海に捨てた。

「ところで」チャンは大きく伸びをした。「なぜラインダースは最後にお前を救ったんだろう？」

「多分、シンシア・スーに惚れていたから、彼女を救いたかったんだろう」那須野はさらりといった。

「お前はどうだ、ジーク？」

「いい女だったな、確かに」那須野は表情を消していた。

『怖がらないで、ジーク』

シンシアの言葉が胸に蘇る。

電子のイリュージョンよりはるかにリアルな記憶。あの時、シンシアは母親のように那須野の心を理解していた。

那須野の脳裏に光景が浮かぶ。

XFV－14を貨物船の甲板に敷きつめたアルミパッドの上に降ろし、エンジンを切った。風防を開き、ヘルメットを脱ぐ。

船の上、風に吹かれているというのに強く血の臭いがした。振り向くのが怖かった。シンシアが見抜いていたのは、那須野が恐怖心を抱えながら戦い続けていたことだった。

「ジークが女に惚れる、ね」チャンの太い眉が動いた。

結局、落合が手配した貨物船に着艦したものの、翌日にはオアフ島で船から降りた。シンシアの死体は、夜のうちに水葬にふされていた。オアフ島には一泊もしないで、すぐに成田経由で香港に飛んだ。落合の会社は、約束通りの期日に報酬の半額を振り込んでおり、チャンは解放されていた。

「最初にスティンガーが没収された時に気がつくべきだったのかも知れない」チャンが

ぼんやりと海を見ながらいった。「香港警察はあまりおとり捜査をやらない」

那須野は口を開かなかった。落合と名乗った男が、ＸＦＶ－14を降ろした貨物船の中で話していたことを思い出す。

落合が勤める電機メーカーは、財閥系企業グループの一社だった。那須野が生きていることをつかみ、スティンガーで罠を仕掛けて、ＳＭＥＳに関わらざるをえなくさせていったのが、同じ企業グループの中核である総合商社だった。

落合の会社は、航空電子機器分野では世界有数の技術力を誇る会社だったが、航空自衛隊の次期支援戦闘機が国産から日米共同開発に変更されて以来、独走態勢にブレーキがかかりはじめた。

一方、ソ連の崩壊は多額の防衛費の見直しを要求するようになり、軍事部門から民生用部門へと大きな転換を余儀なくされようとしていた。

そこにＳＭＥＳが登場する。

人間の脳とダイレクトにアクセスするコンピューターは、軍用であれ、民生用であれ、電子メーカーの、あるいは日本の電子産業の未来を切り拓《ひら》く。

「ところで、そのＳＭＥＳって機械からお前が持ってきた基板を引き抜くと、一体どうなるんだ？」

「スーパー・ゼロ自体がでかいラジオにでもなるんじゃないか？」

「どうして？」

「あの飛行機は、機体全体にレーダーや航法用、それに通信用のアンテナを張りめぐらしてあったからな」

那須野は大きく口を開けて笑った。チャンが酸っぱい顔をする。しばらく海を睨んでいたが、やがて口を開いた。

「これから、どうする？」

「別に予定はないぜ」那須野が答えた。

「中米で戦車を百台欲しがっている奴がいる。旧ソ連軍が放出した戦車がベイルートで手に入るらしいんだが――」

チャンの言葉に、那須野は破顔した。

商売は健在のようだった。また、スリリングな日常生活が始まる。那須野は身体に力が戻っているのを感じていた。


福島県にある電機メーカーの中央研究所。

電波暗室と呼ばれる実験設備の中に落合がいた。

電波暗室は、壁に電波の吸収材を張りつけ、一切の電波反射と実験室の外へ電波が漏れるのを防ぐ。レーダーや無線機の性能を開放された空間で測定するのと同じ効果が得られ、その上、機密を守ることができる。

この電波暗室は、国内でも最大の規模を誇っていた。F－15イーグルクラスの大型戦闘機がすっぽりと収まる。

今は、つややかな床の上にXFV－14が置かれていた。

金魚鉢のように見えるガラス張りのコントロールルームから若い男が声をかけた。

「準備完了です」

XFV－14はすべてのアクセスパネルを開かれ、太いケーブルを介して何台もの高速コンピューターと接続されていた。

「電源、入ります」

シンシア・スーのスタッフとして働いていた弟から連絡が入った時、落合は自分の計画が成就したことを知った。その時、すでに落合は那須野を待ち受けるために貨物船に乗り込んでおり、弟の電話は日本の本社を中継して送られて来たものだった。

那須野は翌日船を降り、落合たちは急いで日本に引き返した。

SMESの実験準備を整えるまでに帰国してから三日かかった。XFV－14の電子装置は機体全体にまるで神経繊維のように広がっていたために、うかつに機体を分解することもできず、輸送にも時間を食ったのだ。

低く唸るような音が電波暗室にこもる。

XFV－14の操縦席に座っている技術者が右腕を突き上げた。XFV－14の主電源が入り、計器パネルに通電した合図だった。

「よし」落合が怒鳴る。「アクティベートと声をかけてくれ」

操縦席の技術者がうなずく。緊張した、震える声でいう。

「アクティベート」

途端にSMESの音声と通信をモニターしている装置が反応、電波暗室の壁に埋めこまれたスピーカーから奇妙な音楽が流れはじめる。

アジア風とも、中近東風ともいえそうな不思議な音楽だった。

「おい、回路がうまく遮断されていないんじゃないか？」

誰かが怒鳴り、何人かのスタッフが暗室の中を走り回る。

落合はXFV－14を前に呆然と立ちすくんでいた。

京都ATR視聴覚機構研究所と落合の会社の中央研究所のコンピューターの中にそれぞれ収納されていたソフトウェアがあらかじめ仕込まれていたコンピューターウィルスによって破壊されていることに気づいたのは昨日だった。SMESの手掛かりとして落合の手の中に残っているのは、今、目の前にある実機しかなかったのだ。

那須野だ——落合は半ば諦め顔をして腹の底で思った——奴が何かしたに違いない。

「この音楽を知ってるぜ」能天気な声が実験室にこだまする。「ドアーズだよ」

「何だって?」コントロールルームがトークバックする。

「ドアーズの曲だよ」髪を短く刈った若い男が得意そうにいった。

「これは、ジ・エンドだ。古い曲だよ」

参考文献

『脳の仕組み』川人光男著（読売新聞社）
『脳からみた心』山鳥重著（日本放送出版協会）
『脳の手帖』久保田競他著（講談社）
『右脳と左脳』角田忠信著（小学館）
『ニューロコンピュータ革命』那野比古著（講談社）
『カッコウはコンピュータに卵を産む』クリフォード・ストール著　池央耿訳（草思社）
『司令官たち』ボブ・ウッドワード著　石山鈴子・染田屋茂訳（文藝春秋）
『世界軍用機年鑑』（エアワールド）
『空の〝新兵さん〟今昔物語』牧野良祥著（光人社）

解説

中野信子

はじめは、航空小説の解説の依頼がなぜ私に来るのだろう？　と思った。もちろん専門ではないし、航空機の操縦に必要なライセンスを持っているわけでもないし、この分野に関連した趣味があるというわけでもない。

訝《いぶか》しみながら読み進めるうち、なるほど、とひざを打った。たしかに、脳科学と呼ばれる領域の知識をある程度持った者の補足があったほうが、この小説はより深く味わうことができるかもしれない。以下、やや専門的な解説になるが、ご寛恕《かんじょ》いただきつつ読み進めてくだされぱと思う。

現在の航空機に実装されているテクノロジーがどの程度のものか、私は航空機にはお世辞にも詳しいとは言えず、寡聞にして知らない。ただ、一般に乗り回されている自動車ですらかなり高度な水準の電子機器が搭載され、運転そのものの自動化も時間の問題と考える人もすくなくない昨今、専門的で訓練されたパイロットが操縦し、複雑な任務を担うこともある航空機に、より先端的な技術を利用したデバイスが使われ始めていると考えることはまったく不自然ではないと思える。

ただ一方で、現在の脳科学の研究がどのような段階にあるかというと、本書で描かれている内容が明日にも実現できる、といった状況にはやや遠いと言わざるを得ないのではないかと思う。脳波に現れる特定の波形（事象関連電位のＰ３００）を拾って何らかのデバイスを動かす、という試みそのものは私がまだ大学院生であった二〇〇五年ごろにはすでに聞かれる話だったが、ある人物の脳そのものの特性を丸ごとコピーするというようなシステムが完成した、という話はついぞ聞かない。もし誰かが完成したと言い切ったとするならば、それは盛り過ぎた表現または投資詐欺に類する話ではないかという冷静かつ容赦のない批判が内外からその研究者に集中してしまいそうな現状ではあろうかと思う。

私の知っている中でこれに類する研究を精力的に行っているのは、ＮＴＴの中央研のグループだろう。脳の働きを外から時間解像度よく観測するのであれば、事象関連電位のＰ３００と呼ばれる特定の波形を拾うのが都合が良いが、それ以外の制御は難しいというコンセンサスが当該領域の研究者たちにもあるようだ。事象関連電位というのは、読んで字のごとく、ある認知イベント（事象）に随伴して脳に生じる電位変化のことで、陽性電位、つまりPositive方向に、事象から３００ｍｓｅｃ後に生じるのでＰ３００と名付けられているのである。ただしこの３００ｍｓｅｃという時間は条件によって変化するために、三番目の陽性電位ということでP3という呼称を好む研究者もいる。

P300が知られるようになったのは一九六四 - 六五年にかけてのことで、世界各地の研究室で同時多発的に発見された。ただし、P300と呼ばれるようになったのは一九七〇年以降のことで、それまではP3や late positive component などと呼ばれていた。

P300がこの当時、研究者の間で話題になったのは、心理的要因によって変化する成分であったという点が大きい。つまり、この電位変化は、単なる神経細胞群の活動をより高次の脳機能に結び付けるための手掛かりになり得るものだと捉えられたのである。

またP300は高振幅であるために他の成分によって阻害されることが少なく、頭皮上の広い範囲で観測することができるという応用上の利点がある。刺激に注意を強く向けていれば増強され、あまり向いていなければ減弱される。このことを利用して、その刺激に対して当該人物がどのような認知を持っていたかを推測することができ、こうした側面はポリグラフにも応用されている。これは、P300がもともと振幅の大きい成分だからこのようなことができるのであって、他の事象関連電位では刺激のあいまいさや不注意によって容易に消失するなどのノイズが入りやすく、とても使い物にならない。

もし、ノイズを適切にキャンセルできる方法が開発されれば、本書に登場するようなシステムの構築に、現実が格段に近づいていくだろう。

　ただ、もう一つの難点がある。私たちが認知している世界は本質的にかならず実世界と認知の世界との間に遅延がある。静止画情報を処理するならまだしも、しばらく前の情報、直前の情報、現在の情報を逐次的に差分を取り、その制御を行う必要がある。音速を超える速度で機体を操縦しなければならない航空機であればなおさら、そのシステムは精度よく構築されなければならないはずである。さすがにそこまでの技術は現段階では、実装することが難しいのではないかと考えられる。

　とはいえ、そうしたシステムを構築していくことそのものが完全に実現不可能だと否定しきるわけではない。むしろ、多くの研究者はそれを夢見ているからこそ、日夜研究に励んでいるともいえる。また、だからこそ、安易に「実現できた」などとモザイク状のデータをこじつけるようにしてファサードだけは美麗なプレゼンテーションをしていく人間や、マーケティング重視で刺激的な言葉を吐き散らかすビジネスパーソンを許容できないと感じもするのだ。さらにいえば、自分が実現したいと願って研究に打ち込んでいる研究者ほど、そのイニシアチブを他の研究者に渡したくないと切実に思ってもいるだろう。

　本書で描かれている戦闘機乗りの姿と同じように、研究者もまた現場では生々しい戦いを繰り広げている。その戦いでは最新鋭のミサイルが使われるわけでもなく、実際に爆撃が起こるわけでもない。この戦いの様子は静かで、地味で、一般に知られることはまずない。しかし、多くの人々が享受するテクノロジーやサイエンスの成果は、こうした戦いがあった上に得られた果実なのだということを頭の片隅に置いておいていただきたいという気持ちがある。

本書は、『ゼロと呼ばれた男』『ネオ・ゼロ』に続く、シリーズの三作目に当たる。本書の背景になっている話が『ゼロと呼ばれた男』では展開されている。シリーズの冒頭はイスラエルの話で始まる。おそらく、名前こそ聞いたことはあれど、ほとんどの日本人にとってはあまり馴染《なじ》みのない、一生足を踏み入れることさえない人も多い国だろうと思う。

私は十五回ほどこの国を訪れている。女性では珍しいかもしれない。

初めて訪れたのは、私がまだフランス原子力庁で脳機能画像実験に携わっていた頃のことだ。当時付き合っていたドイツ人の心理学者の恋人が、私より一足先に任期を終え、イスラエルのヴァイツマン研究所にポストを得て赴任していった。イスラエルにおける研究者生活は素晴らしいと事あるごとにメッセージを送ってくるので、パリからテルアビブまで通い詰めた。片道四時間かけて行く空路の果てには南北に白く伸びた東地中海の岸辺にイスラエル人たちの拓《ひら》いたテルアビブの街区が幻のように広がり、私は自分がユダヤ人であるわけでもないのに、〝約束の地〟へ降り立つ感慨を行く度毎《ごと》に覚えたものだ。

ヴァイツマン研究所はテルアビブの南方にある。優秀な研究者を幾人も擁した、イスラエルの誇る世界最高峰の研究所の一つである。研究者の中にはイスラエル人のノーベル賞受賞者もいる。彼の研究は、自発的に起こるゲシュタルト知覚の反転に関するもので、事象関連電位を手掛かりにどういった現象が引き金となって人間に自発的な意思が生じるのかという問題に切り込もうとする意欲的なものだった。

その後私も日本に戻り、彼もドイツに帰ってそれぞれの家庭を持つことになったが、イスラエルでやっていた研究を今もまだ、ベルリンで続けているようだ。P300を利用してデバイスを動かすという応用面を重視した研究からのアプローチより、ひょっとしたら彼が手掛けていた研究のほうが、誰かの脳を構築的に再現する、という未来にはより近いのではないか……。そんな風に妄想してしまったりもする。

本作では脳研究に携わる科学者であり、子どもを失った母親でもあるシンシアという女性が登場する。作中、彼女の科学者としての倫理観、失われた者への思い、そして、生き続ける者への思慕。これらが硬派ながらもロマンティックな筆致で描かれていく。男くさく生々しい戦闘の世界の上に、彼女の姿が幻のように浮かび上がるさまはまるでこの女性の存在そのものが男たちの〝約束の地〟でもあるかのように思えてくる。終わりのない戦闘の果てに、戦闘機乗りは何を夢見るのだろうか。それは構築的に機械を使って再現できるのだろうか。これもまた、研究者たちの見果てぬ夢といえるかもしれない。

（なかの・のぶこ　脳科学者）

本書は一九九三年七月、書き下ろし単行本として集英社より刊行され、
九五年に集英社文庫として刊行されたものを改訂しました。

本文デザイン／成見紀子

鳴海　章の本

ゼロと呼ばれた男

「お前はソ連機を撃墜できるか？」米ソ冷戦時代、沖縄上空での機密演習。空自パイロット那須野治朗がファントムを駆る。圧倒的な描写で迫る航空小説。

集英社文庫

鳴海 章の本

ネオ・ゼロ

北朝鮮の軍事施設を爆撃せよ。米軍の要請を受け完成した新型戦闘機「ネオ・ゼロ」。任務の遂行は伝説の「ソ連機を撃った男」那須野治朗に託された！

集英社文庫

集英社文庫

スーパー・ゼロ

2018年9月25日　第1刷　　定価はカバーに表示してあります。

著　者　鳴海《なるみ》　章《しょう》

発行者　村田登志江

発行所　株式会社　集英社
東京都千代田区一ツ橋2-5-10　〒101-8050
電話　【編集部】03-3230-6095
【読者係】03-3230-6080
【販売部】03-3230-6393(書店専用)

印　刷　凸版印刷株式会社

製　本　加藤製本株式会社

フォーマットデザイン　アリヤマデザインストア　　マークデザイン　居山浩二

ISBN978-4-08-745788-9 C0193